Knowledge BASE系列

一冊通曉 假作真時真亦假，無為有處有還無

圖解 紅樓夢

楊雅筑 著　胡衍南 審訂

U0030848

讀一部自己的《紅樓夢》

文◎胡衍南
（台灣師範大學國文學系教授）

　　每次和學生談起《紅樓夢》，不免要先提一下它在清代受歡迎的程度，其中兩個例子總是令我感慨。一是出自同治、光緒年間，鄒弢的《三借廬筆談》：

　　己卯春，余與伯謙論此書，一言不合，遂相齟齬，幾揮老拳，而毓仙排解之，於是兩人誓不共談《紅樓》。秋試同舟，伯謙謂余曰：「君何為泥而不化耶？」余曰：「子亦何為窒而不通耶？」一笑而罷，嗣後放談，終不及此。

　　兩個讀書人，不辯四書五經，反倒因《紅樓夢》而齟齬，甚至差點打起架來。事後雖然和解，但是我自做我之《紅樓夢》，何暇與爾辯哉！

　　另一個例子更為有趣，它出自嘉慶年間，樂鈞的《耳食錄》：

　　昔有讀湯臨川《牡丹亭》死者，近時聞一痴女子以讀《紅樓夢》而死。初，女子從其兄案頭搜得《紅樓夢》，廢寢食讀之。讀至佳處，往往輟卷冥想，繼之以淚。復自前讀之，反復數十百遍，卒未嘗終卷，乃病矣。父母覺之，急取書付火。女子乃呼曰：「奈何焚寶玉黛玉？」自是笑啼失常，言語無倫次，夢寐之間未嘗不呼寶玉也。延巫醫雜治，百無效。一夕瞠視床頭燈，連語曰：「寶玉寶玉在此耶！」遂飲泣而瞑。

　　好好一個年輕女孩，以讀《紅樓夢》而死，這大概是對作者致最高的敬禮了。然而，她一讀至佳處便「輟卷冥想，繼之以淚」，等待心情平復從頭讀起，到此佳處又因情思波動無法續讀，反覆數十百遍，終究只能讀到這裡，後頭什麼結局到死都不曉得。我常想，面對這個未嘗終卷、半調子的讀者，曹雪芹大概也只能苦笑了吧！

　　然而前面這兩例的「紅迷」，在今日的台灣卻愈來愈稀少，不只一般讀者、就連大學中文系學生都對《紅樓夢》減了興趣。因此，對於我們為什麼要讀《紅樓夢》？《紅樓夢》吸引人的地方在哪裡？如何掌握閱讀《紅樓夢》的脈胳和訣竅？有必要在這裡做點提示。

　　為什麼需要閱讀《紅樓夢》？從功利的角度來講，很簡單，對台灣以外的華人世界而言，《紅樓夢》是中國文學、中國文化最精采的常識，既是常識我們豈能無知？其次，它可以提升我們的文字感性，掌握群己的人際互動，反省各色的

生命型態，這難道不是一般人最欠缺的修練工夫？

　　至於讀《紅樓夢》的樂趣在哪裡？對年輕讀者來講，它是中國最好的羅曼史、最深刻的愛情小說，很寫實也很夢幻，富有詩意又扣人心弦，提供足夠的感傷也創造無限的希望——只是你得記著大虛幻境牌坊的對聯：「假作真時真亦假，無為有處有還無」。對成年以上讀者來講，它用愛情的糖衣包裹命運的苦澀，用清純的敘事眼光表現世故的人生智慧——最終你會懂得空空道人改名情僧的理由：「因空見色，由色生情，傳情入色，自色悟空」。

　　那麼如何掌握閱讀《紅樓夢》的脈絡和訣竅？我得提醒你，第一回是個難關，這裡神話和虛玄的元素較多，可能和你原先的閱讀期待不同，但是千萬別就此放棄。又，第五回也是個挑戰，明明隨著賈寶玉到了太虛幻境，可是金陵十二釵的畫面、判詞和「紅樓夢」曲子就像天書一樣把你搞得頭昏腦脹，沒有耐心的讀者可能就從此放棄了！然而，小說和詩一樣要細讀，《紅樓夢》更要精讀，作家期盼的確實是耐心且精明的讀者。任何一個字、一句話、一著閒筆，隨便一件物事、一枚角色、一段情節都要留意，因為可能是對隱喻或象徵的提示；不只第五回的詩詞曲賦你得細嚼，書中其他地方的抒情韻文也要慢慢嚥下，因為它要不反映人物心靈就是預告未來命運。尤其有趣的是，小說到處可見意義的留白，在很多細節它的指涉撲溯迷離，讀者的詮解或猜謎變成創作的一部分，這給你一輩子讀《紅樓夢》的藉口。

　　和所有世界級名著一樣，《紅樓夢》的閱讀應該從原著入手，但是得留意版本的選擇，看它究竟是以甲戌本、庚辰本、還是程甲本、程乙本為底本？不管怎麼說，讀《紅樓夢》最好是選收錄有脂硯齋評點的本子，如果可以找到同時附上後人評點的本子，自然再好不過。但是，如果你是對名著感到興趣、對自己缺少信心的讀者，或是早想入門、但始終惶惶於是否投資心力的讀者，《圖解紅樓夢》將是很好的一塊入門磚。和易博士這一系列叢書相同，《圖解紅樓夢》期望藉由圖解、整理、歸納原書精華的方式，讓有意於基礎人文知識、有心於中外文化經典的讀者可以「一冊通曉」之，它讓好奇的讀者用最短的時間去理解、掌握《紅樓夢》的智性和美感，進而鼓舞讀者未來繼續進行深度閱讀。

　　所以，先讓《圖解紅樓夢》帶你一窺大觀園世界的梗概，一旦興趣被挑起之後，將來你還是得自個兒走進去，用你的詮解，讀出一部屬於自己的《紅樓夢》。

寫於二〇〇八年六月

第 5 篇

《紅樓夢》的主題

第 6 篇

《紅樓夢》的才學表現

第 7 篇

建築與園林

第 8 篇

民俗、遊藝與文化

第 9 篇

成就與影響

《紅樓夢》
的背景與成書

　　每個時代都有其所盛行的文學類型,如唐詩、宋詞、元曲、明清小説等,時代與文學間可說是互為表裡的關係,時代影響了文學、文學反映了時代。中國每個朝代的政治、經濟、社會等各個層面,都深深影響文學作品的產生,例如在上位者的提倡和印刷術的興盛,刺激了文學的蓬勃發展,而各種生活背景和方式,也頻頻烙印在文學當中,使作品呈現出繁華、戰亂、困窘等各種豐富的面貌。《紅樓夢》是清代的小説創作,而且是一部影射時代意味極深的作品,因此了解寫作當時的背景,不僅更能幫助理解《紅樓夢》之中的獨特氛圍,也是踏入《紅樓夢》世界的最基本要件。

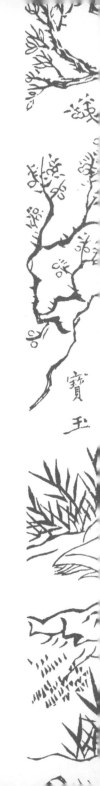

學習重點

- 「什麼是「章回小說」？
- 清代文教政策與《紅樓夢》寫作背景有什麼關係
- 《紅樓夢》的作者為誰？
- 《紅樓夢》最重要的續寫與作者
- 《紅樓夢》的各種別名與來由
- 《紅樓夢》有哪些版本與評點？

認識「章回小說」

明清小說主要的形式為「章回體」，寫作於清代的《紅樓夢》便是章回小說的巔峰之作。此時章回小說的作品多已具成熟的技巧和嚴謹的結構，象徵著中國古典小說最重要的里程碑。

起源於說書人的故事底本

章回小說是由「話本」發展而來的。所謂「話本」，就是說書人的故事底本，說書人為了遷就聽眾到場聆聽會有先來後到的差異，在開場時會先唸唸詩詞、說說閒話或一些無關痛癢的小故事，等待人數漸多，再將故事的主要部分切割成許多段落，進行講述。而說書人每每在最精采的時候打住，留待下一回說解。這些固定的形式，即為日後章回小說分章、分回的雛型。

早期的話本屬於民間創作，文字粗糙而甚少保存。宋代開始，文人開始模仿話本的形式進行創作，稱為「擬話本」，較早的作品有《青瑣高議》。自此以後，愈來愈多文人利用分章、分回的形式寫作小說，在文字錘鍊、情節設計、布局結構上都有了莫大的進展。中國最著名的幾部長篇小說，都是用章回體寫成的，所以章回小說可說是代表了中國古典小說發展的極致。

特徵①：分回標目

章回小說最顯著的特徵，就是將極長的篇幅分回標目，且所標的回目都是扣合當回的情節內容而擬定的。例如現今通行的《紅樓夢》程刻本以及《三國演義》毛宗崗批本，均分為一百二十回。

元末明初羅貫中的《三國演義》，原本是以七言單句來書寫回目，例如第一回的回目（標題）為「祭天地桃園三結義」，後來清初毛宗崗父子修訂了《三國演義》，把一百二十回的回目都改為七言或八言的對仗句型，故現今所流傳的《三國演義》毛宗崗批本當中，第一回的回目便是「宴桃園豪傑三結義，斬黃巾英雄首立功」的八言對句。

章回體的回目同時也是一種文人題詩作對的藝術表現，在精雕細琢之下，兩個對句不僅詞性、平仄、虛實等均要兩兩相對，而且往往在回目當中，就能夠表現出該回的精采或重點情節。

特徵②：詩詞

早期的長篇章回小說保留了話本體例中的「開場詩詞」，用來預告全書的內容，例如清初《三國演義》毛宗崗批本即引用了明代楊慎的〈臨江仙〉詞句做為開場詞：「滾滾長江東逝水，浪花淘盡英雄。是非成敗轉頭空，青山依舊在，幾度夕陽紅。白髮漁翁江渚上，慣看秋月春風。一壺濁酒喜相逢，古今多少事，都付笑談中。」同樣是清初時的《儒林外史》雖然沒有特別標立開場詩詞，但是第一回的起始處仍有「人生南北多歧

● 中國古典小說演變歷程

小說的雛形

戰國時代　公元前403～221年

儒學名著《孟子》雖是作者孟子用以表述個人理念的著作，但當中也有引故事來說理的部分，情節雖然簡陋，但仍可視為是小說的雛型。

例〈齊人有一妻一妾〉、〈揠苗助長〉

筆記小說

魏晉時代　公元220～420年

即為隨筆記載的小說，是中國古代最早的正宗小說，講述神異題材者稱「志怪」小說，講述人物者稱「志人」小說。

例〈詠絮之才〉、〈絕妙好辭〉

傳奇小說

唐代　公元618～907年

在篇幅上比筆記小說更長一些，情節的交代也較為清楚。

例〈枕中記〉、〈霍小玉傳〉

話本小說

宋代　公元960～1279年

話本是說書人的故事底本，將內容切割成段落來講述，並加入詩詞等小插曲。

例〈快嘴李翠蓮〉、〈碾玉觀音〉

章回小說

明清　公元1368～1911年

長篇巨帙，分回標目，更加著重情節的連綴、結構的嚴謹，為中國小說的極致代表。

例《紅樓夢》、《儒林外史》

路」等十句詞，用來隱括當回的情節。《紅樓夢》則是直接就進入了故事本體，並沒有開場詩詞，但是作品中仍可散見大量的詩詞韻文，這不但是作者炫耀才學的一種手段，更有烘托人物性格、提示命運結局的實際效果。

章回小說的盛況

源自於話本的章回小說，在形式上承繼了說書人擅於引人入勝的特質，在題材上，則由講史的《三國演義》、神怪的《西遊記》等擴而充之，發展出了描寫世態人情的世情小說《紅樓夢》。

自明代中期開始，印刷術愈加普及，出版章回小說的風氣漸開，使得更多的作者投入章回體小說的寫作，也有愈來愈多的讀者喜好這種引人入勝的體裁，因此章回小說的盛況，可說超越了筆記體、傳奇體和話本體；而章回體的創作，更對於作家的藝術構思在無形中起了規範作用，使小說家比起以往更加注意情節、懸念的鋪陳與安排以及架構的完整性。

現代的長篇小說雖然已不再使用章回體，但是分章、分節仍是長篇小說的必要做法，足見章回體是中國小說史上，相當重要的一個環節。

章回小說的名著

明代馮夢龍曾將元、明兩代的四部章回小說合稱為「四大奇書」，包括元末明初施耐庵的《水滸傳》和羅貫中的《三國演義》、以及明代中葉吳承恩的《西遊記》和蘭陵笑笑生的《金瓶梅》，其中《三國演義》和《水滸傳》即是章回小說臻至成熟的代表。

這些小說的定本多是前有所承，由話本故事慢慢錘鍊而成。諸如唐宋時，民間已流傳有簡單的三國情節，到了北宋開始有說話人專門講述三分天下的故事，而戲曲的題材也多與三國史事有關，最後則由羅貫中編寫成雅俗共賞的《三國演義》章回小說。

爾後，清代出現了《儒林外史》和《紅樓夢》兩部鉅作，均是出自作者的原創，顯示作者的創作能力已經提升，能夠完全不借鑑前人的故事，便自行構思出精采的長篇佳構。而《紅樓夢》一書，更達到了章回小說的極致表現。

二十世紀開始，大陸地區「紅學」興盛，許多學者主張將四大奇書中的《金瓶梅》改換成《紅樓夢》，顯示《紅樓夢》後出轉精，在章回小說史中具有無法比擬的地位。

●章回小說的發展與特徵

	話本	擬話本	章回小說
形式上	● 說書人故事的底本。 ● 最初可能只是一個大綱，由說書人根據聽眾反應增添情節或草草帶過。 ● 每每到緊要關頭時打住，留待下回分解。	● 文人模仿話本形式，對故事進行改寫或創作。 ● 篇幅有長有短，夾雜詩詞韻文。	● 發展為長篇巨帙，從而獨立成為專門的小說形式。 ● 分回標目，亦夾雜詩詞韻文。
內容取材	● 題材均是前有所承。 ● 多半講述歷史事件。 ● 少數有神怪、公案等其他類型。	● 題材多為前有所承。 ● 依然以「講史」為大宗。	● 愈來愈多個人創作。 ● 題材類型愈來愈多元，除了歷史、神怪外，尚有描述世情、諷刺社會現象等題材。
作者	● 作者不詳。	● 多數作者不詳，通常為編著形式。	● 多數能知道作者為誰。
評價	● 簡略粗率，藝術價值甚低。	● 文字、結構較話本進步。	● 成熟精采，藝術價值最高。
實例	● 宋代有說書人霍四，擅長講述「三分天下」的故事。	● 宋代劉斧所編的《青瑣高議》。 ● 元代《三國志平話》，作者不詳。 ● 明代洪楩所編的《清平山堂話本》。	● 歷史小說：明代羅貫中編寫《三國演義》。 ● 神怪小說：明代吳承恩《西遊記》。 ● 世情小說：清曹雪芹《紅樓夢》。 ● 諷刺小說：清初吳敬梓《儒林外史》。

《紅樓夢》的時代背景

寫作於清初康熙、雍正、乾隆盛世時期的《紅樓夢》，透過小說情節的描繪，彰顯了此時期表面上雖是繁榮太平，內在卻是問題重重的景象。

社會階級差距懸殊

清朝建國皇帝清太祖將滿族子民編為「八旗」，階級依序為正黃、正白、正紅、正藍、鑲黃、鑲白、鑲紅、鑲藍；此外，入關前於戰場上擄掠來的漢人亦分配入各旗當中，編制為「包衣」。「正黃、鑲黃、正白」為上三旗，歸於天子統領，因此上三旗的包衣也有如皇帝的家臣般，而得以坐擁權力和高位，屬於上層社會階級，與升斗小民形成強烈對比。

《紅樓夢》作者曹雪芹和主角賈寶玉都出身於上三旗的包衣。曹雪芹憑著己身的經驗，勾勒權貴的生活，書中內容諸如聖祖皇帝南巡由賈府接駕時，便形容為「把銀子花的像淌海水似的」（十六回）；寶玉的長姊元春入宮做了貴妃，回府「省親」時，光是帳幔簾子就籌備了上千件新製的（十七回），種種橋段充分描寫出清代貴族世胄奢華、鋪張的一面。

皇族爭權奪位

康雍乾三朝表面上是清代治世，然而皇權的爭奪戰卻是血腥慘烈。康熙在位時，即有皇長子使用邪術使太子瘋顛，造成康熙二度廢太子之事；雍正在登基之後即誅殺異己，連親兄弟都難逃抄家、斬首的命運；此外，傳說乾隆其實是漢人所生，有心人偷改了出生證明，而能將其立為太子，所以乾隆即位後亦有親王意圖謀反的事件。皇族爭位的影響，使得朝中大臣也不免各擁其主，互相中傷、陷害。

曾有學者臆測，曹家的人曾參與偷改乾隆出生證明，而獲取更高的官位。而《紅樓夢》中的賈府，則是與北靜王關係交好，所以賈府被抄家時，王爺也四處奔走說情（一百零七回），而參核賈寶玉之父賈政的節度使、錦衣府趙堂官以及西平王，則可能屬於北靜王的敵對陣營，對賈府窮追猛打的情節完全展現清代官場互鬥的險惡背景。

蓄奴的風氣盛行

滿清入關前，就已經有奴隸制度存在，戰俘、罪犯是奴隸的來源，奴隸通婚所生下的子女，也得

終身為奴為婢。清代即使公然買賣和役使奴僕，都可受到法律保障，法律甚至規定奴婢若對主人出言不遜將受到絞刑，毆打主子要殺頭，態度傲慢可流放；但若是主人責打奴婢，即使打死了也不會有任何追究。由於貴族與賤民長期不平等的互動，使得奴婢為反抗而潛逃之事所在多有，表面上尊崇儒家倫理道德的清代，事實上對於貴賤的分別卻是如此嚴重。

《紅樓夢》第三十回，婢女金釧戲語寶玉，王夫人發現後怒而將金釧逐出賈府，金釧因此羞憤投井，家人不敢聲張，官府也無人聞問。第四十四回，鳳姐疑心賈璉不軌，抓了相關的丫頭問話，拔下頭簪「向那丫頭嘴上亂戳」；第八十八回，鮑二和何三打架，賈珍將兩人各打五十鞭子，攆了出去。凡此種種，都顯示出清代蓄奴風氣之下，強權與弱勢極大的差異。

●康雍乾盛世的表與裡

	盛世表面	內在亂象
政治	**實現大一統的政治版圖** ●平三藩。收復台灣，設府縣。 ●驅逐沙俄，平定準部、回部叛亂，克服北方游牧民族離心勢力，將西北置於中央直接管轄之下。 ●設駐藏大臣。安定西南。 ●廢長城而不用，體現中外一家。全國五十多個民族和睦相處。	**皇族爭鬥** ●皇權爭奪血腥慘烈，康熙二度廢太子允礽。 ●傳說雍正篡改密詔，以奪皇位。 ●皇族兄弟相殘，雍正殺害兩個親弟弟，其黨羽多有株連。 ●乾隆時，莊親王允祿帶頭反叛，株連更廣。
經濟	**社會繁榮富足** ●國家府庫充盈，人丁興旺。實施「攤丁入畝」，放鬆國家對人口束縛。 ●大興水利，屯墾荒地。 ●繁榮的商業城市大量出現。	**貧富懸殊** ●土地兼併嚴重，全國耕地有一半以上被土豪瓜分，貧農愈貧。 ●歷代常見的官民之爭在清盛世依然無法避免，雍正時羅源、寧德的農民之亂，乾隆時則有王倫之亂。
文化	**集歷代學術之大成** ●整修刊印《明史》。 ●編纂《古今圖書集成》、《四庫全書》。 ●大力提倡尊孔讀經。	**箝制反動思想** ●大興文字獄，禁書、燬書以箝制思想，作者抄家、流放、身死者比比皆是。 ●以制式的八股文取士，用功名利祿麻痺文人的思想。

土地兼併、貧富懸殊

《紅樓夢》成書於乾隆初年，此時清朝土地兼併的情形十分嚴重，權臣和土豪瓜分了大部分的耕地，並租給農民收取暴利，使得一般百姓生活困苦，貧富差距日益懸殊。號稱太平治世的雍正、乾隆年間，私底下卻不斷爆發農民的抗爭事件。

第五十三回中，莊頭烏進孝來向賈府繳納租稅，說是農莊大旱，收成不好，被賈珍訓斥了一頓，但實際上由清單可以看出，烏莊頭那一次依然攜帶有大批昂貴的牲畜、魚蝦、柴米、以及二千五百兩銀子，光是現銀，就足夠百戶莊稼人過上一年，可見豪富對於平民的欺壓，以及窮富生活的差距之大。

工商發達，官商勾結

當時工商業急速發展，各式工廠、作坊林立，大型的生產場地裡甚至有上千名工匠從事勞動。然而，官與商勾結圖利，使得基層的生產者勞役繁重，卻得不到好的報償；小本經營的商戶，也因為官方徵稅太重而屢屢罷市。情況不斷惡化，積重難返的結果，更加重了富者愈富、貧者愈貧的景況。

《紅樓夢》中描繪了各種精巧的服飾和器物，如貂皮外褂、官窯的瓷器、犀牛角的飲器，件件都是工藝精品，顯示當時的工商發達。第五十三回，寶玉的孔雀羽毛掛子燒了一個小洞，問遍了織補匠和女工，個個都看不出針腳縫線，最後竟是丫鬟晴雯抱病為寶玉修補成功。然而無論能力再高，這樣巧手的晴雯在賈府依然只是個微賤的下人，反映出在官與商的金權之下，一般人仍然是被壓榨剝削，永難出頭。

高壓與懷柔的文教政策

滿清入關後，一直特別重視思想的統治，而康、雍、乾三朝不僅在政治和經濟方面採取了高壓和懷柔並施的治理策略，在文教上也雙向並行，一方面大力提倡尊孔讀經、推行八股文取士、修《古今圖書集成》、《四庫全書》，以功名籠絡並麻痺文人的思想，另一方面則大興文字獄、禁書、燬書，阻擋不利朝廷的言論，鎮壓反清思想。

在《紅樓夢》裡，主角賈寶玉一反常人，將功名視為糞土、將經世之道視為洪水猛獸，這樣的描繪可視為作者對現實社會不滿的抒發，然而作者在書中採取了隱晦的寫法，如此不僅能避免文字獄的禍患，也將小說布局鋪寫的藝術提升到更高的水準。

● 《紅樓夢》所表現的社會寫實面

權力的鬥爭

康熙因廢鎮之事而廢太子，《紅樓夢》中則寫趙姨娘買通道婆對寶玉下咒（二十五回），兩者的情節極為類似。雖然作者表示「此書不敢干涉朝廷」，但不排除影射了當時的是是非非。

八股取士

滿清推行八股文取士，為博取功名，讀書人思想日益僵化。《紅樓夢》中賈政、寶釵和襲人都不時提醒寶玉「以科舉為重」。

農民租戶的困窘

富豪地主向佃農收取高額的田租，使得貧富差距愈見懸殊。如莊頭烏進孝向賈珍訴苦收成不好，但仍支撐著交上了各色海產、牲口、果蔬、木柴、米麵等田租，多得令人咋舌。（五十三回）

官商勾結

清初工商業急速發展，中外貿易往來頻繁，官商勾結將獲取的龐大利潤盡數搜奪。書中曾藉著王熙鳳之口，敘述賈府包辦了外國商船進口和買賣的事宜。（十六回）

富豪生活的奢靡

富豪權貴的生活極盡鋪張，與貧民的困窘成為強烈對比，如劉姥姥計算賈府一餐螃蟹所花的銀子，夠莊稼人過一年了。（三十九回）

蓄奴的風氣

在奴隸制度之下，主子可以任意責欺凌奴僕丫環，例如丫鬟金釧因為惹怒王夫人，遭到逐出之後羞憤投井，但無人過問（三十回、三十二回），以及奴僕受責打（八十八回）等例子。

化身為主角的作者：曹雪芹

關於《紅樓夢》的作者，歷來的學者有多種不同的考證，但一般普遍認定作者就是曹雪芹，並認為《紅樓夢》是一部「隱去真事的自敘」，書中甄、賈府的兩位寶玉均為作者的化身。

從權貴世家到落魄貧寒

曹雪芹，名霑，字號雪芹，生於康熙年間，為滿洲正白旗包衣，祖父、父親都曾擔任「江寧織造」。在清代，「織造」的職權極大，不僅負責管理織物、機戶和稅收，亦兼辦採買，甚至監察地方。康熙皇帝六次南巡，其中四次都是以曹氏的織造署為行宮，可以想見這個職務位高權重。

曹家雖編在正白旗中，但實際上屬於「包衣」的身分，亦即滿語中「奴隸」的意思，不過地位雖然不如滿洲八旗子弟，但仍有出任顯要官職的機會，加上曹雪芹曾祖母曾擔任皇帝的褓姆，所以曹氏一家官運亨通。不料雍正六年，曹雪芹父執輩的曹頫因騷擾驛站被抄家罷官，終結了曹家的富貴，轉為貧寒潦倒。此後，曹雪芹在簡陋的屋舍創作《紅樓夢》，最後憂病交迫而死。據其親友的記述，可知雪芹善於言談、工於詩畫，並且嗜酒而高傲。《紅樓夢》就是根源於作者風雅的人格特質和曲折的生活經歷所寫就的。

「隱去真事」的《紅樓夢》

在《紅樓夢》當中，處處可以發現作者自敘的痕跡：第十六回，趙嬤嬤提及江南的甄家曾接駕四次，因此書中甄寶玉的家世，正可說是作者自身的寫照；雍正年間，曹頫被控虧空，蒙怡親王解危而免於重責，正如《紅樓夢》寫賈府被抄，後因有北靜王搭救而得以重罪輕罰一般（一百零九回）；曹雪芹的堂姊嫁給平郡王做了王妃，小說中寶玉的長姊，亦嫁入宮中做了貴妃；曹頫曾起復為員外郎，與寶玉之父賈政最初的官職相同。種種跡象顯示，曹雪芹是用熟悉的人物和生活經歷，擘劃書中的角色和情節。

第十六回，鳳姐指出自己出身的王氏一族專管進貢朝賀之事，「粵閩滇浙所有的洋船貨物都是我們家的」；第七十二回，夏太監買房子，便派人向鳳姐拿了二百兩銀子。曹雪芹為了將「真事隱去」，所以輕描淡寫地鋪設這些情節，不過這些片段卻充分顯示了當時官官相護、官商勾結的惡劣情況。

●曹氏家族大事vs.《紅樓夢》的情節

曹氏家族大事紀		《紅樓夢》的情節呼應
順治八年（公元 1651 年）	曹氏家族以正白旗包衣的身分入內務府，成為皇帝家奴。	曹氏祖上隨滿清入關，而被封為榮國公、寧國公。
順治九年（公元 1652 年）	曹振彥、曹璽父子入關征戰，有軍功，曹振彥擢升山西大同知府。	
順治十一年（公元 1654 年）	孫氏選為玄燁（之後的康熙帝）褓姆，爾後出宮嫁於曹璽（曹雪芹曾祖父）。	孫氏即為史太君—賈母的形象來源，為金玉富貴的第一號人物。
康熙二年（公元 1663 年）	曹璽出任江南織造。	十六回，江南甄家擔任織造職務。
康熙三十一年（公元 1692 年）	曹寅（曹雪芹祖父）出任江寧織造。	十六回，江南甄家擔任織造職務。
康熙三十八年（公元 1699 年）	康熙南巡，駐蹕江寧織造府，曹氏一族接駕。	十六回，江南甄家接駕四次。
康熙四十二年（公元 1703 年）	康熙南巡，曹家第二次接駕。	十六回，江南甄家接駕四次。
康熙四十三年（公元 1704 年）	曹寅任兩淮巡鹽御史。	林黛玉之父林如海即任此官職。
康熙四十四年（公元 1705 年）	康熙南巡，曹家第三次接駕。	十六回，江南甄家接駕四次。
康熙四十五年（公元 1706 年）	曹寅長女嫁鑲紅旗王子訥爾蘇（後為「平郡王」）。	十六回，元春入宮選為貴妃。
康熙四十六年（公元 1707 年）	康熙南巡，曹家第四次接駕。	十六回，江南甄家接駕四次。
雍正元年（公元 1723 年）	曹頫虧空庫銀，幸怡親王解危，未予重責。	一百零九回，賈府被抄，北靜王出面搭救。
雍正五年（公元 1727 年）	曹頫因御用褂面落色而罰俸一年，運龍衣騷擾驛站，送交吏部嚴審。	一百零二回 賈政被參「失察屬員，重徵糧米」，罰降三級。
	曹頫家產被抄沒，曹氏一家回京歸旗，曹雪芹亦隨之北上。	一百零九回，賈政復職，家產歸還。
乾隆元年（公元 1736 年）	曹頫起復為內務府員外郎。	賈政曾任員外郎。
乾隆九年（公元 1744 年）	曹雪芹開始創作《石頭記》。	一百二十回，空空道人抄錄《石頭記》，轉交曹雪芹。
乾隆十五年（公元 1750 年）	《風月寶鑑》增刪第三次。	
乾隆十八年（公元 1753 年）	曹雪芹完成第四次增刪稿，名為《紅樓夢》，脂硯齋開始抄閱評點。	
乾隆十九年（公元 1754 年）	曹雪芹出旗為民。	
乾隆二十四年（公元 1759 年）	曹雪芹完成前八十回第五次增刪稿件。	
乾隆二十七年（公元 1762 年）	曹雪芹愛子夭亡，雪芹感傷成疾而病逝。	

後四十回的續寫

一般認為曹雪芹並未完成《紅樓夢》，只撰寫了前八十回；另一個傳說則是曹雪芹生前寫完了全篇共一百一十回，但死後因鄰家老婆婆見其家徒四壁，就將堆積在屋內的文稿剪成紙花燒化為他送終，故現今僅存前八十回。不論兩說何者為真，一般多認定《紅樓夢》後四十回並非曹雪芹原著。

高鶚簡介

高鶚字蘭墅，號雲士，別號紅樓外史，屬漢軍鑲白旗。曾住在北京，後來遊走他鄉，為人做幕僚。從高鶚的詩文看來，他少年生活放蕩，與儒家禮教相違，但是後來卻轉而追求功名，於乾隆五十三年中了舉人，六十年中進士。

高鶚的生平資料留下不多，現今的研究比較肯定的幾點是：高鶚有個女兒頗有詩名，是清代的才女；此外，他和歷任妻妾都沒有圓滿的結局，不是妻子早逝，就是兩人仳離，所以他的詩詞文章之中，常見對於婚姻和情感不順遂的悲嘆。

續寫《紅樓夢》

高鶚續寫《紅樓夢》的動機，至今尚無定論，而高鶚與《紅樓夢》的淵源，也僅能參考傳說：據聞曹雪芹與高鶚的父親「鄂比先生」交好，時常對他敘述《紅樓夢》的情節，因此曹氏死後，鄂比先生便根據他所擬定的回目，與抱養來的兒子高鶚一同完成續寫後四十回的工程。但是，這個傳說並沒有十足的根據和有力的佐證。

後四十回續寫中，許多人物的描寫與前八十回的形象並不相符，諸如黛玉勸說寶玉用心功名（八十二回），這應當不是曹雪芹所訂定的回目安排，而是高鶚自身所獨立創作接續的，但力有未逮，所以出現了間隙。不過高鶚所續寫的《紅樓夢》，也有照應周全之處，例如寫黛玉孤單身亡，與第五回「誰憐詠絮才」的判詞相合，大致來說並不違背曹氏原先的設想。

未完成的《紅樓夢》吸引讀者續寫 曹雪芹《紅樓夢》至今僅見前八十回，而高鶚所續寫的四十回又評價不一，因此吸引不少作者重新續寫前八十回，或接續高鶚第一百二十回之後創作。這些續書雖然無法與原作並駕齊驅，但可以看出《紅樓夢》已開創了一種世情小說的寫作風氣。

●高鶚如何接續《紅樓夢》的撰寫

	曹雪芹未完成的部分	高鶚的續作	一般評價
寶玉情歸何人	● 與黛玉之間有「木石前盟」。 ● 與寶釵之間有「金玉良緣」。 ● 與湘雲之間有「金麒麟」。	● 黛玉吐血身亡。 ● 寶釵假冒黛玉完婚，最後因寶玉一去不回，竟像未亡人一般守著活寡。 ● 湘雲出嫁後守寡。	● 有十分兩極的評價，即擁林派和擁薛派之爭，擁林派不能忍受寶玉別戀，擁薛派卻鼓掌叫好。 ● 尤其對「金麒麟」的伏筆毫無交代，也使得讀者難以接受。
寶玉最後的去向	● 寶玉厭惡功名，不愛讀科考之書。 ● 鎮日混跡女兒群中。 ● 曾參禪想悟道，被黛玉譏笑「沒有天分」。	● 高中舉人第七名。 ● 中舉後隨即失蹤。 ● 賈政發現他剃度、赤足來拜別。	● 一般認為寶玉忽然轉念攻讀科舉，大大違背前八十回苦心營造的性格，認為是高鶚個人熱中功名的醜態顯現。 ● 但出家、拜別的鋪排，白雪紅氅的意象是不錯的。
賈府的結局	● 賈府正值榮盛之時。 ● 風光的賈府，已有貪、淫、奢、妒等弊病出現。	● 錦衣尉抄家。 ● 北靜王營救，後大罪化小。 ● 逢大赦，加上寶玉、賈蘭中舉，使皇帝重新恢復賈家權勢。	● 「盛極必衰」是曹雪芹講述的重點。然而抄家後旋即遇赦，馬上振業家業，加上皇上冊封寶玉為「文妙真人」情節，與曹雪芹厭倦官場的思緒完全無法搭調，同樣彰顯高鶚看重利祿的俗氣，情節安排顯得倉促而滑稽。

《紅樓夢》的各種書名

《紅樓夢》一書，從現今可知的史料來看，由曹雪芹開始創作至定名為止，前後經由作者與刊刻者的訂定，至少更換有五個比較重要的書名，每一個名稱，著眼的都是《紅樓夢》中各種不同的內容重點。

最初的書名：《石頭記》

《紅樓夢》最早的抄本定名為《石頭記》，僅有前八十回。由於小說內容有多處提到了《石頭記》這個名字，例如第一回提到故事起源於一塊頑石，全書便是描寫這塊頑石下凡的經歷（參見32頁），加上第一百二十回提及整篇故事原是刻在一塊大石上，經人傳抄才流傳後世，可見這部小說與「石頭」是息息相關的。

宗教意味的書名：《情僧錄》

《紅樓夢》第五回說到空空道人因傳抄《石頭記》而改名「情僧」，並將書名由《石頭記》改為《情僧錄》。此外，從《情僧錄》這個書名可見本書與宗教的牽連甚深，尤其小說內容中不斷出現道人、和尚、大士、真人等角色，主角賈寶玉最後也落髮出家，全書可說與「情僧」一詞緊密扣合。

凝聚閱讀焦點的《金陵十二釵》

書中描寫太虛幻境的薄命司中有三種「金陵十二釵」的簿冊——正冊、副冊、又副冊，每種各記載了十二名命運堪憐的女子，然而小說中擁有不幸遭遇的女子，並不只三十六人。因此，以《金陵十二釵》作為書名之一的用意，應是彰顯當時社會男尊女卑的不公平；若從書名作用的觀點來看，也可使讀者的閱讀焦點凝聚於女性角色，關懷書中女子悲哀的命運。

警惕世人的《風月寶鑑》

「風月寶鑑」是書中跛足道人用來治療賈瑞淫症、「專治邪思妄動之症」的鏡子（十二回），照反面能夠治病，照正面卻能使人淫心大起而送命。以《風月寶鑑》為書名，表現了這部小說是藉由鋪陳風花雪月等情事，而能夠做為反面教材，具有警惕世人的作用。

所有書名的總合：《紅樓夢》

一般來說，學者大都認為《紅樓夢》是這部小說的總名，其意總括了所有的書名，其他的書名都只

是「別名」。相傳作者曹雪芹因為友人吳玉峰的建議，而將小說改名為《紅樓夢》，並以這個書名流行於當時。書中第五回曾提及寶玉於夢中造訪太虛幻境欣賞「紅樓夢」仙曲，所以以此為名，即意味著人生如夢，一切事物不論再苦再樂，都有終結的一天。

● 《紅樓夢》各種書名於書中出現的段落

書名		敘述段落
石頭記	第一回	「空空道人聽如此說，思忖半晌，將這《石頭記》再檢閱一遍，因見上面雖有些指奸責佞、貶惡誅邪之語，亦非傷時罵世之旨；及至君仁臣良、父慈子孝，凡倫常所關之處，皆是稱功頌德，眷眷無窮，實非別書之可比。」
		「至脂硯齋甲戌抄閱再評，仍用《石頭記》。」
	第一百二十回	「至那繁華昌黛的地方遍尋了一番，不是建功立業之人，即係餬口謀衣之輩，那有閒情去和石頭饒舌？直尋到急流津覺迷渡口草庵中，睡著一個人，因想他必是閒人，便要將這抄錄的《石頭記》給他看看。」
		「又不知過了幾世幾劫，果然有個悼紅軒，見那曹雪芹先生正在那裡翻閱歷來的古史。空空道人便將賈雨村言了，方把這《石頭記》示看。」
情僧錄	第一回	「空空道人……方從頭至尾抄錄回來，問世傳奇。因空見色，由色生情，傳情入色，自色悟空，遂易名為情僧，改《石頭記》為《情僧錄》。」
風月寶鑑	第一回	「東魯孔梅溪則題曰《風月寶鑑》。」
	第十二回	回目「王熙鳳壽設相思局　賈天祥正照風月鑑」（可見「風月寶鑑」亦可簡稱為「風月鑑」。）
		賈瑞被鳳姐捉弄而生了病，跛足道人攜「風月寶鑑」來救命。
金陵十二釵	第一回	「後因曹雪芹於悼紅軒中披閱十載，增刪五次，纂成目錄，分出章回，則題曰《金陵十二釵》。」
	第五回	寶玉入太虛幻境，見到了「金陵十二釵正、副冊和又副冊」。
	第一百零八回	寶釵生日，眾人擲骰子行令，李紈擲出「十二金釵」，讓寶玉想起太虛幻境的簿冊。
		寶玉再入太虛幻境，重見「金陵十二釵」的簿冊。
紅樓夢	第一回	「至吳玉峰題曰《紅樓夢》。」
	第五回	警幻仙子為寶玉奏「紅樓夢」仙曲十二支。

《紅樓夢》的版本與評點

《紅樓夢》的版本可區分為兩大系統，即八十回的「脂評本系統」和一百二十回的「程本系統」。兩種系統的版本各具優劣，一般來說，脂評本是探索曹雪芹寫作原旨的重要資料，程本是《紅樓夢》續書之中最廣為流行的一種。

最重要的評點人

《紅樓夢》的前八十回只保留了「抄本」流傳於世，目前所能看到乾隆年間的抄本上，有脂硯齋和畸笏叟的批語，所以也簡稱為「脂評本」、「脂本」。根據學者的研究，這兩人雖然不能論定其確切的身分，但他們必定是雪芹的至親好友，有共同的生活背景，因此脂硯齋與畸笏叟可說是《紅樓夢》最重要的評點人。從他們的批語中，可以推測曹雪芹前八十回修改之前的內容面貌，或是原本擬定寫於八十回後、而今不傳的預設結局，例如「甲戌本」第十三回中的批語指出「秦可卿死封龍禁尉」的回目，原本應為「秦可卿淫喪天香樓」，並且表示「此回只十頁，因刪去天香樓一節，少卻四、五頁也」，由此可知，現今傳本僅寫秦可卿病死，但在曹氏原本的設計之中，情節並不如此單純，一般多認為，秦氏是被公賈珍姦污，羞憤而亡的。

脂評本系統 VS. 程本系統

脂硯齋評點《紅樓夢》時，曾經增刪數次，所以各種脂評本之間文字互有異同。現今學者將所有脂硯齋評點的版本，總稱為「脂評本系統」的《紅樓夢》。

乾隆五十六年（1791年），程偉元用活字刊印《紅樓夢》，採用高鶚的續寫後四十回接在脂本系統之後，因此內容有一百二十回，一般稱為「百二十回本」或「程本」、「程刻本」；另外由於使用了高鶚的續寫，所以也稱做「高鶚續書本」，亦簡稱「程高本」、「高續本」或「高本」。「程本」是目前最廣為流傳的《紅樓夢》版本，經過三次刊印，每次刊印都進行了訛誤校正並修飾內容，因此三個版本之間內容上也有所差異。

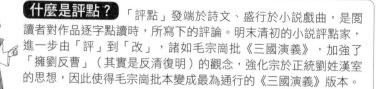

什麼是評點？ 「評點」發端於詩文、盛行於小說戲曲，是閱讀者對作品逐字點讀時，所寫下的評論。明末清初的小說評點家，進一步由「評」到「改」，諸如毛宗崗批《三國演義》，加強了「擁劉反曹」（其實是反清復明）的觀念，強化宗於正統劉姓漢室的思想，因此使得毛宗崗批本變成最為通行的《三國演義》版本。

●脂評系統與程本系統的各種版本

脂評系統

① 甲戌本　1754年
- 為乾隆十九年脂硯齋的再評本，保存了大量的脂評內容，史料價值極高。
- 現存一至八回、十三至十六回、二十五至二十八回，共十六回。
- 1961年由臺北中央印制廠刊行，名為《脂硯齋重評石頭記》。

② 己卯本　1759年
- 目錄題記「脂硯齋凡四閱評過，己卯冬月定本」，故名「己卯本」。
- 現存一至二十回、三十一至四十回、五十六至五十八回、六十一至七十回，以及殘缺的五十五、五十九回。
- 1981年由上海古籍出版社印行，名為《脂硯齋重評石頭記》。

③ 庚辰本　1760年
- 目錄題記「脂硯齋凡四閱評過，庚辰秋月定本」，故名「庚辰本」。
- 現存七十八回，缺六十四回、六十七回。
- 1955年由北京大學古籍刊行社印行，名為《脂硯齋重評石頭記》。

夢覺本　1784年
- 書名題為《紅樓夢》，八十回抄本。
- 有乾隆四十九年「夢覺主人」的序，但恐怕不是夢覺主人的原抄本。
- 經書目文獻出版社印行，題名《甲辰本紅樓夢》。

舒序本　1789年
- 書名題為《紅樓夢》，今存一至四十回。
- 有乾隆五十四年（1789）舒元煒的序。
- 1988年北京中華書局刊印編入《古本小說叢刊》當中。

楊藏本　1889年左右
- 清光緒年間的楊繼振所舊藏的《紅樓夢》共一百二十回。前八十回為脂評系統，帶有殘存的脂評，其中前七回所用的底本為己卯本，其餘各回則是參酌的各個版本；後四十回為程乙本的刪節本。
- 此版本後來由北京中華書局印行，名為《乾隆抄本百廿回紅樓夢稿》。

有正本　1911年
- 清末民初，上海有正書局印行。
- 書名題為《國初鈔本原本紅樓夢》，有戚蓼生序文。
- 共八十回，但僅有前四十回有批註，後四十回則只有第六十四回有兩條批註。

列藏本
- 由蘇聯科學院東方學研究所列寧格勒分所收藏。
- 書名題為《石頭記》，全書原有八十回，現已殘缺，無法考訂原版的年代。
- 北京中華書局曾於1986年刊印。

鄭藏本
- 民初鄭振鐸原藏殘本，僅存第二十三、二十四兩回，無法考訂原版的年代。
- 1991年由書目文獻出版社刊印。

程本系統

① 程甲本　1791年
- 乾隆五十六年，萃文書屋木活字印行。

② 程乙本　1792年
- 乾隆五十七年，萃文書屋改程甲本之中的一萬九千多字，並增加引言一篇，是為程乙本。

③ 程丙本　1792年
- 乾隆五十七年或稍後，萃文書局就程乙本的漏誤作了一番修改，是為程丙本。

第 2 章

《紅樓夢》
裡的人物

　　《紅樓夢》裡的人物以金陵權貴——賈家的成員為主，由於氏族龐大、人口眾多，又以聯姻的方式將勢力擴及金陵的「史、王、薛」三大家族，使得書中涉及四百多個角色。書中各種人物之間錯綜複雜的關聯與糾葛，使得在《紅樓夢》人物的關係理解上，形成了一定的困難度，因此釐清書中人物的身分、作用及重要性，就成了閱讀《紅樓夢》時必須認識及了解的要點，也是掌握《紅樓夢》故事精采元素的重要關鍵。

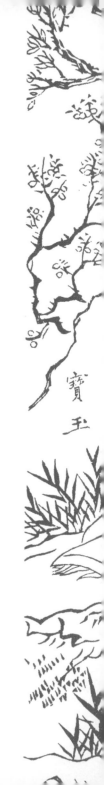

學習重點

- 《紅樓夢》裡的四大家族及其聯姻關係
- 如何以姓名判定人物的輩分？
- 男主角賈寶玉的身世緣由
- 黛玉與寶釵的比較
- 「金陵十二釵」有哪些人物？
- 賈府中有哪些重要的長輩與奴僕角色？
- 《紅樓夢》裡有哪些重要的方外人士角色？

《紅樓夢》裡的四大家族

《紅樓夢》故事的主要舞台為金陵四大家族當中的賈府，其他「史、王、薛」三家分別與賈府聯姻，全書故事便是圍繞在賈家人以及與其相關的人物身上。由於書中的人物眾多，藉由角色的姓名可做為初步認識四大家族人物的線索，用以辨別其家世和輩分。

《紅樓夢》的故事主體：賈氏一族

《紅樓夢》中的「賈、史、王、薛」四大家族是金陵地方上的名宦世紳，第四回提到了有關這四大家族的俗諺，其中形容賈府的為：「賈不假，白玉為堂金做馬」，誇張地講述賈家以白玉製作廳堂、以金銀打造車馬，來傳達賈家的富貴榮景。

賈府的祖先賈演、賈源是一對兄弟，因為軍功被冊封為「榮國公」和「寧國公」，因此傳到了後代有「榮」、「寧」二府的分別，然而名為「榮」與「寧」的兩個府邸，到了後代卻演變成衰、亂的景況。賈府第一代的兄弟，名字都是以「水」做為部首，如賈演、賈源；第二代的賈代化和賈代善，其子女諸如賈政、賈敏等，命名都以「攵」為部首，書中稱之為「文」字輩（八十三回）。賈府的第四代，男子有賈珍、賈璉、賈珠、賈寶玉、賈環，女子有元春、迎春、探春、惜春，可見賈家第四代的男子從「玉」字旁，女子則以「春」字來命名。到了第五代有賈薔、賈蓉、賈蘭，這一代的命名用的是「艸」字部。《紅樓夢》主要以榮國府為主線，焦點集中於第四代的賈寶玉，從而延伸至整個賈家第三、四、五代的人物，帶出賈府興衰榮敗的命運。

著墨最少的史氏一族

關於史家，第四回裡的俗諺形容為「阿房宮，三百里，住不下金陵一個史」，同樣以「富貴」為旨，誇張地說史家連三百里那麼大的阿房宮都看不上眼。《紅樓夢》中對史府的著墨最少，僅知史氏一族也有世襲的爵位，最主要的人物有史太君（賈寶玉的祖母，亦稱「賈母」）和史湘雲。賈母嫁給賈代善，是書中輩分最高的人物，因為她的呵護和寵溺，寶玉才能住進大觀園中與眾姐妹們朝夕相處，從而引發一段段情感糾葛的故事。湘雲則是天真無邪、心直口快的女子，早年受叔嬸虐待，出嫁後丈夫又早逝，表現出身富貴、卻苦命堪憐的另一種典型。她配有金麒麟，

照理說也是寶玉「金玉良緣」的人選之一，但是高鶚的續寫內容中，湘雲並沒有被納為寶玉婚配時的考慮人選。

與賈、薛聯姻的王氏一族

第四回的俗諺云王氏一族：「東海缺少白玉床，龍王請來金陵王」（第四回），誇張地形容王家比東海龍王還要富貴。王氏長男育有一兒一女，其中女兒王熙鳳（亦稱「鳳姐」）嫁給了賈家第四代的賈璉；王家次男王子騰累官至內閣大學士（清朝一品高官，位階等同於宰相），死後諡文勤公；幼子王子勝碌碌無能。長女即為賈寶玉的母親王夫人，底下還有一個妹妹嫁到了薛家，書中稱為「薛姨媽」，即為薛寶釵的母親。長男之女王熙鳳相當精明能幹，但貪心而殘忍，賈府抄家時，她放高利貸牟財的借據成了罪證，使得賈府迅速衰敗。王夫人雖然形象慈祥和善，然而持家時認人不清，任由鳳姐瞞天過海，掏空家產，也可說是間接導致賈府沒落的肇因之一。

皇商出身的薛氏一族

薛家雖然名列「賈史王薛」四大家族，但以權貴來說是無法與賈、史、王三家相比的，因為薛家並非出身官爵，只是專與宮廷做買賣的皇商身分而已。第四回談到形容薛家的俗諺為「豐年好大雪，珍珠如土金如鐵」，通常冬季如果遇上大雪，次年的收成都會非常好，因此這段諺語便是形容薛氏的富足彷彿是連年大雪所得來的豐收，連珍珠和金子這樣貴重的物品，在薛家的眼中都是毫不稀奇的。《紅樓夢》中的薛氏一族僅提及了兩代，第一代是從王家嫁到薛家的薛姨媽，第二代則為薛姨媽所生的一男一女，分別為薛蟠與薛寶釵。此外，薛家還有另一個支脈的薛蝌、薛寶琴等人物，可見薛氏一族的第二代，男子以「蟲」字邊命名、女子則以「寶」字命名。在《紅樓夢》中，薛家最主要的人物是薛寶釵，與寶玉和黛玉鼎足而立，成為故事的核心人物之一。

四大家族的聯姻

《紅樓夢》裡，總計五樁婚事將四大家族連成了一氣，即為史太君（賈母）嫁給賈家第二代的賈代善、王家第一代的王夫人與薛姨媽分別嫁入賈府與薛府、王家第二代的王熙鳳嫁給了賈家第四代的賈璉、最後則是薛家的薛寶釵嫁給了賈寶玉。這四大家族形成了龐大的權貴網絡，在朝廷把持大權，攀緣皇族與官吏，在地方上巧取豪奪。《紅樓夢》裡細膩地表現了這四大家族奢侈腐敗的生活，揭示了清代當時盛世外表之下衰敗的因果。

● 四大家族主要人物表

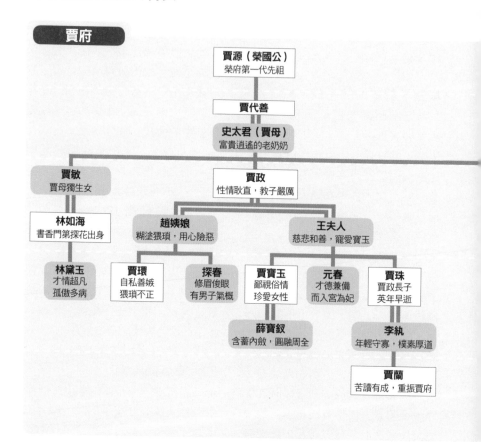

賈府

賈源（榮國公）
榮府第一代先祖

賈代善

史太君（賈母）
富貴逍遙的老奶奶

賈敏
賈母獨生女

賈政
性情耿直，教子嚴厲

林如海
書香門第探花出身

趙姨娘
糊塗猥瑣，用心險惡

王夫人
慈悲和善，寵愛寶玉

林黛玉
才情超凡
孤傲多病

賈環
自私善嫉
猥瑣不正

探春
修眉俊眼
有男子氣概

賈寶玉
鄙視俗情
珍愛女性

元春
才德兼備
而入宮為妃

賈珠
賈政長子
英年早逝

薛寶釵
含蓄內斂，圓融周全

李紈
年輕守寡，樸素厚道

賈蘭
苦讀有成，重振賈府

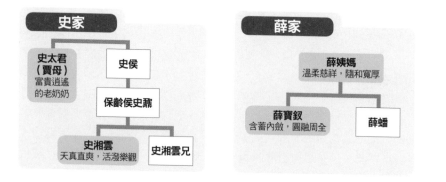

史家

史太君
（賈母）
富貴逍遙
的老奶奶

史侯

保齡侯史鼐

史湘雲
天真直爽，活潑樂觀

史湘雲兄

薛家

薛姨媽
溫柔慈祥，隨和寬厚

薛寶釵
含蓄內斂，圓融周全

薛蟠

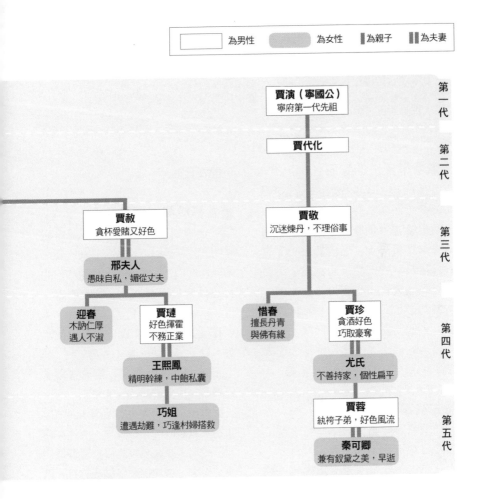

		賈演（寧國公） 寧府第一代先祖	第一代
		賈代化	第二代
賈赦 貪杯愛賭又好色		**賈敬** 沉迷煉丹，不理俗事	第三代
邢夫人 愚昧自私，媚從丈夫			
迎春 木訥仁厚 遇人不淑	**賈璉** 好色揮霍 不務正業	**惜春** 擅長丹青 與佛有緣	**賈珍** 貪酒好色 巧取豪奪	第四代
	王熙鳳 精明幹練，中飽私囊		**尤氏** 不善持家，個性扁平	
	巧姐 遭遇劫難，巧逢村婦搭救		**賈蓉** 紈袴子弟，好色風流	第五代
			秦可卿 兼有釵黛之美，早逝	

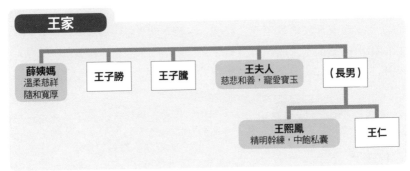

王家

薛姨媽 溫柔慈祥 隨和寬厚	**王子勝**	**王子騰**	**王夫人** 慈悲和善，寵愛寶玉	**（長男）**
			王熙鳳 精明幹練，中飽私囊	**王仁**

《紅樓夢》的靈魂人物：賈寶玉

賈寶玉是《紅樓夢》的靈魂人物，他由頑石修煉成仙，並下凡經歷了與薛寶釵和林黛玉兩人之間糾葛難分的戀情，當中所牽扯出金陵豪門的興衰成敗，透露了人世無常的生命玄機。

「無才補天」的頑石

《紅樓夢》的故事始於女媧為了補天而煉石時，將多煉的一塊石頭棄置在青埂峰下。這塊頑石因為「無才可補天」而自怨自嘆，經過日精月華的洗禮，修煉成了扇墜大小的通靈寶玉，可以自由來去，被警幻仙子冊封為「赤霞宮神瑛侍者」，並結識了「絳珠仙草」——即黛玉的前生，爾後被茫茫大士與渺渺真人帶下凡間經歷塵世情緣。

降生為富貴世家

榮國府傳到賈政這一代，娶了名門之女王氏（即王夫人）為妻，生有二男一女。次子一出生時，嘴裡就啣著一塊五彩的玉石，上面還刻著「通靈寶玉」等字樣，這稀奇的降生讓賈家全族驚豔不已，長輩們都認定這個孩子來歷不小而寄予厚望，這個人物即是神瑛侍者所轉生的賈寶玉。

重女甚於男的獨特性情

寶玉到了七、八歲之後，雖然聰明乖覺，但是對待「男」與「女」的態度卻與常人不同，在重男輕女的封建社會，只有他一人特別看重女子，常說：「女兒是水做的骨肉，男人是泥做的骨肉。我見了女兒便清爽，見了男子便覺濁臭逼人。」（第二回）寶玉的父親賈政對他管教十分嚴厲，但他卻棄功名如糞土，並由於賈母和母親王夫人的寵溺，而讓他住進了大觀園的怡紅院裡，與住在瀟湘館的黛玉及蘅蕪院的寶釵等姊妹們朝夕相處。他性情愛好風花雪月，常與姊妹們鎮日吟詩、填詞、參禪、品茗、閱讀小說、欣賞戲曲。然而寶玉雖然欣賞每一個清白的女子，但心裡衷情的，只有性格與他最相近的林黛玉。

海棠詩社 第三十七回中，探春召集眾人辦起了詩社，正巧寶玉得了兩盆白海棠，遂將詩社取名為「海棠」。詩社的每位社員都依個人的特色起了別號，例如黛玉為「瀟湘妃子」、寶玉為「怡紅公子」、寶釵為「蘅蕪君」等。在詩社之中，不論是作詩或是填詞，釵、黛二人總是並爭第一。

對紅塵的徹悟

寶玉曾經弄失了通靈寶玉，而忽然昏沉瘋顛起來，長輩們為了沖喜，便讓寶釵假扮黛玉與他成親，使得黛玉痛心而死。而後茫茫大士攜玉來還，寶玉昏迷之中重遊太虛幻境，再次展讀「金陵十二釵」的簿冊，才發現每個女子的遭遇早已註定無法強求，只有看破紅塵才能解脫被命運擺佈的苦難，於是決心考好科舉以回報父母生養的大恩，然後出家。

●賈寶玉的前世今生

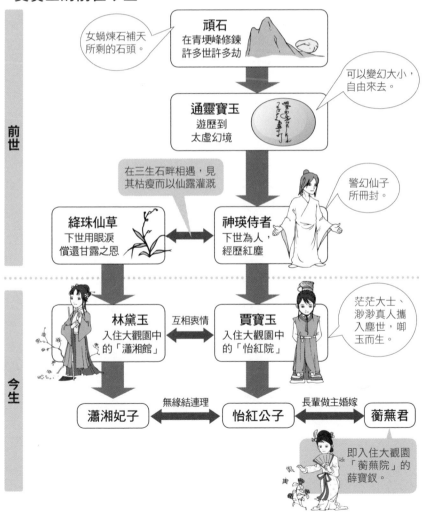

女蝸煉石補天所剩的石頭。

頑石
在青埂峰修鍊許多世許多劫

可以變幻大小，自由來去。

通靈寶玉
遊歷到太虛幻境

前世

在三生石畔相遇，見其枯瘦而以仙露灌溉

警幻仙子所冊封。

絳珠仙草
下世用眼淚償還甘露之恩

神瑛侍者
下世為人，經歷紅塵

今生

林黛玉
入住大觀園中的「瀟湘館」

互相衷情

賈寶玉
入住大觀園中的「怡紅院」

茫茫大士、渺渺真人攜入塵世，啣玉而生。

瀟湘妃子

無緣結連理

怡紅公子

長輩做主婚嫁

蘅蕪君

即入住大觀園「蘅蕪院」的薛寶釵。

兩位女主角：薛寶釵、林黛玉

《紅樓夢》最重要的兩位女性，無疑是記載在《金陵十二釵正冊》首頁的林黛玉和薛寶釵。她們無論在外表、性格、出身、處境皆截然不同，也因此引起兩派人士各自擁護，使得「釵、黛之爭」、「釵、黛優劣論」等相關探討，成為紅學研究者爭論不休的重要議題之一。

出身與家世

黛玉系出書香之門，父親林如海是巡鹽御史，母親賈敏是賈母的掌上明珠，即賈政的妹妹。賈敏病逝後，林如海無法獨力照顧女兒，就將黛玉送交外祖母賈母，爾後林如海也故去，黛玉無依無靠，此後便寄居大觀園的瀟湘館中。

薛寶釵出身皇商家庭，母親（薛姨媽）則是寶玉母親（王夫人）的妹妹。因為兄長薛蟠入京打理事業，就順便帶上了寶釵，上京等待皇室選女入宮。王夫人為了兩家有個照應，便讓出了梨香院給薛家一干人居住，自此寶釵一家入住賈府，大觀園落成之後，寶釵就搬入了蘅蕪院。

外形樣貌與才情學識

黛玉是一位以靈性才情取勝的女性，體弱多病，多愁善感，眉眼之間含情聚淚，有著脫俗的風采與超凡的韻味。文學天分極高，喜愛風雅，性情孤傲，不屑功名利祿等俗事。因為年齡比寶玉小一些兒，所以寶玉都喚她做「林妹妹」。

薛寶釵體態豐腴，白晰端麗，能文擅詩，通曉醫藥，人際手腕高超，價值觀較為世俗，認為男子應該建功立業，女子最好能被選入宮中。由於年歲比寶玉稍長，所以寶玉喚她「寶姊姊」。

言行舉止

第六十五回對釵黛二人，有這樣的形容：「不是不敢出氣，怕這氣兒大了，吹倒了林姑娘；氣兒暖了，又吹化了薛姑娘」，顯示出黛玉病弱畏寒、寶釵豐滿怕熱的形象。眾人眼中，寶釵是「品格

「金陵十二釵」簿冊與判詞 寶玉曾兩度神遊太虛幻境的薄命司，翻閱了「金陵十二釵」的三種簿冊（第五回、一一二回），簿冊裡將金陵薄命女子最為重要的十二人記載在「正冊」中，次要的記在「副冊」，更為次要的則記在「又副冊」，上面記載的判詞透露了大觀園女子們的身世命運。不過，《紅樓夢》中只完整提出了正冊中的十二名女子為誰，至於副冊和又副冊則共只提及了三人而已。

●擁薛派和擁林派的「釵黛優劣」比較

	擁薛派論點		擁林派論點	
正面	● 寶釵「肌骨瑩潤，舉止嫻雅」（四回） ● 寶玉看著寶釵，只見「臉若銀盆，眼同水杏，不點而含丹，不畫而橫翠。」（二十九回）	寶釵美豔	● 「這黛玉秉絕代之姿容，具稀世之俊美，不期這一哭，把那些附近的柳枝花朵上的宿鳥棲鴉，一聞此聲，俱忒楞楞飛起遠避，不忍再聽。」（二十六回）	黛玉靈秀
	● 李紈、探春、寶釵三人理家，比鳳姐更為謹慎周全，下人都抱怨：「剛剛倒了一個巡海夜叉，又添了三個鎮山太歲，越發連夜裡吃酒玩的工夫都沒了！」（五十五回）	寶釵善於持家	● 元妃省親，姊妹們一匾一詠，黛玉胡亂用五律應景，仍與寶釵並居第一。（十八回） ● 「林瀟湘魁奪菊花詩」（三十八回）	黛玉才高八斗
	● 「賈母因問寶釵愛聽何戲，愛吃何物，寶釵深知賈母年老之人，喜熱鬧戲文，愛吃甜爛之物，便總依賈母素喜者，說了一遍。賈母更加喜歡。」（二十二回） ● 湘雲做東道，寶釵為她準備螃蟹、好酒。（三十七回）	寶釵圓融世故	● 「獨有黛玉自幼不曾勸他（寶玉）去立身揚名，所以深敬黛玉。」（三十六回） ● 湘雲勸寶玉以經世濟民為重，寶玉說：「林妹妹不說這些混帳話，要說這話，我也和她生分了。」（三十二回）	黛玉是寶玉知己
反面	● 黛玉擔心寶玉對湘雲有感情，所以「悄稍走來，見機行事，以察二人之意」。（三十二回） ● 黛玉病中聽見窗外的婆子罵人，「竟像專罵著自己，自思一個千金小姐，只因沒了爹娘，寄人籬下，於今又不知何人指使這老婆子來這般辱罵。」（八十三回）	黛玉多疑	● 寶釵聽到婢女們的私語，卻裝做是黛玉在偷聽。（二十七回） ● 金釧受王夫人責罵而投井，寶釵為了取悅王夫人，說金釧可能是在井邊玩，失足落水而死。（三十二回）	寶釵柔奸
	● 黛玉自述：「我自來如此，從會吃飯時便吃藥到如今了。」（第三回） ● 「黛玉每歲至春分秋分，必犯舊疾。」（四十五回）	黛玉體弱	● 寶釵勸寶玉要做些「正經事」，寶玉十分生氣。（三十六回） ● 寶釵道：「既認得了字，不過揀那些正經看看也罷了，最怕見些雜書，移了性情，就不可救了。」（四十二回）	寶釵道學
	● 黛玉赴梨香院，看見寶玉也來到，疑心寶玉對寶釵有情，便不停地出言奚落寶玉。（第八回） ● 黛玉嘲笑劉姥姥：「當日聖樂一奏，百獸率舞，如今才一牛耳。」（四十一回）	黛玉尖刻	● 寶釵冒充黛玉，與寶玉完婚。黛玉因此病重不治。（九十七回～九十八回）	寶釵偽善

擁護者

擁薛派	擁林派
書中人物：賈母、王夫人、鳳姐 學者代表：王希廉——清末力排眾議的擁薛派代表	書中人物：賈寶玉、紫鵑 學者代表：歷來學者多以擁林派為多，如涂瀛、王昆侖

另有俞平伯主張「釵黛合一」，
認為曹雪芹的理想女主角應兼有釵黛兩人的優點。

端方，容貌美麗，人人都說黛玉不及」、「行為豁達，隨分從時，不比黛玉孤高自許，目無下塵，故深得下人之心」（第五回），尤其她事事小心，表面上頻頻為每個人設想，如：送禮給賈環、幫襲人做鞋、為湘雲張羅詩社的花費等等。而黛玉在大夥的眼中，則是身體病弱又多愁善感，對人情世故不屑理會，言語上也不免尖刻，「說出一句話來，比刀子還利害」（第八回），因此處世方面比不上寶釵圓滑玲瓏。

在賈府的形勢

寶玉曾對黛玉說：「咱們是姑舅姊妹，寶姐姐是兩姨姊妹，論親戚，她比你疏。」（二十回）又說黛玉來榮府比寶釵早些，所以寶玉自己是把黛玉當成比較親的人。但是，寶釵深諳人情世故，獲得賈府上下的喜愛，又有兄長和母親照拂著，加上薛家人雖是借住於梨香院，但日常用度都是自給自足，不似黛玉父母雙亡，事事依賴賈府。

用情態度的比較

讀《紅樓夢》可以發現，黛玉纖細多情，而寶釵則冷智寡言。黛玉見到花落就傷心落淚，聽見戲曲就癡醉神迷，和寶玉的性格較為接近；而寶釵冷靜之餘，就稍微顯得缺乏感情，她只在乎活著的人，對死去的人並不太在乎。第三十二回中，金釧受王夫人責罵而投井，寶釵說：「多賞她幾兩銀子發送，也就盡主僕之情了」；尤三姐以死表明貞節，寶釵也說：「不必為他們傷感」（六十七回）。寶釵的感情世界，一如她服用的「冷香丸」（第七回）一般，帶有某種冷漠。由此足見寶釵的冷和黛玉的熱，是完全相反的兩種對照。

生命情調

黛玉是仙草降生的，在塵世之中，執著於愛情的甜蜜和一切風雅的經驗。她耽戀潔靜，希望所有的人事物都不被污染，在〈葬花詞〉中便有「質本潔來還潔去」這樣的句子。她從仙境下凡，自然受不了人世的染污，也不肯向凡塵的價值觀妥協。薛寶釵來到金陵，盼的是選入宮中，成為所有人都嚮往稱羨的角色。她鼓吹寶玉考科舉，阻止黛玉看小說，嘴裡說的都是仁義道德，可說她正是熱衷塵世名聲的最佳代表。由此來看，黛玉傾向出世的超脫，而寶釵則是入世的熱忱，兩人完全不同，也因此寶玉始終和寶釵不親，因為他的生命情調和黛玉較為一致，與寶釵則截然不同。

●林黛玉與薛寶釵的比較

林黛玉	VS	薛寶釵
● 父親為探花出身，任巡鹽御史。（二回）	出身家世	● 「家中有百萬之富，(兄薛蟠)現領著內帑錢糧，採辦雜料。」（四回） ● 「薛家原是金陵一霸，倚財仗勢。」（四回）
● 「兩彎似蹙非蹙籠煙眉，一雙似喜非喜含情目。……閒靜似嬌花照水，行動如弱柳扶風。比較比干多一竅，病如西子勝三分。」（三回） ● 「秉絕代姿容，具希世俊美」（二十六回） ● 「稟氣虛弱」（五十四回）	外形樣貌	● 「肌骨瑩潤、舉止嫻雅」（四回） ● 「品格端方，容貌美麗」（五回）、「鮮艷嫵媚」（五回） ● 「蔥黃綾棉裙，一色半新不舊，看去不覺奢華。」（八回） ● 「體豐怯熱」（三十回）
● 擅長吟詩作對，詩文風流別緻。（三十七回） ● 隨便以五律應景，就與寶釵並占第一。（十八回）	才情學識	才德兼備，詩風含蓄渾厚。（三十七回） 通曉醫藥。（四十五回）
● 「林妹妹是個多心的人。」（二十二回） ● 「黛玉有些小性兒。」（四十九回） ● 「林妹妹是愛生氣的，不可造次。」（九十七回）	言行舉止	● 寶釵深知賈母年老，喜熱鬧戲文，愛吃甜爛之食，便依著賈母的愛好揀選。（二十二回） ● 寶釵聽見婢女小紅說出與賈芸的私情，故意弄出聲響，引小紅開窗查看，並且裝作剛剛追趕黛玉來到此地，暗示小紅方才偷聽的人是黛玉。（二十七回）
● 孤身寄人籬下，仰人鼻息。	形勢	母、兄陪伴，吃穿用度不勞賈府。
● 衷情寶玉一人。 ● 總是擔心寶釵的金鎖、湘雲的金麒麟與寶玉的情緣。	用情態度	● 對於生者，無論是丫鬟還是下人都處處小心，禮貌周到。對於死者，無論是兄長的恩人或昔日舊識，都冷漠淡然。
● 黛玉每每為了曲文之美而動心。（二十三回） ● 獨有林黛玉不曾勸寶玉立身揚名等話。（三十六回） ● 「黛玉生不同人，死不同鬼，必是那裡的仙子臨凡。」（一百回）	生命情調	● 寶釵來到金陵，是為了選入宮中，飛上枝頭變鳳凰。（四回） ● 寶玉因寶釵輩有時見機導勸，反生起氣來，只說「好好的一個清淨潔白女兒，也學得釣名沽譽，入了國賊祿鬼之流。」（三十六回）

● 《金陵十二釵正冊》林黛玉與薛寶釵的命運判詞

黛玉

寶釵

判詞與圖畫	命運
「可歎停機德，誰憐詠絮才。玉帶林中掛，金簪雪裡埋。」 兩株枯木上懸著一條玉帶，地下一堆雪中埋了一支金簪。	「誰憐詠絮才」、「玉帶林中掛」說的是黛玉，她雖有聰明才智，下場卻十分哀戚，就像畫中珠玉的帶子冷清清掛在樹林之中一般，最終病死榻上卻無人聞問。 「可歎停機德」、「金簪雪裡埋」，說的是寶釵，表示她雖賢德，但結局卻落得只能守著活寡，就如同昂貴的金簪埋在雪裡般，十分可惜。

《金陵十二釵正冊》中的賈府女兒：元春、迎春、探春、惜春

元春、迎春、探春、惜春是賈家的四個女兒，四人各自有不同的性格和才情，並且都被列入了《金陵十二釵正冊》中。作者用「元、迎、探、惜」四字，影射這四名女子「原應嘆息」的悲劇命運。

貴為皇妃的元春

元春是賈政與王夫人的長女，生於大年初一，所以喚名「元春」，因才德兼備而被選入宮中，並晉升為德妃（十六回）。賈府為了她返家省親，於是建立了大觀園，此時賈府的權勢可說達到了最為巔峰的時期，但是好景不常，元春於四十三歲時病逝（九十五回），使得賈府步上逐漸失勢與衰敗的命運。

文靜順從的迎春

迎春是賈赦庶出的女兒，文靜柔順，沈默老實，沒有特出的美貌和才情，下人們私底下給她起名字叫「二木頭」，說她是「戳一針，也不知『嗳呦』一聲。」（六十五回）。迎春之父賈赦因為缺錢，便收了孫紹祖（在京中擔任指揮一職，世代都是軍官出身，家產豐厚，與賈府為至交）五千兩，將迎春嫁給了這個好色、嗜賭又酗酒的武官（七十九回、八十回），最後受盡摧殘而病逝。

遠嫁他方的探春

探春是賈政和趙姨娘所生的女兒，寶玉同父異母的妹妹，身材高姚，修眉俊目，聰敏機穎，並且是姊妹之中極能幹的人物，曾與李紈、寶釵共同處理家務，下人們為她取了渾名為「玫瑰花」（六十五回），意思說她美艷，卻不好招惹。她的母親和弟弟賈環都是猥瑣不正的人物，所作所為都讓探春汗顏蒙羞，幸好最後她遠嫁了一個不錯的夫婿，離開了賈府的是是非非。

體悟無常的惜春

惜春是寧府賈珍的胞妹，個性固執潔癖，有一回從小就貼身服侍她的婢女入畫為兄長保管財物，抄撿了出來後，被懷疑是與男人私通所得，惜春聽不進入畫的解釋，執意叫人把她帶走，還說「或打或殺或賣，我一概不管」（七十四回），萬分的心冷口冷。她擅長丹

青繪畫，特別是與佛有緣。賈母辭世、妙玉（賈府櫳翠庵的道姑，惜春的摯友）被劫之後，惜春心如止水，一心向佛，家裡的人拗不過她，只好成全她帶髮修行（一一八回）。

●《金陵十二釵正冊》中元春、迎春、探春、惜春的命運判詞

	判詞與圖畫	命運
元春 	「二十年來辨是非，榴花開處照宮闈。三春怎及初春景？虎兔相逢大夢歸。」 正冊的第二頁畫了一張弓，弓上有一個香櫞。	元春因為才德兼備而選入宮中，一路扶搖直上「晉封為鳳藻宮尚書，加封賢德妃」（十六回）。深宮規矩大，元春形容為「不得見人的去處」（十八回），可想其苦悶和拘束。四十三歲正逢虎年入兔年時，生病逝世，賈府自此失去了最有力的依靠。（九十五回）
迎春 	「子係中山狼，得志便倡狂。金閨花柳質，一載赴黃泉。」 一惡狼追撲一美女。	儘管迎春是個「二木頭」，下人說戳她一針也不會叫痛，可是她回娘家時，卻也忍不住哭了起來（八十回），這都是因為軍官出身的夫婿好賭、好色又貪杯，婚後一年就把迎春活活折磨死了（一〇九回）。
探春 	「才自清明志自高，生於末世運偏消。清明涕送江邊望，千里東風一夢遙。」 兩個人在放風箏，一片大海，一艘大船，船中一女子掩面哭泣。	探春有著極高的志向，曾說自己若是男兒身，一定出門建功立業（五十五回），但是賈府積重難返，探春又是庶出的女兒，無力挽回。幸而最後遠嫁給周家公子（九十九回、一百回），避開了賈府的是是非非。
惜春 	「勘破三春景不長，緇衣頓改昔年粧。可憐繡戶侯門女，獨臥青燈古佛旁。」 一所古廟裡，一個美人獨坐看經。	惜春天生是個「廉介孤獨的僻性」，容不下一絲一毫的閒言閒語，曾說：「不作狠心人，難得自了漢。」（三十七回），她厭倦大觀園的勾心鬥角，最後勘破了人生無常，帶髮修行，常伴青燈古佛。（一一八回）

《金陵十二釵正冊》中的賈府媳婦：鳳姐、秦可卿、李紈

賈府中幾個年輕輩的媳婦——鳳姐、秦可卿和李紈，她們的命運也記述在「金陵十二釵」的簿冊之中。同為大家族中的媳婦，這三人的樣貌、性格和遭遇全然不相同，但同樣是以悲劇收場。

幹練而重利慾的王熙鳳

鳳姐（王熙鳳）與賈寶玉母親王夫人同樣出身自王氏一族，在《紅樓夢》裡，她無疑是心狠手辣又利慾薰心的一個角色，人人稱她為「鳳辣子」。鳳姐戲弄賈瑞（十二回），可見她的殘忍；逼死尤二姐，可見她的毒辣；協理寧國府（十三回），可見她的能幹；弄權鐵檻寺（十五回），害了金哥和守備之子兩條性命，可看出她的貪婪；她和姪兒賈蓉之間充滿著曖昧的關係，可看出她的荒淫。這樣精明能幹的人，卻是個不識字的少婦（九十二回），無怪乎她只顧著斂財，卻萬萬沒想到為子孫留些餘慶、留些後路。賈府被抄，鳳姐放高利貸的借券成了罪證（一〇五回），她忍著羞愧處理賈母（史太君）的後事，但是沒了賈母的庇護，人人不買她的帳，因此事事掣肘（一一〇回），最後一病不起（一〇四回）。

兼具寶釵、黛玉之美的秦可卿

寶玉神遊太虛的時候，警幻曾經將妹妹可卿許配給寶玉，讓寶玉體驗溫柔鄉的情事（第五回）。可卿乳名「兼美」，意即兼具黛玉與寶釵之美，可惜這樣美好的女子，在塵世之中卻十分坎坷。丈夫賈蓉並不專情，婚姻不幸福的她年紀輕輕就死去。可卿在警幻宮中，原本就是掌管風月情債的首座，降世為人當然是風情萬種的第一等有情女子，專門引動一些癡男怨女早早了結俗情的糾葛，超脫於凡塵慾念之外。（一一一回）。

孀居守禮的李紈

李紈是賈政長子賈珠的妻子，名字與「禮完」諧音，年輕就喪夫，幸而育有一子，名為賈蘭。她的父親李守中也是金陵名宦，曾任國子監祭酒（主掌科舉考試與皇家教育），倡言「女子無才便有德」，所以只讓女兒念一些三從四德的女子教科書，把李紈調教得

厚道有禮（第四回）。在大觀園之中，她雖是賈政的長媳，但是從來不介入權力的爭奪，只是用心對待姊妹妯娌，專注地撫育兒子，對下人也是「厚道多恩無罰」（五十回）。

- 《金陵十二釵正冊》中鳳姐、秦可卿、李紈的命運判詞

	判詞與圖畫	命運
鳳姐 	「凡鳥偏從末世來，都知愛慕此生才。一從二令三人木，哭向金陵事更哀。」 一隻鳳凰停在冰山上。 	鳳姐是賈府之中當家的人物，主持榮國府大小事務，秦氏新喪時，甚至協理寧國府（十三回），人人都稱讚她的才幹。當鳳姐得勢的時候，眾人唯令順從，可惜家業一旦敗落，物是人非事事休……最後冤親債主都來索命，她只有一魂悠悠，歸入薄命司之中。（一一四回）
秦可卿 	「情天情海幻情身，情既相逢必主淫。漫言不肖皆榮出，造釁開端實在寧。」 有一個美人懸樑自盡在一座高樓上。 	可卿小名「兼美」，意思就是兼具黛玉和寶釵之美，警幻在夢中將她許配給寶玉，藉此教導寶玉「意淫」之事（第五回）。可惜這樣的美貌，竟然使得公公賈珍犯下亂倫的大禍，秦可卿因此而死（十三回）。從這件事可以看出，寧國府荒唐淫亂的一面，比起榮府有過之而無不及。
李紈 	「桃李春風結子完，到頭誰似一盆蘭。如冰水好空相妒，枉與他人作笑談。」 一盆茂蘭，旁邊坐一個鳳冠霞帔的美人。 	李紈年輕喪夫，孤單地撫養兒子賈蘭長成，取得功名（一一九回），孀居的冰清玉潔和槁木死灰其實是一線之隔，貞節的名聲，僅留下供人談論的價值。

《金陵十二釵正冊》中的其他女性：妙玉、史湘雲、巧姐

妙玉、史湘雲和巧姐，都是《金陵十二釵正冊》中的重要人物，她們一是主持櫳翠庵的女尼，一是賈母的孫裔，一是賈家第五代的後輩、即賈璉與王熙鳳的女兒，三人雖不在大觀園的權力中心，卻被牽牽扯扯地捲入悲劇的命運鎖鍊之中。

櫳翠庵的女尼：妙玉

妙玉自幼體弱多病，所以父母讓她帶髮修行。憑著出身好、容貌佳等等條件，妙玉被賈府延攬，長住大觀園的櫳翠庵之中。她搜集清晨的露珠或梅花上的雪水泡茶、使用珍奇的茶具品茗，尤其特別的是能夠扶乩，請神仙降筆指點迷津（九十五回）。不過，妙玉性格孤高，又有嚴重的潔癖，大多數的人都與她相處得不好。她曾用「檻外人」的稱呼，書寫祝賀生辰的紙箋給寶玉（六十三回），不自然的舉動、怪異的別稱，隱隱顯示她對寶玉有難言的情感。高鶚的續書之中，安排她被盜匪劫走污辱（一一二回），最後死去（一一七回），十分悲慘。

配帶金麒麟的史湘雲

史湘雲的祖父是賈母（史太君）的兄長，湘雲父母雙亡，倚靠叔嬸過活，但是嬸嬸待她非常不好，連針線活都得自己來。她天真熱情、心直口快，曾經衝口道出一個小戲子長得像黛玉（二十二回），而惹惱了黛玉；湘雲身上雖然配帶著金麒麟（二十九回），但是長輩們考慮寶玉「金玉良緣」的婚配對象時，完全沒有考慮到她。剛開始，她認為黛玉是「小性兒」的（二十二回），又因為寶釵的攏絡（三十七回）和襲人的挑撥（三十二回），所以總覺得黛玉比不上寶釵；直到相處日久，黛玉的才情和真心，讓湘雲忘記了不愉快的小事，兩人在中秋合力做出的聯句，最末二句為「寒塘渡鶴影，冷月葬詩魂」（七十六回），充分顯示她們的才思與感情。湘雲最後嫁得很好（一一○回），可惜丈夫很早就病死了，她志言守寡度過餘生（一一八回），同為薄命女子的類型。

賈璉與王熙鳳之女：巧姐

巧姐是王熙鳳的獨生女兒，在前八十回之中，幾乎看不見巧姐的任何故事，只說到了姥姥帶著

孫子板兒到大觀園的時候，巧姐曾和板兒爭奪一個佛手（四十一回），另外她的名字也是劉姥姥起的（四十二回）。鳳姐死後，賈璉因為發配邊疆的賈赦病重，而離家趕往探視，舅舅王仁和叔叔賈環竟想趁機將巧姐賣給外藩，幸而劉姥姥適巧造訪賈府，就把巧姐接到鄉下，避過了這個劫數（一一九回）。按照曹雪芹原本的意思，可能是意欲讓巧姐嫁給板兒為妻，過著樸實的農村生活，所以在「金陵十二釵」的簿冊中，才會畫著一個美人在荒村之中紡紗，但是高鶚在續寫的時候，仍是讓她嫁給了有錢的周姓地主（一二○回），繼續過著富裕的生活，與原作者的設想似乎不太相同。

●《金陵十二釵正冊》中妙玉、史湘雲、巧姐的命運判詞

	判詞與圖畫	命運
妙玉	「欲潔何曾潔？云空未必空。可憐金玉質，終陷淖泥中。」 一塊美玉落在污泥之中。	妙玉身在空門，卻對寶玉動情（六十三回），是一個反比；本身有著嚴重的潔癖，最後卻被賊人劫走姦污（一一七回），又是一個反比。她的命運總是與她的情性背道而馳，可說是十足薄命女子的寫照。
史湘雲	「富貴又何為？襁褓之間父母違。展眼弔斜暉，湘江水逝楚雲飛。」 幾縷飛雲，一灣逝水。	湘雲性格天真，惹人喜愛，又富有詩才，能與黛玉合力造出極佳的聯句（七十六回），但可憐她還在襁褓之時，父母就逝去，這樣可愛的性格和風雅的才情，最後也還是擋不住守寡度日的命運（一一八回）。
巧姐	「勢敗休云貴，家亡莫論親。偶因濟村婦，巧得遇恩人。」 一座荒村野店，有一美人在那裡紡績。	鳳姐接濟劉姥姥，原本只是因為劉姥姥的憨直能討賈母歡心（三十九回），想不到鳳姐死後，就在巧姐差點被親人賣去娶妾的緊要關頭，劉姥姥正巧到來，救出巧姐，躲過了災禍（一一九回）。巧姐的一生，因為有這樣巧合的機緣，而得以平安度過。

賈府的男性當家：
賈政、賈珍、賈璉

賈府當家的老爺們，主要有榮府的賈政、賈璉以及寧府的賈珍，這三人分別象徵了各種賈家男性典型：好色的、貪財的、禮教的，偏偏當中依循禮法的賈政，因為公務繁忙，無暇照應家事，任由賈珍和賈璉把寧、榮二府都帶向衰亡的命運。

賈寶玉之父：賈政

賈政相當嚴謹守禮，原本想以科舉取得功名，但皇帝體恤榮國公的大功，特賜賈政主事的職銜，並一路晉升為掌管朝殿受奏、宿衛的「郎中令」（八十五回）。對於賈母而言，賈政是一個孝子；對於賈寶玉而言，他是一個嚴父，只因寶玉抓週（小孩週歲時，準備各種物品任由抓取，藉此推測未來的志向）時拿了脂粉釵環，為免他將來成為紈袴子弟，便從小嚴加管教；當他聽信了賈環的誇大其辭，誤以為寶玉逼死了丫鬟金釧，於是就痛打寶玉（三十三回），足見他的愛之深、責之切。抄家之後，因為查明賈政一直在外做官，行事也十分正派，所以又再度被朝廷所啟用，並讓他襲了榮國公的爵位（一〇七回）。之後，賈政伴著賈母的靈柩由京城回到金陵，路途上在白茫茫的大雪之中，寶玉光頭赤腳地前來向他拜了四拜，兩人就此斷了父子的情緣（一二〇回）。

寧府當家：賈珍

賈珍是賈府寧國公長男的嫡孫，世襲寧公的爵位。因為父親賈敬嚮往成仙得道，不管世事，所以他十分放肆，不但與小姨子尤二姐有曖昧之事，又疑似姦污自己的媳婦秦氏。第二十九回寫寶玉失玉發瘋，眾人前往探視而場面混亂時，薛蟠忙著照護自己的母親、妹妹和侍妾，正因為他知道「賈珍等是在女人身上做功夫的」（二十五回），怕賈珍趁亂揩油，可見這位珍大爺的荒淫，實在到了極點。賈珍最後因為私了人命而被發配邊疆（一〇七回），末了因為賈政起復、寶玉中舉，才被救回（一二〇回）。

王熙鳳之夫：賈璉

賈母長子賈赦好逸惡勞，不管家事，賈政公務又忙，對家事不甚細心，所以榮府的事務，多托賈璉（賈赦之子）管理。賈璉自小不肯讀書，由父親賈赦為他花錢捐了個

「同知」的官；雖然娶了鳳姐、納了平兒為妾，卻又在外包養尤二姐（六十四回），賈赦還賞了秋桐給他做小，他仍不滿足，一再與下人的老婆偷腥，甚至連清秀的小男僕也不放過（二十一回）。他與鳳姐兩人聯手，仗著賈府的權勢，為人說通官司，放帳收利，以致抄家時罪證確鑿，使得他被免去了官職，並且父親被問罪、私產被抄沒、鳳姐死去等噩耗接踵而來，幸而最後遇到了大赦，賈府重新得回了府宅，他才洗心革面，並把侍妾平兒扶正（一一九回）。

● 賈府的三位男性當家

	賈政	賈珍	賈璉
性格	自幼酷喜讀書，為人嚴謹，最得榮國公的疼愛。	因父親不管事，所以賈珍不讀書，一味享樂。	不愛讀書，性好漁色，奢侈玩樂。
官職	恩賜工部主事，晉升至郎中令。	世襲三品神威將軍。	捐官同知。
妻妾子女	娶王夫人為妻，生賈珠、元春、寶玉；納趙姨娘為妾，生探春、賈環。	娶妻尤氏，納妾至少四人，僅有佩鳳、偕鸞、文花三名在書中留有姓名。	娶妻王熙鳳、納平兒、秋桐、尤二姐為妾。
相關重要情節	● 新建的大觀園許多匾額尚未題字，便命寶玉跟入園中，試探他的才情。（十七回） ● 錯以為寶玉逼死母婢，狠下心鞭笞教訓。（三十三回） ● 榮寧二府被抄，賈政才知道家中寅吃卯糧，虧損甚巨。（一〇五、一〇六回） ● 賈政在茫茫大雪中，見光頭赤腳的寶玉來拜別。（一二〇回）	● 兒媳婦秦可卿死去，賈珍過度哀傷，又鋪張治喪，透露兩人關係不尋常。（十三回） ● 作主將小姨子尤二姐嫁給賈璉。（六十四回） ● 因下人鮑二與何三打架，便與賈璉一起作主鞭打五十，逐出園中，結果鮑二不但夥同盜匪劫妙玉、偷錢財，還去四處張揚賈府的仗權敗德之事，使賈家被抄。（八十八回）	● 與鮑二之妻偷情被鳳姐撞破，鮑二之妻羞愧上吊。（四十四回） ● 在外包養尤二姐，交由鮑二照應。（六十五回） ● 鞭打鮑二趕出賈府，招來一連串災禍。（八十八回） ● 賈璉出遠門探視父親賈赦病況，臨行時將巧姐托給大舅子王仁，巧姐差點讓王仁等賣了。（一一七回）

賈府的女性長輩：賈母、王夫人、邢夫人

賈母和王夫人、邢夫人是《紅樓夢》中三位重要的女性長輩，她們都是正室出身，並且生有子嗣，從而能由媳婦熬成婆，在府中擁有封建制度下難得的女性權力。他們在書中分別代表了封建女性正室的不同典型，展現出不同女性對權力的各種運用方式。

位於權力頂端的賈母

賈母出身金陵史家，所以又稱為「史太君」，她是賈府最位高權重的人物，精明，卻不費神管束，於是府裡各個貪婪斂財、荒淫放縱。她尤其庇護寶玉，任由他和姊妹們廝混，卻又不尊重他和黛玉的私情，作主讓寶玉娶了寶釵。她忙著讓子孫奉承取樂，元宵夜宴時，她說一聲「賞！」，家人就把成筐成籮的錢幣撒向戲台（五十四回），十足鋪張。最後賈家勢敗，她上香祝禱，向上天祈求由自己承擔所有的罪過，讓兒孫平安（一〇六回），果然不久之後就死去（一一〇回）。

賈寶玉之母：王夫人

王夫人的丈夫賈政雖非長男，但比兄長賈赦爭氣務實，王夫人又生了個貴妃的女兒和啣玉的兒子，加上娘家是四大家族之一，因此形勢上比長房的邢夫人更為優勢。不過她雖和鳳姐一起理家，但是缺少精明才幹，所以只能算是虛位。王夫人只要一聽到寶玉被勾引的風聲就光火：第一次是寶玉調戲金釧，她卻把金釧趕出賈府，使其羞憤投井（三十二回）；第二次是逐出晴雯，使其病勢加劇而死（七十七回）；第三次是懷疑大觀園中的女孩有私通之事便帶隊搜查，結果逼死了迎春的婢女司棋、逼走了惜春的丫鬟入畫（七十四回）。由此看來，王夫人雖吃齋念佛、秉著慈善的形象，但終究可說是一個無能而昏聵的婦女。

榮府的長媳：邢夫人

邢夫人是賈母長子賈赦的媳婦，出身沒有四大家族來得顯赫，她秉性愚弱，苛刻吝嗇，連自己兄弟姊妹窮困潦倒也不聞問（七十五回）；丈夫賈赦想納賈母的丫鬟鴛鴦為姿，她甚至為他打點，賈母諷刺她「賢慧得過了頭」（四十六回）；迎春不是她親生的，嫁得不好，她一點都不難過（八十一

回）；賈璉也不是她親生的，所以她輕易地受了兄弟的教唆，竟打算把賈璉的女兒巧姐賣給外藩（一一九回）。不論從哪一種角度來看，邢夫人都是完全負面的人物，只想著守住錢財，巴結丈夫，完全沒有長輩的慈愛。

●賈府的三位女性長輩

	賈母	王夫人	邢夫人
性格	風趣聰敏，但並不善用自己的精明，只圖子孫來湊趣享樂，對晚輩多是放縱寵溺。	老實心慈，但是一遇著了寶玉和女孩兒之間的牽扯，她素日的和善就變了樣。	愚昧癡頑，又貪財吝嗇，只知道奉承丈夫，對倫常道理完全不顧。
出身家世	娘家是四大家族之一的史家。從小就享福，丈夫又曾經籌辦接駕的事，所以她多見多聞，知道各式奢華的器皿擺飾，並且有獨到的品味。尤其對各種享樂都十分在行。	娘家是四大家族之一的王家。兄弟是九省都檢點，與賈家互相攀緣。	娘家本有些餘蓄，全被她捏在手中，以致兄弟姊妹潦倒，也無法得她接濟。（七十五回）
權力	賈府權力的中心，賈家不論男女都得聽這位老太太的號令。	上有賈母，下有鳳姐，所以王夫人沒有作為。她的權力多執行於丫鬟女婢的懲治。	賈府諸事用不著她過問，她的權力出於長房媳婦的輩分，賈赦、賈璉不在時，她是個長房的當家。
相關重要情節	●寶玉要吃名貴又費事的蓮葉羹，鳳姐就叫人做了十碗，賈母笑著點破鳳姐藉機自己享受又做順水人情的心思，足見老太太的精明。（三十五回） ●阻止賈政責打寶玉，顯示她祖護孫子寶玉以及壓抑兒子的態度。（三十三回） ●家勢衰敗後，賈母清點銀錢，一一發放，可以看出她理家的能力遠超過其他人，只是平常不表現。（一〇七回）	●為了害怕別人勾引寶玉，便逼走金釧、晴雯，又抄檢大觀園，證明她未曾想到管束自己的兒子，也不曾認清兒子才是種種情事的禍端。（三十二、七十四、七十七回）	●為賈赦納鴛鴦的事奔走、做主嫁巧姐，在在都證明她的愚弱。（四十六、一一九回）

賈府中的重要侍妾：
香菱、平兒、趙姨娘

《紅樓夢》之中各房老爺、少爺的侍妾相當多，其中香菱是被列入了《金陵十二釵副冊》中的人物，與平兒一樣，都是恬靜可愛的角色，而趙姨娘則是賈府中人人嫌的負面人物。

身世坎坷的香菱

香菱本名「甄英蓮」（諧音「真應憐」），五歲時被拐子帶走養大，因同時被賣給了薛蟠和馮淵而引起兩人爭搶，結果薛蟠打死了馮淵帶回香菱（第四回）。然而薛蟠並不珍惜香菱，之後又娶了夏金桂和寶蟾，這兩名潑辣的女子處處折磨香菱（八十回），金桂甚至想要下藥將她害死，卻不料自己誤食而身亡（一〇三回）。後來薛蟠獲罪入獄，釋放之日把香菱扶正，香菱生下薛家的骨肉，自己卻難產而亡（一二〇回）。

鳳姐的心腹：平兒

平兒原是鳳姐的貼身侍婢，也是鳳姐的心腹。她聰明清秀，處事又周全厚道，常瞞著鳳姐照顧弱勢之人，五十二回寫寶玉的小丫鬟墜兒偷了鐲子，平兒擔心賈府長輩生氣，也怕襲人等大丫頭也會沒面子，所以暗地把贓物送回了事；趙姨娘央求丫鬟彩雲偷拿玫瑰露，平兒怕事情鬧開了，探春面上無光，便請寶玉承認是自己拿了送人

（六十一回）；王仁、賈環等人打算將巧姐賣給外藩，平兒就偷偷請適巧造訪的劉姥姥帶走巧姐，使她避過了一禍（一一九回）。賈璉探視過發配發疆的賈赦，回來之後感念平兒盡心負責，於是將她扶正，由妾升格為妻。

人人嫌惡看輕的趙姨娘

趙姨娘本是賈府的奴僕，爾後成為賈政的侍妾，因為性格粗鄙、卑劣，被大觀園中所有的人嫌棄。第五十五回，寫趙姨娘的兄長趙國基（賈府奴僕）死去，適逢女兒探春掌理家務，按例發給死者親屬二十兩慰問，趙姨娘卻大吵大鬧嫌少，使得探春賭氣說自己只認王夫人為母（五十五回）。趙姨娘一心除去當權的鳳姐和得寵的寶玉，甚至收買馬道婆使邪術加害二人，幸而仙道指點可用通靈寶玉驅魔攘災（二十五回）。書中末尾，趙姨娘被鳳姐在閻王面前告了狀，於是好似著了魔一般，雙眼突出，口吐鮮血，呼痛而死（一一三回）。

賈府中的丫鬟等級 清代富貴人家的丫鬟，最好的出路就是升格為主人的侍妾，一如平兒和趙姨娘一般。然而，要成為侍妾的第一步，必須先成為大丫鬟。大丫鬟是主人貼身的女婢，像是襲人、晴雯等等，負責侍侯更衣、飲食、帳務等較為親近的事務，而其他灑掃跑腿等周邊的瑣事則由小丫鬟負責。大丫鬟不但能主管小丫鬟，甚至怒罵責打也無所謂。第五十二回，寫寶玉的小丫鬟墜兒偷了鐲子，平兒主張不要告訴晴雯，說：「晴雯那蹄子是塊爆炭，要告訴了她，她是忍不住的，一時氣上來，或打或罵……」可見大丫鬟對小丫鬟的管理權力。

●三位賈府侍妾的命運

	香菱	平兒	趙姨娘
身世	父親為鄉宦甄士隱，五歲時被拐子帶走。	鳳姐的心腹通房大丫鬟，收入賈璉房中。	原為賈府家奴，賈政納為侍妾。
性格	**純真可愛** 不論是受到薛蟠或是夏金桂、寶蟾的欺侮，都是逆來順受。	**寬厚圓融** 時時救助弱勢，處處替別人留面子。	**卑劣粗俗** 心術不正，不是使邪術害人，就是為錢財吵鬧。
人際關係	人人憐她孤苦，黛玉、湘雲、寶釵還教她做詩，入了詩社。	人人稱讚她好心又會做人。	人人嫌棄她不明事理、愚昧貪婪，連奴僕丫鬟都看輕她。
結局	被薛蟠扶為正室，難產而死。	被賈璉扶為正室。	受果報痛苦而死。

列入《金陵十二釵副冊》（首頁）

判詞與圖畫	命運
「根並荷花一莖香，平生遭際實堪傷。自從兩地生孤木，致使香魂返故鄉。」 一枝桂花，下面有個蓮枯藕敗的池沼。	「根並荷花一莖香」，暗喻「香菱」這個名字；「自從兩地生孤木」則指「桂」字拆開後為二「土」、一「木」，也就是夏金桂。香菱幼時被拐子帶離家人，已經堪憐，後來又受到正室夏金桂的欺侮，最後雖被扶為正室，但卻難產而死（一二〇回）。

賈府中的重要丫鬟：
晴雯、襲人、紫鵑、鴛鴦

晴雯、襲人、紫鵑和鴛鴦分別是寶玉、黛玉和賈母的女婢，其中晴雯和襲人被列入了《金陵十二釵又副冊》之中。這四人雖為丫鬟的身分，但作者為他們刻劃了生動的形象，且由於她們親近書中的重要角色，不僅能側面襯托主角的性格，有時也成為關鍵劇情的要角之一。

潑辣而早逝的晴雯

晴雯是個水蛇腰、削肩膀，彷彿病西施的美人，眉眼之間有酷似林黛玉的神態。寶玉非常寵愛她，曾因為晴雯愛聽撕扇子的聲音，就拿了許多名貴的扇子讓她撕毀（三十一回）。晴雯有一項絕活，能做極細極工巧的針線，曾替寶玉修補了連織匠裁縫都無法修復、燒了一個洞的孔雀羽毛大氅（五十二回）。她的性格潑辣，常常得罪人，因而有人向王夫人祕報晴雯輕佻，使得她在病中被趕出了賈府（七十六回），鬱鬱而亡。

寶玉最親近的侍婢：襲人

襲人曾和寶玉發生關係（第六回），她一直希望能成為寶玉的侍妾，也鼓勵寶玉追求功名志業，因而討得長輩們歡心，王夫人更把她的月薪調整成和姨娘們一樣（三十六回）。襲人也曾經盤算，如果是寶釵嫁給了寶玉，將來比較

能夠包容她做小，不過人算不如天算，寶玉中舉之後失蹤，她被發配出了賈府，嫁給優伶蔣玉菡（一二〇回）。

黛玉的貼身丫鬟：紫鵑

紫鵑是黛玉的貼身丫鬟，忠心事主，深知黛玉對寶玉的感情，眼見寶玉多情，曾經十分擔心，所以出言試探寶玉，騙說黛玉要回蘇州，弄得寶玉急痛迷心，差點病死（五十七回）。在寶玉瘋癲娶妻之時，賈母等人希望紫鵑出面攙扶寶釵，以掩飾新娘不是黛玉，但紫鵑執意不去（九十七回），展現了主僕之間的深情。紫鵑最後陪伴惜春一起出家，餘生在清淨的佛門中度過（一一八回）。

忠心殉主的鴛鴦

鴛鴦是賈母最寵信的婢子，貌美、能幹又忠心，賈母身邊的諸事都是由她經管。賈母的大兒子賈赦

看中了她的美貌，曾想盡辦法要娶她為妾，但鴛鴦深知賈赦好色，不願下嫁，哭求賈母，終於阻止了婚事（四十六回）。爾後賈母去世，鴛鴦也隨著上吊殉主，魂魄升天後接掌了癡情司，成為警幻仙姑座下的女仙官（一一一回）。

●《金陵十二釵又副冊》中情雯與襲人的命運判詞

	判詞與圖畫	命運
晴雯	「霽月難逢，彩雲易散。心比天高，身為下賤。風流靈巧招人怨。壽夭多因誹謗生，多情公子空牽念。」 滿紙烏雲濁霧。 	晴雯美貌靈巧，但是身分微賤。因為遭到小人的誹謗，使得王夫人懷疑她勾引寶玉，一怒之下逐出賈府，隨後病逝，讓賈寶玉這個多情公子掛念不已。
襲人	「枉自溫柔和順，空云似桂如蘭，堪羨優伶有福，誰知公子無緣。」 一簇鮮花，一床破席。	襲人溫柔和順，一心想嫁給寶玉為妾，想不到寶玉出家遠去，襲人被發配嫁給了優伶蔣玉函，與寶玉沒有婚姻的緣分。

●紫鵑與鴛鴦的命運

	紫鵑	鴛鴦
身分	賈府派給黛玉的丫鬟，原名鸚哥。主管瀟湘館之中大小事。	賈母身邊權力最大的女婢。
性格	忠於黛玉，體貼事奉。	忠於賈母，精明能幹。
角色形象	黛玉待她甚好，所以紫鵑也傾心相對，凡事為她籌劃，是黛玉最親近的婢女，黛玉死後便隨著惜春出家。	不甘做賈赦的侍妾而極力反抗，賈母死後也跟著殉主。由於重情知義，所以死後接掌太虛幻境的癡情司。

助展情節的方外之士

《紅樓夢》一書主要的故事架構，是由僧道攜帶頑石下凡，最後又由僧道帶寶玉復歸，不論是在賈寶玉危急的時候，抑或平日宴遊睏倦之時，神仙僧道屢屢出現，幫助推展故事的情節，可以說扮演了相當關鍵的角色。

太虛幻境的主人：警幻仙子

警幻仙子在書中有時也稱做「警幻仙姑」，她居住在離恨天之上、灌愁海之中，是放春山遣香洞太虛幻境的主人，司職人間的風情月債，掌管塵世的女怨男癡（第五回）。她冊封頑石為赤霞宮神瑛侍者，主持寶玉和黛玉下凡的事，並且受了榮寧二公的請託，讓寶玉神遊太虛幻境。此外，書中一些重要的女子，諸如尤二姐、尤三姐、秦可卿、鴛鴦、鳳姐，在死後也是到警幻仙子跟前交代生前的情事，並聽從發落。

茫茫大士和渺渺真人

茫茫大士和渺渺真人在《紅樓夢》一書之中，主要在穿梭人間和仙境，算是交通兩個世界的使者。第一回中，甄士隱在夢中看見了具仙人風骨的一僧一道，夢醒之後，又在現實中遇見了一位癩頭跣腳的僧人和跛足蓬頭的道士，此橋段說明了這兩位癩僧和瘸道，其實就是茫茫大士和渺渺真人。他們在仙境是「骨格不凡，豐神迥別」的風采，來到凡塵，卻化身為癩頭和跛足的模樣，這樣的布置，正如甄士隱（真事隱）的名字一般，是用殘缺醜陋的樣貌，隱藏真正的道行和大智。這兩位仙人與警幻仙子不同，能以實體的方式出現在凡間，所以能在危急的時候化身出現，救助或點醒迷惘和受難的眾生。

傳抄《石頭記》的空空道人

相對於警幻仙姑出現的場域全都在仙境、茫茫大士和渺渺真人穿梭天上人間，空空道人則是以凡人的身分，完全在塵世活動。他在訪道求仙的路途中，偶遇了青埂峰下的頑石，見到石上所鐫刻的故事，便從頭到尾抄錄下來，自己也因為閱讀了這個故事，而因空見色，由色生情，於是改名為「情僧」（第一回）。其後空空道人再度經過青埂峰，見石上又多出了一些字跡，於是又重新抄錄一遍，並經賈雨村（意指「假語村言」）指點，將抄錄內容交給了曹雪芹（一二〇回）。可見空空道人這個角色主要的作用，是推進《石頭記》一書的轉述、傳抄、流傳。

●茫茫大士和渺渺真人在塵世的活動

回數	出場人物	情節
第一回	茫茫大士和渺渺真人	●變頑石為美玉，並攜入紅塵。 ●對甄士隱道出神瑛侍者和絳珠仙草的往事。 ●預言甄英蓮（香菱）失蹤。
第三回	茫茫大士（癩僧）	●黛玉三歲時，癩頭和尚吵著要度化她出家。林父不肯，癩頭和尚就說，如果不出家，那就不能聽到哭聲、不能見父母以外的人，否則難保平安。
第七回	茫茫大士（癩僧）	●寶釵有些喘嗽之症，吃了許多方子，竟不能好。經癩頭和尚開了一帖「冷香丸」予寶釵，發作時服用，竟有奇效。
第八回		●癩頭和尚送了四句吉祥話給寶釵，並囑咐薛家的人，一定要鏨在金器上，隨身佩帶。
十二回	渺渺真人（癩道）	●賈瑞苦於相思，又被鳳姐捉弄，沉沉地病了，跛足道人拿風月寶鑑救治賈瑞，無奈賈瑞不聽勸阻，拿鏡子的正面來照，竟然死去。
二十五回	茫茫大士和渺渺真人	●鳳姐和寶玉遇上了魔魘法，僧道二人同來，囑咐家人，利用通靈寶玉，就能救治。
六十六回	渺渺真人（癩道）	●柳湘蓮悲痛自己輕賤尤三姐，導致尤三姐自刎而亡，跛足道士適時點化，柳湘蓮醒悟出家。
九十五回		●寶玉失玉，妙玉扶乩請出拐仙，寫下一些無人能解的話語，其中有「青埂峰一別」等字句，可見拐仙應是跛足道士，亦即渺渺真人。
一一五回	茫茫大士（癩僧）	●癩頭和尚送還通靈寶玉給賈府。
一一六回	茫茫大士（癩僧）	●寶玉魂魄隨癩頭和尚到太虛幻境，被鬼怪追逐，和尚持寶鏡相救，並出言警示寶玉：「世上情緣都是魔障。」
一一七回		●癩和尚點化寶玉，告訴他幻境就是他的來處。
一二○回	茫茫大士和渺渺真人	●寶玉拜別賈政，被一僧一道夾住飄然而去。

第 3 章

前八十回
精采橋段

　　曹雪芹所撰寫的《紅樓夢》前八十回，一方面鋪陳了賈寶玉和林黛玉、薛寶釵之間糾葛的情緣；一方面描寫賈府權勢富貴的面貌，由此牽引出豪門之中各種荒淫、敗德的景象。作者還藉著紅樓二尤、劉姥姥、金釧等貧苦、弱勢的人物形象，將賈府財大氣粗的狀況襯托得更為鮮明，暗暗鋪設「為富不仁」將導致禍敗亂亡的軌跡。

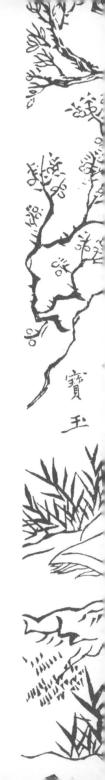

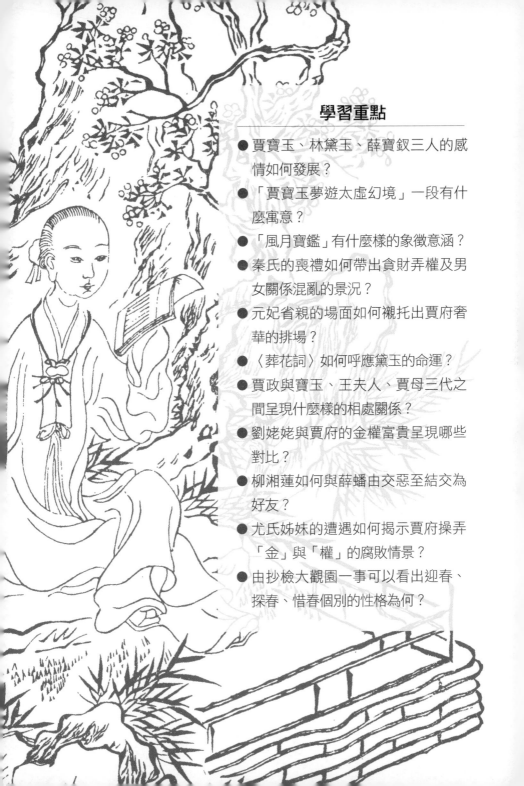

學習重點

- 賈寶玉、林黛玉、薛寶釵三人的感情如何發展？
- 「賈寶玉夢遊太虛幻境」一段有什麼寓意？
- 「風月寶鑑」有什麼樣的象徵意涵？
- 秦氏的喪禮如何帶出貪財弄權及男女關係混亂的景況？
- 元妃省親的場面如何襯托出賈府奢華的排場？
- 〈葬花詞〉如何呼應黛玉的命運？
- 賈政與寶玉、王夫人、賈母三代之間呈現什麼樣的相處關係？
- 劉姥姥與賈府的金權富貴呈現哪些對比？
- 柳湘蓮如何與薛蟠由交惡至結交為好友？
- 尤氏姊妹的遭遇如何揭示賈府操弄「金」與「權」的腐敗情景？
- 由抄檢大觀園一事可以看出迎春、探春、惜春個別的性格為何？

木石前盟

賈寶玉和林黛玉的感情發展是《紅樓夢》中最受矚目的劇情主線之一。黛玉前世為絳珠仙草,寶玉則是一塊頑石,兩人的情緣被稱做「木石前盟」。在大觀園那麼多名女子之中,寶玉獨獨衷情黛玉,除了志趣相投的因素之外,也正是因為前世的盟約,使得兩人的關係更加深厚。

三生石畔的雨露恩情

女媧煉石補天所剩下的一塊頑石,後來修練成可以自由來去的通靈寶玉,並被警幻仙姑冊封為赤霞宮神瑛侍者。當神瑛侍者在靈河岸上的三生石畔遊歷時,見到了纖弱孤寂的絳珠仙草,心生憐惜之情,便經常到訪,用甘露灌溉滋養,細心地呵護,使得這株仙草脫卻草木本質,修成了女體。適時正逢神瑛侍者決心下世為人體驗紅塵的情緣,絳珠仙草為了報恩,便也決定跟著降生到人間,用一生一世的眼淚,償還神瑛侍者在三生石畔的雨露恩情。(第一回)

人間的初次相見

絳珠仙草投胎為林黛玉,在母親賈敏去世之後,父親林如海便將她送到榮國府,交由外祖母史太君(賈母)照顧。林黛玉剛到賈府,在賈母處用餐時見到了寶玉。寶玉發現黛玉和他人一樣,出生的時候十分平凡,不像自己是口中啣玉而生。他一時氣憤竟將通靈寶玉往地上一摔,破口大罵,認定美玉一定不是好東西,不然這個「神仙似的妹妹」怎會沒有。寶玉突如其來的舉動,讓黛玉驚惶自責,流淚不已。賈母哄騙寶玉,說林妹妹的玉跟著她母親陪葬了,黛玉因為謙虛才說自己沒有玉,寶玉聽了才轉怒為喜。(第三回)

日漸情深

自從黛玉住進了賈府,和寶玉吃在一起、玩在一起,兩人的感情日漸深厚。然而薛寶釵隨後來到(第四回),接著史湘雲也常來賈府走動(二十回)。算命先生曾說寶玉適合與「金命」的女子婚配,正巧寶釵配戴了一副金鎖、湘雲則有一隻金子打造的麒麟,黛玉很擔心這兩位姊妹會拆散她與寶玉的情緣,因此經常吃乾醋、使性子、掉眼淚。例如第二十回寫到:寶玉向賈母請安,正巧黛玉在旁,聽說寶玉是從寶釵那兒過來的,便賭氣回房,寶玉急忙跟了過去,軟語安慰著,還說「我也為的是我的心,妳

心難道就知道妳的心，不知道我的心不成？」（二十回）誠摯懇切的話語足見兩人的感情已經一天比一天深。

贈帕定情

寶玉和黛玉雖然感情日深，然而寶玉依然惹出許多事端，讓黛玉著急流淚。有一次，忠順王府的戲子蔣玉函不見了，王府派人向寶玉打聽，寶玉的父親賈政認為兒子在外胡作非為，教唆戲子逃走，正在氣頭上，偏偏庶出的兒子賈環又趁機挑撥說王夫人房裡的婢女金釧，因寶玉逼姦未遂而投井死去，賈政驚怒不已，狠狠將寶玉打了一頓。皮開肉綻的寶玉倒臥在床時黛玉趕來探視，在病榻前擔心哭泣，表露了真情。寶玉隨後差人送了兩條自己的舊手絹給黛玉，「舊手絹」即為「舊手帕」，與「就怕」諧音，意思是擔心黛玉哭泣，特別贈巾拭淚；而傳達相贈私人貼身的手巾，也有著希望成雙成對的意願。黛玉心領神會，題詩在手絹上，這兩條手絹也就成了兩人的定情之物。（三十三、三十四回）

情深不移

寶玉和黛玉雖然沒有明言，但是心中已經暗自私定終身。然而日子一天天過去，賈母和王夫人都沒有要為寶玉娶妻的意思，黛玉的貼身丫鬟紫鵑不免心急，擔心最疼愛黛玉的賈母百年之後，沒有人可以為黛玉做主，無法與寶玉成婚；加上寶玉常常和姊妹丫頭們調笑，紫鵑又怕寶玉意志不堅，喜歡上別人，所以出言試探說黛玉快回蘇州林家去了。想不到寶玉真的受了驚嚇，回到怡紅院後高燒不下，而且神情呆滯，口角流涎，奶媽來掐了人中，也不見他覺得疼，慌得賈母、王夫人一人群人來，逼問了紫鵑，才知道是急痛迷心，慌忙叫王太醫來診治，又頻頻安慰寶玉，說黛玉絕不會搬回故鄉，寶玉才慢慢回轉過來（五十七回）。紫鵑這才認定寶玉對黛玉已是情深不移。

● 寶玉與黛玉今生的情緣

人間初見（三回）

寶玉對黛玉的第一印象 寶玉感覺未曾謀面的林妹妹如此面熟，好像是久別重逢一般。	寶玉因為林妹妹無玉，摘下通靈寶玉就摔。
黛玉對寶玉的第一印象 黛玉一見寶玉便大吃一驚，感覺倒像在哪裡見過似的。	

黛玉心想若是摔壞了那玉，豈不是自己的罪過。於是淌淚到深夜，直到襲人寬慰，方才睡去。

日漸情深（二十回・二十八回）

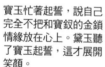

寶玉正和寶釵玩笑，聽人說湘雲來了，就同寶釵一起到賈母處探視湘雲。正巧黛玉也在，黛玉便問寶玉：「打哪裡來？」

寶玉回答黛玉：「打寶姐姐家來。」黛玉冷笑：「我說呢，虧在那裡絆住。」便賭氣回房。寶玉趕上去好言安慰，叫黛玉別著惱，氣壞了身體。

黛玉道：「我為的是我的心。」寶玉便回：「我也為的是我的心，妳心難道就知道妳的心，不知道我的心不成？」

寶玉忙著起誓，說自己完全不把和寶釵的金鎖情緣放在心上。黛玉聽了寶玉起誓，這才展開笑顏。

黛玉並不領情，說自己只是草木人兒，不比別人有金鎖那麼光采，自然無福消受。

元妃賞賜端午節禮品，寶玉和寶釵的禮物完全相同。寶玉怕黛玉多疑，趕忙把禮物都送到黛玉處，請黛玉挑自己喜歡的留下。

（接上頁）

贈帕定情（三十四回）

寶玉挨打，在病榻看見黛玉低泣，趕緊哄騙黛玉說自己是裝痛的，其實沒什麼要緊。黛玉千言萬語噎在喉頭說不出來，聽見鳳姐來了，趕忙要走。

寶玉擔心黛玉心中難過，打發晴雯送了自己用過的舊絹到瀟湘館，表示自己「就怕」黛玉哭泣，所以贈巾拭淚；另一方面用兩條絹子，傾訴自己希望能和黛玉成雙成對的心情。

黛玉看見寶玉差人送了舊的絹子來，知道這是寶玉私相授受的定情物，用以表達愛意。她羞怯不已，便研墨寫詩在絹上，當做這段愛情的見證。

情深不移（五十七回）

寶玉到瀟湘館找黛玉，黛玉正在午睡，寶玉便和紫鵑聊天，說要常常拿燕窩來給黛玉吃，黛玉的身體應該會健康起來。紫鵑故意試探說：「明年回家去，哪裡有這個閒錢吃這個？」

寶玉：「誰要回家？」紫鵑：「林妹妹要回家。」

寶玉急得身上發熱，眼珠直直的，口角邊津液流出來都不知道。襲人、賈母等逼問紫鵑，紫鵑忙道：「不過是說著玩的」。

自此雙玉兩人交心，彼此認定。

寶玉服了藥後，神智漸漸清醒。紫鵑告訴黛玉「寶玉的心倒實，聽見我們要回去，就這麼病了起來。」

正巧一個姓林的家奴來問候寶玉，寶玉大叫：「不得了了，林家的人來接黛玉了。」賈母的慌忙安慰。叫了太醫來診治，說是「急痛迷心」。紫鵑聽太醫說著寶玉的症候，不免羞愧地低了頭。

金玉良緣

寶玉雖與黛玉有「木石前盟」，但在今世卻和寶釵成婚。寶玉浪漫、寶釵理性，兩人性格完全相反，但命運卻使他們結成夫妻。這個結局可歸於寶釵始終小心翼翼地經營與他人的應對，而黛玉卻孤芳自賞，最後使得寶釵在婚姻大事上占得優勢。

「金」與「玉」的對句

賈寶玉出生時，口中啣玉，曾經有一個算命的說寶玉適合與「金命」的女子成婚，作者更暗示這個「金命」的女子，其實就是寶釵。第八回寫寶玉前探視寶釵，兩人拿出隨身配帶的金鎖和通靈寶玉互相交換賞玩，發現通靈寶玉上刻著「莫失莫忘，仙壽恆昌」，金鎖上則鏨著「不離不棄，芳齡永繼」，二則竟是對句！「金玉良緣」的情分，似乎冥冥之中已經註定。（第八回）

元妃賞賜兩人相同的禮物

元妃（即元春）回賈府省親時，寶釵與黛玉在文才上不凡的表現，在她心中留下了深刻的印象。後來，逢到端午佳節，元妃備齊了各種禮物賞賜給所有的親眷，其中寶玉的禮物和寶釵的一模一樣，而黛玉則是和迎春等姊妹相同。這件事表明了在元妃的眼中，寶釵的端秀大方勝過黛玉的病弱高傲，較適合與寶玉匹配，這正好與大觀園其他長輩的看法不謀而合。（二十八回）

兩人的性格相異

再者，寶釵對寶玉亦有情意。第三十四回，寫寶釵看見寶玉受到杖責，不禁出言道：「我們看著，心裡也……」說罷臉頰微紅。這段沒說完的話，反而透顯了寶釵對寶玉的感情。然而，寶玉與寶釵兩人的性格完全不同，在寶玉心裡實在無法將寶釵當做婚姻的對象。寶釵圓融世故，無論是點菜或是聽戲，都依照長輩的喜好安排（二十二回）；而寶玉卻屢屢違逆長輩的意思，在學堂打架（第九回）、與戲子往來（二十八回）、戲語婢女（三十回）。寶釵十分世俗，曾希望自己入選宮中（第四回），還鼓勵寶玉投考功名（三十二回）；寶玉卻厭棄世俗的價值觀，認為滿嘴經世濟民的人是「國賊祿鬼」（三十六回）。寶釵會做人，第六十七回作者借趙姨娘之口指出：寶釵得了兄長寄來的禮品，就挨門送給賈府所有的人，連賈環都有份；而寶玉最不耐煩應酬，日日在園中遊玩（三十六回）。凡此種種，都可以看出寶釵與寶玉兩人個性和處事態度完全相反。

●寶玉與其他人對寶釵的看法

| 對寶釵的看法 | 對寶釵的看法 |

 賈母

- 賈母喜其穩重和平。（二十二回）
- 賈母：「娶個金命的人幫扶他（寶玉），沖沖喜。」（九十六回）

 王夫人

- 王夫人：「寶釵小時候，便是廉靜寡慾，極愛素淡的……看看寶釵雖是痛哭，她那端莊樣兒，一點不走，卻倒來勸我，這真真難得。」（一二〇回）

 丫鬟小廝

- 丫鬟小廝都認為寶釵比黛玉性情更好些。例如小紅曾說：「若是寶姑娘聽見，還倒罷了。那林姑娘嘴裡又愛剋薄人，心裡又細，她一聽見了，倘或走露了，怎麼辦呢。」（二十七回）

- 「親不隔疏，後不僭先」，寶玉認為黛玉比寶釵更為親近。（二十回）

- 寶玉曾對黛玉說：「當初姑娘來了，那不是我陪著玩笑？我心愛的，姑娘要，就拿去……如今誰承望姑娘人大心大，不把我放在眼裡，倒把外四路兒的寶姐姐、鳳姐姐的放在心坎兒上。」（二十八回）在寶玉心中，別人都是外人，任是誰都比不上黛玉。

- 寶釵樣貌人人稱讚，只有寶玉曾打趣寶釵體態豐腴。寶玉：「怪不得他們拿姐姐比楊妃，原也體胖怯熱呢！」寶釵聽說，不由的大怒，待要發作，又不好怎樣。（三十回）

 寶玉

整體印象

品格端方
容貌豐美

整體印象

有長姐風範，但談到
感情總不及黛玉

眾人一致認為寶釵是寶玉最佳的婚配對象。

衝突

寶玉對於寶釵，敬重多於愛戀，存在的是姊弟之情，而非夫妻之愛。

賈寶玉夢遊太虛幻境

作者安排賈寶玉遊歷太虛幻境，藉由警幻仙子之口，說出寶玉不同於常人的性情，是世間女子的知音，其一生都與「情」字密不可分。此外，也用《金陵十二釵》簿冊的橋段暗示了書中十數名女子的命運，做為日後促使寶玉頓悟的重要環節之一。

寶玉倦臥秦氏閨房

寶玉隨賈母到寧府花園賞梅，忽然蒙生倦意，賈蓉的妻子秦氏就出面招呼寶玉到廂房休息。先是到了一間上房，房中的陳設予人激勵讀書向上、求取功名之感，然而寶玉的個性最不喜歡規規矩矩地唸經書、寫八股文、考科舉，所以不肯待在這間睡房，秦氏只好請他到自己的臥室休息。只見那房中不但香氣瀰漫，而且裝飾擺設都充滿了女兒家的味道，這正合了寶玉喜愛脂粉味的脾性，於是他高高興興地在秦氏的床上睡去，悠悠進入夢中。

隨警幻仙姑入「太虛幻境」

夢中，寶玉來到了一處名叫「太虛幻境」的地方，這裡是警幻仙姑的住處，她的職責是掌管人間所有的風月情債。因為寶玉先祖榮、寧二公的請託，希望警幻能讓寶玉早一步歷經情慾聲色，再儘早跳出執迷，步入世俗的正軌，因此仙姑便引領寶玉在夢中相逢，希望藉由太虛幻境的遊歷，能讓寶玉大徹大悟，了解塵緣點滴終究是鏡花水月的道理。

展閱「十二金釵」簿冊

寶玉興沖沖地跟著警幻進入了太虛幻境的宮門，只見兩邊數間殿宇上頭都掛著匾額，寫著「癡情司」、「結怨司」、「朝啼司」、「暮哭司」等等的字樣。仙姑告訴寶玉說，這些宮殿裡都存放著天下女子一生命運的記錄，寶玉聽了，吵著要進去觀賞，於是警幻便打開了「薄命司」，只見許多的大櫥，當中藏著許多卷冊，寶玉翻找起自己家鄉的記錄，發現了《金陵十二釵正冊》、《副冊》和《又副冊》三本小書，信手翻閱，只見每一頁都是簡單的水墨畫和幾行字跡，例如《正冊》的首頁，畫了兩株枯木上懸著一團玉帶，地上一堆白雪裡埋了一枝金釵。寶玉自然猜不透這一頁說的就是林黛玉和薛寶釵，只對這些簿冊中的圖畫和字詞稍稍留存了一些印象。

品茗、飲酒、聽曲

警幻仙姑生怕洩露天機，於是連忙把寶玉帶離薄命司。來到後堂，先是用仙花靈葉上的露珠烹煮珍貴的茗茶，名叫「千紅一窟」，寶玉感到異常清香，回味無窮；接著又安排宴席，端上用百種花木所釀製的醇酒，喚做「萬艷同杯」，此酒純冽非凡，寶玉嘖嘖稱奇。

之後，警幻仙姑命令眾仙子演唱《紅樓夢》新曲，每一首曲子都暗暗影涉金陵十二釵的一生，唱出她們悲歡離合、以及無法逃遁的命運。寶玉一邊聽曲，一邊意會唱詞，心中仍是一片朦朧，無法領悟。

寶玉夢中與可卿成親

警幻仙姑讚美寶玉對女子的愛護與鍾情，痛批天下男人不懂情意，全為好色之徒；而寶玉天生為癡情種子，先有「情」，才由「情」生出對「色」的喜好，可稱之為「意淫」，並且指出這種特性將不被世俗認可。

寶玉因為酒醉而告退休息，警幻就把自己的妹妹「兼美」（字「可卿」），許配給寶玉，並命她陪寢，希望寶玉夢醒之後能超脫俗情。可卿與寶玉溫存了一夜，第二天兩人攜手同遊，走到了一個環境險惡的溪畔，沒有舟船也沒有橋樑可以通行，此時警幻仙姑慌忙前來阻擋，說這裡是萬丈的迷津，勸寶玉趕快回頭，忽然間雷聲大作，寶玉不慎落水，不停地大叫著：「可卿救我！」爾後驚醒。

寶玉與襲人初試雲雨

寶玉從夢中驚醒大叫，秦氏夥同眾人連忙趕來安慰，讓他喝過桂圓湯之後，便留下貼身丫鬟襲人為寶玉整理衣裳。襲人發現寶玉竟然夢遺，兩人一時情迷，忍不住有了越軌的舉動（第六回）。從此以後，寶玉看待襲人的態度，就比平常丫鬟更親近，而襲人也以服侍寶玉為職志，盼望成為寶玉的侍妾，一方面鼓勵寶玉考科舉、得功名，一方面暗自擔心寶玉會將孤傲、難以相處的黛玉娶進門做為正室。

● 太虛幻境遊歷的寓意

選擇睡房

寶玉在寧府的會芳園遊玩，倦時便在秦氏的房裡休息。

- 寶玉挑撿睡房的表現，彷彿一個好色的紈袴子弟，只喜歡脂粉釵環的女兒香，而揚棄科舉功名、讀書向上的世俗規範，表現出異於凡人的一面。
- 秦氏對自己是寶玉姪媳的身分並不避嫌，一方面隱隱展現榮、寧二府亂倫事件層出不窮，一方面也與寶玉將在夢中與可卿成婚的情節相呼應。

進入太虛幻境

寶玉在朦朧中被警幻仙姑接引進入太虛幻境。警幻仙姑受榮、寧二公請託而以此次遊歷渡化寶玉，希望消除寶玉沈迷女子溫情的執著，步入正軌，專心繼承家業。

警幻希望藉由種種機鋒，讓寶玉了解人間情事的無可奈何，早日完成為人子的責任，重返仙界。

於薄命司展讀簿冊

寶玉來到薄命司裡，揭開載有大觀園女子命運的金陵十二釵簿冊觀看，卻猜不透其中玄機。

- 金陵十二釵簿冊將大觀園中許多女子一生的命運，以模糊的、令人摸不著頭緒的水墨畫和判詞來表現，因事涉天機，不可明說，不可直說。
- 作者在書中的第五回就寫出這些預告，使讀者在閱讀大觀園的繁華富貴之餘，能夠產生警覺，了解「金」、「權」的虛幻，正是《紅樓夢》意欲表現的重點。

品茗、飲酒

警幻命仙女奉上「千紅一窟」茶與「萬豔同杯」酒。寶玉只覺香氣芬芳馥郁，卻不了解其間寓意。

千紅一窟　隱喻　「千紅一哭」

萬豔同杯　隱喻　「萬豔同悲」

- **千紅一窟**：等同「千紅一哭」，將女孩兒隱喻為花朵，形容紅顏薄命的女子們總有流不盡的眼淚。
- **萬豔同杯**：即為「萬豔同悲」。豔麗的花朵象徵著少女的青春豐美，但美麗的背後仍然是令人悲傷的宿命。

聽曲

席間警幻命仙女演奏新製的〈紅樓夢曲〉，曲中預示金陵十二釵的命運，寶玉卻仍未領悟。

- 警幻再一次以「曲」的形式來預告金陵十二釵的命運，顯示警幻一而再、再而三地用相同的機鋒，期盼點醒寶玉。
- 這裡的「紅樓夢新曲」即為《紅樓夢》書名的由來。

夢中初試雲雨

寶玉酒醉欲睡，警幻便將妹妹兼美許配給寶玉，兩人初試雲雨。

寶釵

＋　　兼得兩人之美　　兼美（可卿）

黛玉

「兼美」名字的含意就是兼得黛玉和寶釵之美。警幻希望寶玉得到了如此完美的伴侶，就不會再沈迷於塵世脂粉，用意便是要助寶玉回頭振作用功。

現實初試雲雨

寶玉醒後延續了夢中的激情，和襲人也發生了關係。

長輩做主婚配

比一般主僕關係更為親密

寶玉

寶釵

均督促寶玉求取功名

襲人

襲人成了寶玉生命中第一個女子，再來則是寶釵。襲人的個性活脫是寶釵的翻版，一心想鼓勵寶玉，照著世俗的標準前進，求取功名仕進。

風月寶鑑的正反用途

《紅樓夢》有許多書名，其中之一便是「風月寶鑑」。「風月寶鑑」是由警幻仙姑所製的一面神奇的雙面鏡。曹雪芹藉由這樣的鏡子，警醒世人風月情債是一體的兩面，縱情於聲色的享受之中容易使人敗家喪身。

賈瑞起淫心

賈敬（寧府當家賈珍的父親）生日的那一天，鳳姐到寧國府做客，遇上了遠房的表親賈瑞。賈瑞覬覦鳳姐的美貌，不時出言調戲，鳳姐心中有氣，但表面上仍假意敷衍。自此之後，賈瑞就不時地到榮國府走動，名義上是探望賈璉和鳳姐，實際上卻意在勾搭。於是，鳳姐為了整治他，就與他相約晚上在西邊穿堂幽會。（十一回）

第一次相約

入了夜晚，賈瑞摸黑進入榮府，但鳳姐故意封鎖了出路，讓賈瑞在穿堂凍了一夜，直到清晨有人開了門，才趕忙溜回家。一夜未歸的結果，賈瑞被祖父賈代儒狠狠打了一頓，罰跪在院內讀書，但他還是不明白這完全是鳳姐刻意捉弄，過兩天又上門拜訪，鳳姐便先發制人，怪他失約，賈瑞道歉連連，仍然糾纏不休。（十二回）

第二次相約

鳳姐心一橫，又相約晚上在臥房後的甬道見面。入夜，賈瑞前往赴約，看見一個人影，便上前抱住，忽然燭光一亮，只見賈薔（賈氏一族的第五代，榮府的遠親）拿著燭台訕笑，而賈瑞抱住的人，竟是賈蓉。薔蓉兩人先是威脅賈瑞寫下五十兩欠條，否則威脅公佈他的醜事，然後說是出門探路，幫助逃脫，要賈瑞等在原地。結果卻搬屎倒尿，從牆頭淋了賈瑞一頭一臉。（十二回）

道人送寶鑑

賈瑞回家後一病不起，一個跛足道人來到，拿出一個正反兩面都可以照人的鏡子，囑咐賈瑞一直看著反面，不出三日即可痊癒。賈瑞往反面一照，驚見一個骷髏立在裡面，嚇得他撒手丟鏡，但隨後又好奇地翻到正面看看，卻見鏡子內竟是鳳姐在招手呼叫。他喜悠悠地進入鏡中與鳳姐雲雨一番，再高興地走出鏡子，每一趟都消耗了不少生氣，反覆數次之後，終於精盡人亡。（十二回）

●風月寶鑑正反兩面的象徵意義

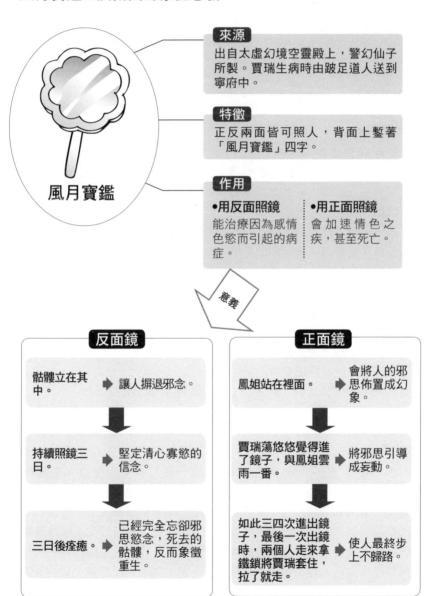

風月寶鑑

來源

出自太虛幻境空靈殿上，警幻仙子所製。賈瑞生病時由跛足道人送到寧府中。

特徵

正反兩面皆可照人，背面上鏨著「風月寶鑑」四字。

作用

• 用反面照鏡
能治療因為感情色慾而引起的病症。

• 用正面照鏡
會加速情色之疾，甚至死亡。

意義

反面鏡

| 骷髏立在其中。 | ➡ | 讓人摒退邪念。 |

⬇

| 持續照鏡三日。 | ➡ | 堅定清心寡慾的信念。 |

⬇

| 三日後痊癒。 | ➡ | 已經完全忘卻邪思慾念，死去的骷髏，反而象徵重生。 |

正面鏡

| 鳳姐站在裡面。 | ➡ | 會將人的邪思佈置成幻象。 |

⬇

| 賈瑞蕩悠悠覺得進了鏡子，與鳳姐雲雨一番。 | ➡ | 將邪思引導成妄動。 |

⬇

| 如此三四次進出鏡子，最後一次出鏡時，兩個人走來拿鐵鎖將賈瑞套住，拉了就走。 | ➡ | 使人最終步上不歸路。 |

寺廟煙雨

秦可卿停靈鐵檻寺一段，將鳳姐雖聰明幹練卻心術不正，利用賈府的權勢斂財、中飽私囊，甚至不惜殘害人命的性格，精湛地表現出來；也帶出了寶玉、秦鐘與智能之間複雜的感情世界，以及他們為這段混亂的男女關係所償付的代價。

外宿水月庵

寧國府的媳婦秦可卿一死，婆婆尤氏也染上重病，賈珍眼看府裡沒有女主人打理，於是商請鳳姐過府協助，幫忙料理喪事、照管內務。鳳姐發揮了理家的才幹，把寧府管得井井有條，秦可卿的喪事也處理得十分俐落，安排在城外的鐵檻寺接靈。當晚，賈家人決定夜宿在寺裡，但由於鐵檻寺人來人往十分嘈雜，鳳姐就帶著寶玉、秦可卿之弟秦鐘一塊住進了離寺院不遠的水月庵。由於這座庵裡做的饅頭非常好吃，所以又有個「饅頭庵」的渾號。

肇禍開端

水月庵有一個美貌的女尼，法號智能，從小就經常在榮府走動，和寶玉、秦鐘都十分熟稔，常常在一起打鬧玩笑。三人長大之後，智能與秦鐘兩人情投意合，這次見寶玉與秦鐘來投宿，喜不自勝，與秦鐘眉來眼去，寶玉看在眼裡，也不說破，暗暗地觀察兩人的舉動。

另一方面，水月庵的主持靜虛拜託鳳姐幫忙關說一件官司，起因是長安府的李衙內想強娶美女金哥，但金哥已經與長安守備的兒子定了親，於是兩邊男方的家長就鬧上了公堂。女方的父母嫌貧愛富，好慕虛榮，有意將女兒嫁給有權有勢的李衙內，得知鳳姐借住水月庵，就拜託靜虛關說，希望請鳳姐藉著賈府的權勢向長安節度使打個招呼，以上司的身分逼迫守備退婚。

秦鐘、智能的越軌

秦鐘一如他的名字一般，是個多情的種子，「鐘情」地愛戀著智能。好不容易，這一夜有了同住一個屋簷下的機會，秦鐘再也忍不住，就趁著夜晚無人尋得了智能，摟著便親熱起來，迭聲哀求：「好妹妹，我已急死了，妳今兒再不依我，我就死在這裡。」智能掙不脫，又不方便嚷嚷，只能半推半就地成其好事。這一夜兩人恩愛非常，互訴衷情。

● 秦鐘的雙性戀情

寶玉

比秦鐘略胖些，面如中秋月，色如春曉花。

秦鐘

眉清目秀，粉面朱唇，身材俊俏，舉止風流，怯怯羞羞有些女兒態。

智能

水月庵主持靜虛的女徒弟，體態妍媚，對秦鐘一往情深。

同為男性　　　親人喪期　　　水月庵女尼

同性戀情
一同上學時，同學們就傳言二人為情侶。

異性畸戀
在榮府相見時，就曾經私下摟抱。

水月庵情事

秦可卿喪事決定在鐵檻寺接靈，當晚秦鐘借宿水月庵時，兩人有了逾矩之事。

寶玉撞見兩人好事，但也不氣惱，只是半玩笑半威脅地要秦鐘與他回房。

秦氏的喪事結束之後，寶玉與秦鐘回到城內。

智能難耐相思，私自進京城與秦鐘相會。

秦父發現了兩人的情事，將智能趕走，並責打了秦鐘一頓。

秦父氣得老病復發，沒幾天就過世了。秦鐘因身體病弱又氣死父親，也跟著一命嗚呼。智能則不知去向。

美好的感情以病、亡、離做結，
只是鏡花水月，終究成空。

秦鐘、寶玉的同性之戀

智慧和秦鐘正在甜蜜恩愛的時刻，寶玉剛好走進門撞見。雖然寶玉和秦鐘兩人的交情早已非比尋常，但是寶玉對於秦鐘偷情的事情並不生氣，只是半玩笑、半威脅地叫秦鐘同他一起回房，並且揚言要和秦鐘一塊兒上床之後，再細細算帳，如果秦鐘不答應就大聲嚷嚷，讓眾人都知道他私通女尼的事，秦鐘只好乖乖聽從，隨著寶玉回到房間。

鳳姐弄權斂財

自饅頭庵回府之後，鳳姐以賈璉的名義，捎了一封書信給長安節度使，教唆節度使以上司的名義，硬生生地逼著守備退了婚。消息傳到女方家中，金哥的父母歡天喜地準備籌辦女兒與李衙內的婚事，誰知金哥是個極為貞節烈性的女子，知道父母毀婚，又將自己嫁給人品低劣的李衙內，一時悲憤不已，竟懸樑自盡。長安守備的兒子聽到金哥自盡的消息，難忍金哥的癡心，痛恨造化弄人，竟然也跟著投水尋了短見。三個家庭人財兩空，只有鳳姐穩穩地拿了三千兩，中飽私囊。

秦父棒打鴛鴦

智能與秦鐘春宵一度，但等到秦氏的喪事完結之後，鳳姐便帶著寶玉和秦鐘回到了城內。智能難忍夜夜相思，於是私自逃離了水月庵，進入京城與秦鐘相會。怎料兩人的事被秦鐘的父親查覺，不但趕走智能，還把秦鐘打了一頓，而且自己氣得老病復發，三、五天就過世了。秦鐘原本就是個身體病弱的男子，受到杖責，又氣死了老父，在悔恨不已、身心煎熬的情況之下，竟然也跟著一命嗚呼。水月庵的一場情事，就如同鏡花水月一般，雖然美好，卻完全禁不住現實的打擊。

《紅樓夢》中同性相好的兩種層次 寶玉和秦鐘相惜，秦鐘略帶女兒態的樣貌，深深吸引疼愛女子的寶玉，兩人是否發生關係，在書中並未明言。但《紅樓夢》一書，描寫同性相好的情節，層出不窮。薛蟠常與同學、優伶廝混，賈璉寂寞時也會找清秀的小僮洩火，不過這兩人著重的是色慾的成分，與寶玉不同。寶玉愛戀秦鐘、柳湘蓮，欽慕北靜王，不是在貪求色慾上的滿足，而是屬於癡情的意淫層次。

●鳳姐包攬官司

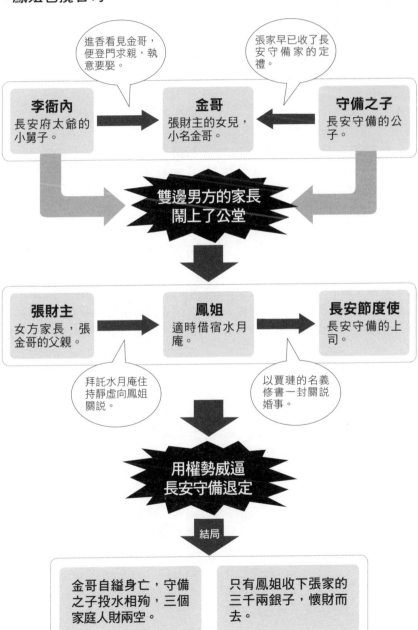

進香看見金哥，便登門求親，執意要娶。

張家早已收了長安守備家的定禮。

李衙內
長安府太爺的小舅子。

金哥
張財主的女兒，小名金哥。

守備之子
長安守備的公子。

雙邊男方的家長鬧上了公堂

張財主
女方家長，張金哥的父親。

鳳姐
適時借宿水月庵。

長安節度使
長安守備的上司。

拜託水月庵住持靜虛向鳳姐關說。

以賈璉的名義修書一封關說婚事。

用權勢威逼長安守備退定

結局

金哥自縊身亡，守備之子投水相殉，三個家庭人財兩空。

只有鳳姐收下張家的三千兩銀子，懷財而去。

元妃省親

元妃省親的場面即是賈府極盛時期的寫照，不僅透露出清代官宦之家的華靡、奢侈景象，也是賈府盛極必衰的徵兆。元妃的到來，一方面顯示出深宮嬪妃無法自由與親人見面的寂寞，作者也藉由這個場景，展現了黛玉作詩填詞高於眾人的天賦。

建造大觀園迎接貴妃

寶玉的嫡親姊姊賈元春因才德出眾，晉封為鳳藻宮尚書，加封賢德妃。皇上為了宏揚孝道，准許宮女嬪妃的家眷可以每月一次入宮前往探視，若是親眷的宅第夠大夠豪華，足以讓官兵駐守、保衛后妃，也可以奏請后妃回家與親人團聚，共享骨肉天倫。因此，權貴之家凡有女兒在宮中為妃的，無不修葺居所，準備恭迎皇妃省親。（十六回）

寶玉與父親遊園題匾

為了迎接元妃回府省親，榮府大舉修葺大觀園，工程雖然完成了，但是園中各處的匾額和對聯還未定案，賈政便命寶玉一起遊園題匾。從入門的小徑開始，一路直到涼亭、樓閣、池畔、瓦舍、長廊等等，賈政都嚴令寶玉題詠或製作應景對聯，寶玉戰戰兢兢、神經緊繃地陪著父親，一路行來，也多有令人稱道的新詞妙語，諸如一處仿照鄉村野趣的園子，寶玉命名為「稻香村」，眾了聽了無不鼓掌叫好。折騰了許久，把四處都遊遍了，賈政才放寶玉回房。短短的遊園之行，活生生亮出寶玉父子關係的緊張情狀。（十七回）

元妃令眾人一匾一詠

元春終於回家了，坐在鑾轎中的她，不禁輕嘆場面的奢華。轎外眼見賈赦與賈母率男女家眷跪著接駕，昔日血濃於水的親人依著君臣之禮見面。元妃一一見過外親寶釵、黛玉等，便隨眾遊園，將這座園邸題為「大觀園」，並且命姊妹們各自根據匾額的題辭，一人做一首詩句應景。黛玉原本想要大展文才，卻因一匾一詠的限定而非常失望，所以胡亂用五律應了景，但在所有女子之中，仍然和寶釵併居第一。寶玉奉命另做四首，大感技窮，於是黛玉偷偷捉刀，代做了一首「杏帘在望」，元妃大為驚豔，滿心認為自己弟弟在詩文的創作上，大有進益。（十八回）

曲終人散

接著點戲聽曲，賈府為迎接元妃特地買了十二個女孩子，專門司職唱戲。元妃點了「豪宴」等四齣戲，女伶們無不賣力地唱作，演盡悲歡離合。最後一站，是探訪園中的佛寺庵堂，元妃焚香禮拜，並賞賜一班尼姑道姑。時辰到了，太監奏請回宮，縱然有千萬不捨，眾人也只能含淚分離，結束這一次華麗奢靡的省親之行。（十八回）

●元妃省親的奢華排場

賈府修葺新園

賈璉合同老管事審察兩府地方，繕畫省親殿宇，一面參度辦理人丁。自此後，各行匠役齊全，金銀銅錫以及土木磚瓦之物，搬運移送不歇。然後開始籌畫，如何堆山鑿池、起樓豎閣、種竹栽花。命賈蓉管理金銀器皿的打造，再到姑蘇聘戲教授及採買女孩子，置辦樂器行頭。（十六回）

↓

整修院落屋宇，採買奇花異石、鳥雀鹿兔、幾案桌椅、帳幔紗簾、古董玩器，添員十二女伶、十二女道、十二女尼。

宮中派員準備

先有太監來審視環境，思量貴妃在哪裡更衣、接受朝拜、開設宴席、休息等。

↓

接著是巡察地方總理，指示關防，思量其他工作人員在何處出入、進食、通報事情。

↓

後有工部官員和兵馬司負責清理街道，攆退閒人，賈府跟隨準備張羅花燈和煙火。

移駕賈府

一對對鳳龍旗幟，鳥羽宮扇；又有一堆人提著黃金的暖爐，撐著七鳳金黃傘，點燃薰香使四周都是芬芳的氣息。執事太監捧著香巾、繡帕、漱盂、拂塵等物等候。

↓

元妃來到大觀園入口的體仁沐德堂，下了轎子登上小舟，兩邊石欄上皆是水晶玻璃等各色風燈，柳杏諸樹均用綢綾紙絹紮出裝飾，池中的水燈，都是蚌殼和羽毛手工製作的。

遊歷行宮

進入行宮，庭院寬闊、燈火通明，簾幔都是細竹編編製的，坐毯都是水獺皮裁縫的，四處飄散著麝香的清芬，牆邊整齊地排列著羽毛的宮扇。

↓

三獻茶水之後，賈母等人與元妃話家常。鳳姐啟奏筵宴已經備妥，元妃登樓涉水，眺覽徘徊，只見一處處鋪陳華麗，一樁樁點綴新奇，就這樣來到正殿。

↓

宴飲完畢，元妃命姐妹們一匾一詠，釵、黛並列第一。爾後聽戲、行賞。眾人謝恩之後，時辰已到，元妃依依不捨地回宮。

黛玉葬花

黛玉原本是天界的絳珠仙草，因此對花草有一份親密的情感。她不忍心花朵凋落，任人踐踏，所以總是收拾落花，隆重地埋入土中，成為《紅樓夢》中著名的橋段之一。黛玉寫的〈葬花詞〉，不但表現出她細膩多感的性情，也暗示了黛玉孤單病逝的人生結局。

寶玉輕薄惹禍

寶玉來到瀟湘館找尋黛玉，因為黛玉的貼身侍婢紫鵑乖巧伶俐，寶玉一時嘴快，說了一句《西廂記》中張生打趣紅娘的話：「若共妳多情小姐同鴛帳，怎捨得叫妳疊被鋪床。」黛玉一旁聽了大發雷霆，認為寶玉當著自己的面輕薄紫鵑，非常不尊重自己，讓她成了「替爺兒解悶的」，於是哭泣不已。碰巧來人傳話，說是賈政叫寶玉過去，寶玉來不及向黛玉賠罪，就急急趕了過去。（二十六回）

黛玉的誤會

寶玉一走，黛玉又不免開始擔心，賈政教子素來嚴酷，不知寶玉會不會又遭受責打了。一直記掛到了晚上，黛玉忍不住到寶玉的住所怡紅院探視，遠遠地見寶釵也來了，但是黛玉因貪看水仙，遲了一步才到門口。叩門的時候，裡頭的晴雯正在和另一名丫鬟碧痕拌嘴，竟隨便亂應說大夥都睡了，不見客，末了還加上一句：「二爺吩咐，一概不許放人進來。」黛玉氣怔在門外，許久才傷心地回到自己的園內。（二十六回）

葬花與冰釋

第二天，寶玉不知道夜晚發生的狀況，還為著打趣紫鵑的事，趕緊找黛玉賠罪，誰知黛玉不理人，一心閃躲著。寶玉見到滿地的落花，一時感慨，就一一拾起，奔向黛玉往日埋花的去處。才靠近花塚，寶玉就聽見一陣悲傷的嗚咽聲傳來，原來是黛玉哭著低吟自己寫的〈葬花詞〉。聽著聽著，寶玉不禁心頭大慟，也跟著哭了起來，趕著追上了黛玉，掏心挖肺地訴說情意，黛玉責問昨晚怡紅院為什麼不開門見客，寶玉解釋此事原為誤會，這才終於讓黛玉轉悲為喜，兩人和好如初。（二十七、二十八回）

〈葬花詞〉的寓意　〈葬花詞〉是林黛玉感嘆自己身世遭遇的作品，難得的是，詞中並不完全只抒發哀傷的情緒，也蘊含了黛玉對自身性格的自述，表達了世態炎涼、人情冷暖的形況下，仍然堅持不與世俗妥協的決心，即使所有的人都不再重視自己，但仍然可以自我肯定。這樣的觀點，表露出黛玉自負、高傲的性格寫照。

●〈葬花詞〉（節錄）與黛玉的對照

眼見落花，引起青春易逝的感嘆

花謝花飛飛滿天，紅消香斷有誰憐。
（百花凋零飄落，一如女子紅顏老去，無人憐愛。）

黛玉認為自己的身世一如飄零的落花，寄人籬下，沒有父母可以依靠。

閨中女兒惜春暮，愁緒滿懷無著處。
（春去花落，讓閨中女兒嘆息不已。）

女子衰老，一如花朵凋零，黛玉擔心容顏漸老，所以看見花落，便引起無限的愁思。

前世為絳珠仙草，因而關懷植物

手把花鋤出繡簾，忍踏落花來復去。
（手裡拿著葬花的花鋤，不忍心踐踏落下的花朵。）

黛玉本是絳珠仙草，與花朵同為植物，所以對待花朵就像對待親人一樣關懷備至。

柳絲榆莢自芳菲，不管桃飄與李飛。
（柳絮和榆樹兀自茂盛，無法牽掛桃花李花的飄然飛落。）

植物不能言語，無法相互關懷，而今幸而有黛玉這樣的知音，能夠好好照顧暮春的桃李落花。

一年三百六十日，風刀霜劍嚴相逼。
（一年到頭，都有風霜不停地折磨嬌弱的花草。）

花草風吹日曬的處境，一如黛玉在三生石畔的煎熬成長一樣，引起黛玉無限的同情。

由落花引發自身處境的憂慮

明媚鮮妍能幾時，一朝飄泊難尋覓。
（花朵能有多少明媚的日子，哪一天凋落之後，是很難找尋蹤跡的。）

黛玉現正有賈母的護持，尚且能在賈府中過日子，一旦賈母老死，黛玉失卻了依靠，不知要飄泊到何方？

花開易見落難尋，階前愁殺葬花人。
（人人都爭相觀賞花朵盛開，卻無人尋訪落花的下落，這樣的現實使黛玉深感悽惶。）

黛玉擔心自己年華老去之後，現在擁有的三千寵愛也會因此消失。

獨把花鋤偷灑淚，灑上空枝見血痕。
（獨自倚著葬花鋤暗暗流淚，淚水灑上空枝化為斑斑血痕。）

瀟湘館的斑竹，傳說就是娥皇女英的眼淚，灑上了竹子而形成了斑痕。而今黛玉想像自己的淚水也能印在落花的枝頭，敘述花朵凋亡而引起的傷心。

由落花聯想黛玉最終的結局

質本潔來還潔去，不教污淖陷渠溝。
（埋葬落花，可以讓清潔的花朵仍然清潔地離開塵世，勝過讓落花掉入泥淖溝渠。）

寶玉曾說未出嫁的女兒像清水般潔淨，黛玉葬花，讓花朵保持清潔的舉動，無意中預告自己，也如同落花一樣，保持處子的潔淨而逝去。

爾今死去儂收葬，未卜儂身何日喪。
（花朵凋謝有黛玉安葬，黛玉死去，卻不知有誰來收葬。）

黛玉恐懼自身的結局，是否會像無人掩埋的落花一樣，無人聞問。

一朝春盡紅顏老，花落人亡兩不知。
（等到哪一天，紅顏衰老死去，到時候，落花再沒有黛玉陪伴，而黛玉也看不見落花。）

黛玉悲嘆自己如同落花一樣，無力主宰自己的命運，想不到，她最終的結局，真的是淒涼冷落地死去。

寶玉受笞

賈政杖責寶玉這一段，透顯了賈氏祖孫三代關係的緊繃。賈政不明究理的嚴格管教方式，和賈母不由分說的坦護溺愛，正好展現出中國古代大家庭之中，男、女兩性表現親權的巨大差異。寶玉調戲母婢、結交優伶的行為，也正是當時上層社會公子哥兒行徑的寫照。

金釧投井

一日，王夫人正在午睡，婢女金釧隨侍在旁，一邊搥腿、一邊偷偷打盹，寶玉正好前來看到了，就上前拉著金釧玩笑，金釧回應幾句，王夫人忽然翻身起來打了金釧一個耳光，寶玉則一溜煙跑了。王夫人怒責金釧勾引少爺，不顧金釧跪地求饒，執意將她趕出賈府。（三十回）

金釧投井

金釧萬分屈辱地回到家，一時想不開，沒幾天竟投井身亡。寶釵知道了這個消息，馬上到王夫人處探望。王夫人淚眼汪汪，避重就輕地敘述了趕走金釧的經過，寶釵便安慰王夫人，說金釧說不定是自己失足掉下井去的，就算是投井，那也就是個糊塗人，不值得為她難過。王夫人又煩惱金釧沒有新製的衣服做入殮之用，寶釵連忙提供自己的兩套新衣，贈給金釧做為壽衣。（三十二回）

琪官失蹤

王夫人叫來寶玉數落了一番，寶玉聽說金釧尋短，心神俱裂，失神地走出王夫人處，正好碰上父親賈政。賈政看見兒子失魂落魄的樣子，正要生氣，恰好忠順王府派人來拜會，提到王府的旦角琪官失蹤了，因傳聞寶玉和琪官走得很近，所以差人來打聽。寶玉回說琪官新置了幾畝田產在東郊，也許可以在那裡找到他的人，來客聽了便急忙回去覆命。（三十三回）

杖責寶玉

賈政知道了寶玉與戲子糾纏不清，已十分不悅，正巧又碰上賈環前來挑撥，說寶玉逼姦不遂，害得金釧投井身亡，聽得他怒極，便要下人請出家法、綁住寶玉、關上門窗，不許讓其他人知曉。賈政將寶玉按在凳子痛打，小廝、丫鬟等看苗頭不對，偷偷飛報王夫人，王夫人便急忙趕到阻止，賈政卻心一橫，竟要拿繩子將寶玉勒斃。王夫人擋在寶玉身前，正在苦苦哀求之際，賈母也趕來相救，進門一看見寶玉血跡斑斑、氣息微弱地趴在凳上，心裡大慟，怒責賈政下手太重，賈政只得含淚跪下聽訓，眾人才趕緊將寶玉扶回臥房療傷。（三十三回）

●從寶玉受罰看賈政三代關係

事件①：金釧投井	事件②：琪官失蹤
金釧 王夫人的婢女，與妹妹玉釧均在賈府工作十多年。王夫人云：「雖是個丫頭，素日在我跟前，比我的女孩兒差不多兒！」（三十二回）	**琪官** 忠順王府的優伶，本名蔣玉函，專唱小旦，是忠順王爺跟前不可或缺的紅人。

| **和寶玉調笑**
寶玉偷偷拔金釧的耳環嚇她，又對她說「我向太太討了妳，咱們一處吧」金釧回「你忙什麼，金兒掉在井裡，有你的只是有你的。」 | **投井自盡**
王夫人醒來，怒斥金釧：「下作小娼婦兒！好好的爺們兒叫妳們教壞了」，憤怒之餘，逐出金釧，金釧受不了屈辱而投井。 | **與寶玉結交**
二人在將軍馮紫英家中聚會時相識，琪官與寶玉一見如故，互相交換了貼身的汗巾子做為紀念。（二十八回） | **琪官失蹤**
忠順王府派人向寶玉要人，寶玉假裝不認識蔣玉函，來人冷笑地說出汗巾子的事，寶玉知道瞞不住，只得說出琪官的下落。 |

賈環扭曲事實，向賈政說金釧是被寶玉逼姦致死 ＋ **琪官的事被父親賈政知悉**

寶玉受笞

緊張關係

賈政vs.兒子寶玉	**賈政vs.妻子王夫人**	**賈政vs.母親賈母**
賈政恨鐵不成鋼，痛下重手責打寶玉。寶玉一直有賈母的護持，從未想過讓父親了解自己。這一次的事件，凸顯父子之間的鴻溝。	王夫人一出現，賈政就明白妻子是來維護寶玉的，但賈政完全不讓步，王夫人只有以死相脅。	賈母全然不問事情的來龍去脈，就立即出面解救寶玉，表現出縱容與溺愛態度。在孝道的壓力下，賈政只有低頭賠罪。

劉姥姥造訪賈府

相對於賈府金權華麗的每個人物，鄉野出身的劉姥姥表面上顯得笨拙、可笑、無知又粗魯，但實際上，作者正是用這樣的對比，凸顯賈府的奢華富貴難以長久，而劉姥姥的純樸無華，才是最務實、穩健的生活方式。

講述鄉野趣聞

劉姥姥是王夫人的遠親，曾經因為田裡收成不好，不得已到賈府借錢（第六回），後來田裡有了好收成，所以她帶著飽滿成熟的瓜果，前來賈府還人情。

下人們傳話給鳳姐說劉姥姥來了，賈母便叫她進來見禮。劉姥姥先是說了一些鄉下的所見所聞，講一位吃齋唸佛的老奶奶，因感動上蒼而喜獲孫兒的故事，賈母和王夫人都聽得入神；而寶玉卻喜歡另一則鄉村傳奇：說一位美麗的女孩若玉不幸早逝，家人立了祠堂祭拜，女孩兒竟然能化成人形，四處走動，但廟宇因年久失修而毀壞，村人就想要拆了另謀他用。寶玉一聽，生怕若玉無處安身，就急著讓書僮茗煙拿錢轉交給村人，重建廟宇。（三十九回）

用餐時的逗趣行止

到了用餐的時間，鳳姐故意捉弄劉姥姥，便拿了雙沉重平滑的金筷子給她，又揀一碗鴿子蛋讓她先嚐，劉姥姥死命夾起一個，偏偏不小心掉在地上。賈母忙叫人換了筷子，這會兒又是鑲銀的，鳳姐解釋道用銀筷可以試毒，劉姥姥眼見滿桌子豐盛的菜餚，連忙道：「哪怕毒死了，也要吃盡了。」鬧得大家笑聲不斷。（四十回）

逛大觀園

一行人帶著劉姥姥遊歷大觀園，來到了櫳翠庵，妙玉奉茶招待，劉姥姥不知上等的茶葉宜淡不宜濃，脫口說出：「再熬濃些更好。」妙玉嫌劉姥姥粗俗，叫人將劉姥姥用過的杯子丟棄，說是「醃臢了」，充分顯示出妙玉嚴重的潔癖。（四十一回）

人生智慧的展示

晚飯時刻，鳳姐說起自己的女兒有些微恙，劉姥姥閱歷多，馬上指出可能是逛園子時撞了祟。鳳姐拿出祟書一看，果然不錯，連忙擺出儀式除祟，並誠心地請教劉姥姥，小孩子該怎麼樣養育才能長得健康。老老說，大戶人家的孩子最忌嬌生慣養，叫鳳姐千萬別太寵，還幫女孩兒取了個名字，喚做「巧姐」。殊不知，這個「巧」字，正是巧姐往後人生際遇的最佳註解。（四十二回）

● 劉姥姥進大觀園

進府

姥姥一進賈府,先是遇上平兒。平兒告訴劉姥姥,賈府之中吃的螃蟹都極大,每個半斤以上,一次大約吃個七、八十斤。劉姥姥咋舌:「這樣的螃蟹,今年就值五分一斤,搭上酒菜,一頓共要二十多兩銀子,夠我們莊稼人過一年了。」

拜見賈母

平兒帶著姥姥拜見賈母。賈母問劉姥姥年紀和健康狀況,劉姥姥回答,七十五歲了,只有左邊的槽牙會搖晃。賈母嘆到,自己的年紀比劉姥姥小,但是眼也花、耳也聾、記性也沒了,硬的食物都嚼不動。

談天說地

姥姥講了老夫婦喜獲麟兒、若玉死後成精的故事,吸引了大家。

飲酒休憩

參觀完大觀園裡秋爽齋、紫菱洲、蘅蕪院等地方,大夥在藕香榭飲酒休息,賈母命鳳姐弄些茄鯗給姥姥嚐鮮,姥姥道:「我的佛祖,倒得多少隻雞配他,怪道這個味兒。」

筷子事件

鳳姐先拿了一雙老年四楞象牙鑲金的筷子,姥姥說「這個叉巴子,比我們那裡的鐵掀還沉」,鳳姐夾了一碗鴿蛋給劉姥姥,說是一兩銀子一個,姥姥不小心掉了一粒,嘆道:「一兩銀子也沒個響兒,就沒了。」大家哄堂大笑。

窗紗事件

大夥帶劉姥姥遊園,行至瀟湘館。賈母看紗窗的顏色舊了,囑咐王夫人拿上好的「軟煙羅」糊上,劉姥姥口中不住念佛,說道:「我們想做衣裳也不能,拿著糊窗子,豈不可惜。」

妙玉嫌惡

遊園到了櫳翠庵,眾人入庵品茶聊天,妙玉嫌劉姥姥粗鄙骯髒,不願再收劉姥姥用過的茶杯,便依了寶玉的勸說,贈予姥姥。寶玉還打發小廝抬水來洗地。

怡紅迷途

離了櫳翠庵,經過稻香村和省親別墅的牌坊,劉姥姥想要如廁,四處亂闖到了怡紅院,只見錦籠紗罩,金彩珠光,連地下踩的磚都灼灼生光,姥姥眼睛都花了,看見鏡子裡的老婆婆還嚇了一跳,最後倒在寶玉床上睡了。幸好襲人發現,偷偷把她帶了出來。

生活智慧

鳳姐的女兒大姐兒發燒,姥姥認為是抱進大觀園時,碰上了不乾淨的東西,鳳姐翻了崇書,果然不錯,便誠心請教姥姥育兒的態度,並讓姥姥給大姐兒取名為「巧姐」。

冷郎君與獃霸王

「冷郎君」柳湘蓮也出身於世家子弟,然而與賈府的幾個公子哥兒相較之下,卻潔身自愛,多才多藝,且為人豪爽。《紅樓夢》這本兒女情長的小說之中,因為有他的存在而增添了幾許豪俠劍客的陽剛氣蘊。

世家子弟柳湘蓮

柳湘蓮是一個世家子弟,父母早喪,素性爽俠,不拘細事,讀書不成,但愛耍槍舞劍、吃酒賭博、眠花臥柳、吹笛彈箏,尤其酷好登場串戲,和寶玉及秦鐘都是好朋友。因他年紀輕又生得美,不知道底細的人,常會將他誤以為是優伶一類。(四十七回)

賴府的聚會

榮府大管家賴大的媳婦,請賈母、王夫人、寶玉等人到賴府的花園賞花遊玩,順道請了幾個現任的官長和大家子弟做陪,柳湘蓮也在其中。薛蟠、賈珍等人見柳湘蓮俊美,乘著酒興,便起了輕薄之意,頻頻拉著柳湘蓮問長問短。寶玉找了柳湘蓮來到廳側書房,問他可有去秦鐘的墳上看看,柳湘蓮回答自己已經去過,看見雨水沖壞了墳墓,還花了幾百錢修整完全。兩人又談了一會兒,柳湘蓮便和寶玉道別,說是要出門走走,遊逛個三、五年再回來,寶玉聽了掉下淚來,

諄諄囑咐湘蓮不可斷了連繫,湘蓮一一答應(四十七回)

痛打薛蟠

柳湘蓮出了書房來到大門,不巧遇上薛蟠。薛蟠硬拉著他亂嚷嚷:「誰放小柳兒走了!」湘蓮心頭火起,想要揮拳教訓薛蟠,但又擔心賴家面子上掛不住,所以將薛蟠引到賴府外,撿個人煙稀少的地方,便將薛蟠痛打一頓,狠狠地羞辱了一番,才上馬離去。這次的事件充分顯出柳湘蓮的冷智與薛蟠的莽撞,兩人也因為各自的特性,而個別有「冷郎君」與「獃霸王」的稱號。

與薛蟠結為摯友

柳湘蓮打了薛蟠,怕惹上官司,便隨即遠走他鄉;薛蟠也因為被打,臉上身上傷痕累累,怕親舊見到恥笑,所以也跟著鋪子裡的夥計一同出門四處做買賣。自春天起,一路上還算平安,誰知到了平安州竟遇見一幫強盜,不但將薛蟠

等人的貨物劫走，還想殺人滅口。正在情急的時候，柳湘蓮恰巧路過，不但打跑了賊人，還將貨物也奪回。薛蟠感激不盡，與柳湘蓮前嫌盡釋，甚至結拜為生死兄弟，一塊兒結伴回京。（六十六回）

●柳湘蓮俠義救薛蟠

柳湘蓮		薛蟠
世家子弟，父母雙亡。為人豪爽俠義，多才多藝，酷好登場串戲。由於年輕俊美，常常被人誤會為優伶。	對薛蟠的無禮心生不悅 → ← 覬覦其美貌	皇商家庭，本性不惡，但是莽撞粗暴，好酒好色，經常為爭風吃醋而打架惹事。

薛蟠調笑柳湘蓮

薛蟠與賈珍等好色之徒，在賴府的聚會上見了柳湘蓮生得俊美，都趕著與他調笑。

在賴府門口，薛蟠拉住柳湘蓮不放，湘蓮見他如此不堪，便假意順承，薛蟠樂得跟著他離開。

柳湘蓮教訓薛蟠

到了人煙稀少的地方，薛蟠一下馬，背上就吃了湘蓮一掌倒在地上，湘蓮給了他幾個耳光，又將薛蟠拉往泥濘處鞭打，最後逼著薛蟠把泥水喝了兩口，才揚長而去。

柳湘蓮避禍遠走他鄉	分道揚鑣 ↔	薛蟠怕人見笑離開京城做買賣

再度巧遇

在平安州，薛蟠的貨物被盜賊搶奪走，正要性命不保，恰巧路過的柳湘蓮不但打跑盜賊，還追回了貨物。

結果

盡釋前嫌
結拜為兄弟

紅樓雙尤

賈敬去世後，妻子尤氏將自己的繼母和兩個美麗的妹妹——尤二姐與尤三姐，接到寧府一同住下。作者安排這兩個尤物，再次凸顯了不論是貌美的、賢德的、剛強的、柔弱的女性，一旦碰上了腐敗的賈氏子弟，都難有圓滿的歸宿。

賈璉迎娶尤二姐

賈敬因服食丹砂過量而往生，突如其來的喪事，使得榮寧二府一團亂，偏偏能幹的鳳姐正好抱病，無法相助。於是，賈珍之妻尤氏將自己的繼母尤老娘與兩個妹妹——尤二姐與尤三姐，一塊接到寧府幫忙管家。賈璉見這兩個小姨子年輕貌美，動了非分之想，便在賈蓉的教唆之下，瞞著鳳姐在外頭買了一幢房子安置尤二姐，想等生下了子嗣再將她接入府中。（六十三回、六十四回、六十五回）

尤三姐自刎示節

賈璉巧遇柳湘蓮，見他仍是孤家寡人，想起了未嫁的尤三姐，便動念說媒，柳湘蓮便將隨身攜帶的鴛鴦劍取出做為定禮。後來，柳湘蓮得知尤三姐是寧府的外戚，大為懊悔，認定出於寧府的女子，必定品行不端，於是前往三姐的住處退婚。尤三姐從房裡捧出鴛鴦劍歸還，卻順手抽出長劍往脖子一抹，自刎而死。湘蓮驚訝萬分，後悔不已，失神落魄地亂走，到了一間古廟，睡夢之中再見尤三姐魂魄前來話別，說她想不到柳湘蓮這樣冷心冷面，逼得她以死明志，湘蓮大驚坐起，被身邊的跛足道士點化，落髮出家。（六十六回）

鳳姐佈局陷害

榮國府小丫頭走漏風聲，讓鳳姐知道賈璉在外頭娶了尤二姐，於是先假意成全，將尤二姐接進府中，指派了一個心腹丫頭，明為照顧，暗地裡卻虐待二姐，丫頭得了指示，不但三餐時常短少，言語間也頗為尖刻冷漠，尤二姐因為自己本只是外面偷娶的身分，十分慚愧，所以受到委曲也不敢聲張。鳳姐又查出尤二姐幼時與張華曾有婚約，只因張華年長後不成材，才被尤老娘逼著退了親，於是鳳姐就唆使張華狀告賈璉強逼退親、帶孝娶妻。賈母出面作主，本想用銀錢堵張華的嘴，鳳姐怕自己收買張華一事被揭穿，索性派人將張華滅口。（六十七回、六十八回、六十九回）

尤二姐吞金自盡

　　賈母因為尤二姐曾有婚約一事，不甚喜愛這個孫媳婦，鳳姐更是命人冷冷落落地招呼。尤二姐在賈府處境艱難，好不容易捱到賈璉來探視，發現尤二姐似乎有了身孕，就即刻請大夫來診斷，不料來了個庸醫，誤診為瘀血凝結，開的藥方竟硬生生打下了一個成形的男胎……。尤二姐萬念俱灰，吞下一整塊黃金而死去。（六十九回）

●尤氏姊妹的命運

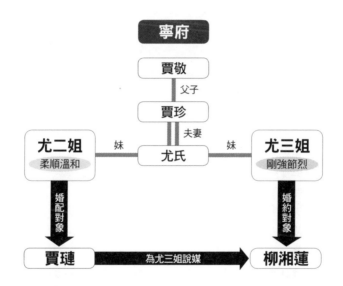

寧府

賈敬

父子

賈珍

夫妻

| 尤二姐 | 妹 | 尤氏 | 妹 | 尤三姐 |

尤二姐　柔順溫和　　　　　　　　　　　尤三姐　剛強節烈

婚配對象　　　　　　　　　　　　　　　婚約對象

賈璉 ──為尤三姐說媒──▶ 柳湘蓮

尤二姐際遇
- 幼時與張華有婚約，成長後退訂。
- 與姐夫賈珍有著曖昧關係。
- 祕密嫁與賈璉做了二房。
- 鳳姐知道後，接往賈府住下虐待。

尤三姐際遇
- 賈珍一直覬覦三姐，但花費許多銀錢，卻不曾得手。
- 賈璉做主許配給柳湘蓮，但柳湘蓮知道三姐出於寧府，認定其必定品行不端，竟然上門退婚。

結局

流產後吞金而死，
魂魄歸入警幻旗下。

結局

以訂婚信物鴛鴦劍自刎身亡，
魂魄歸入警幻旗下。

抄檢大觀園

抄檢大觀園的事件，清楚呈現出探春不任人欺侮的勇氣、惜春的孤冷、以及迎春的軟弱。然而最顯眼的仍是司棋，一個小小的婢女，竟能坦然承認自己的戀情，如此「情感自由」的宣告，與大觀園其他被禮教緊鎖的女孩兒們形成鮮明的對比。

拾獲情色香袋

賈母的丫頭傻大姐撿到了一個香袋，上面竟繡著兩個赤裸相擁的人形。王夫人、鳳姐決心追查香袋的來源，便想出要將幾個管家的妻子安插在園中，表面上查緝下人是否聚賭滋事，暗地裡卻是要搜檢園中的女婢丫鬟是否有偷情苟且的行為。她們叫來了邢夫人的陪房王善保的媳婦（按當時的習慣，都稱之為「王善保家的」），此人因為晴雯平日並不將她看在眼裡，於是藉機報復，向王夫人舉發晴雯輕佻，王夫人便將晴雯叫來，見到她面貌姣好、身段苗條，生怕寶玉因此被勾引，於是訓斥了晴雯一頓。之後仍氣不能消，於是決定趁夜突擊，搜檢大觀園。（七十三回）

探春怒斥來人

到了夜晚，鳳姐帶著王善保家的和一些婆子，先到了怡紅院和瀟湘館，沒有查到什麼不軌的事證。接著來到探春的秋爽齋，但探春早就得到風聲，怒斥鳳姐「自家人打自家人」，並命丫頭們把自己的細軟全數攤開，還一面說著氣話，叫管事的嚴密地查抄，多翻幾遍也無妨。偏偏王善保家的不會看臉色，上前拉起探春的衣襟故意地瞄了幾眼，道：「連姑娘身上，我都翻了，果然沒什麼。」一語未畢，探春就狠狠一巴掌打在她不知趣的老臉上。鳳姐連忙將兩人勸住，推推拉拉地往惜春處走去。（七十四回）

入畫蒙冤

到了惜春房中，竟在婢女入畫的箱子中搜出一大包銀錁子、一副玉帶、一包男人的靴襪。入畫哭著解釋，說這些是寧府的賈珍賞給入畫哥哥的東西，但哥哥怕家人拿了典當花用，所以偷偷寄放在她這裡。惜春卻絕情地說：「我竟不知道，這還了得。」，還說「嫂子別饒她」，硬是不肯再留入畫。（七十四回）

司棋坦然承認私情

別了惜春後，來到迎春這裡，

王善保的外孫女司棋正是迎春的女婢，鳳姐就緊盯著王善保家的，看看她會不會徇情藏私。果然王家的開了司棋的箱子，只隨意翻兩下就要蓋起來，但另一個婆子眼明手快地抄出一雙男子的鞋襪、一封情書和一個同心結，而司棋則臉無愧色，大膽地承認自己和表兄潘又安早有私情。王善保家的一心想拿人的錯處，想不到查到的竟是自己的外孫女，落得羞憤不已的窘態。迎春是個懦弱怕事的，只能任由別人將司棋打發出府。（七十四回、七十七回）

●由抄園看「三春」女兒的個性

秋爽齋：探春	藕香榭：惜春	紫菱洲：迎春
見鳳姐等人前來搜檢，探春刻意道：「我的丫鬟自然都是些賊，我是頭一個窩主，她們偷了東西都交給我藏著呢。」	惜春見入畫被抄出了私物，叫鳳姐帶到別處責打，還說「別饒了她」。鳳姐將贓物記下，等來日再定奪。	司棋的箱中搜出潘又安的物件，鳳姐見司棋低頭不語，但無慚愧之意，倒覺得奇異，就先派兩個婆子看著，等來日審問。
探春命丫頭們將所有物品攤放任人抄檢，並冷冷地預告大家族的人，若是開始自殺自滅，那麼真正抄家的日子就不遠了。	正巧尤氏過榮府探視鳳姐，惜春叫人請尤氏到房中，堅持要她帶走入畫。	司棋也曾跪求迎春，實指望迎春能念在舊情，將她保住。但迎春有心而無力，性格懦弱，只得任人將司棋帶出去發配。
大夥抄畢，探春道：「妳們都搜明白了沒有。」王善保家的上前翻了翻探春的衣裳，被探春打了一個耳光。	尤氏說趕走入畫過於心冷口冷、心狠意狠，惜春仍是不聽，尤氏只得叫人把入畫帶到寧府。	司棋步出院門，迎春就派了婢女繡橘追了上來，交給司棋一個絹包，說是臨別的贈禮。司棋接過，又哭了一場。

主子、丫鬟都平安	入畫出府	司棋出府
可見	可見	可見
探春剛強	惜春孤冷	迎春懦弱

後四十回精采橋段

　　現今常見的《紅樓夢》版本之中，其後的四十回並非曹雪芹所撰寫的，雖然續寫的作者是誰至今仍未能定案，但學者多半認為高鶚是較可能的人選。相形之下，後四十回的寫作技巧和藝術成就，比起前八十回遜色不少，但是高鶚顯然下過一番苦功，用心琢磨前八十回的情節，所以在故事的接續上並無大謬。後四十回之中，諸如賈府走向衰敗、寶玉和黛玉無緣的結局、金陵十二釵最終的命運等等，這些重點都符合了曹雪芹預設的主旨。

學習重點

- 薛蟠兩次殺人可對照出什麼不同的情勢變化？
- 賈府如何因為一些刁奴惡僕作祟，而招致接連不斷的災禍？
- 寶玉失玉的事件，開啟了哪些後續的劇情？
- 寶玉和黛玉的感情之路，最終的結局如何？
- 寶釵成婚和黛玉身死的橋段呈現什麼樣的情節對比？
- 賈府被抄展現出哪些人物的性格表現及情節轉折？
- 《紅樓夢》在高鶚筆下如何結尾？

黛玉驚夢：預言黛玉的結局

後四十回的續寫內容，在一開始就將重點放在黛玉身上，演出一段夢中驚魂，為黛玉和寶玉無緣的結局先埋下伏筆，並且藉著這個橋段，鋪陳出孤苦無依的黛玉在婚姻大事上無人做主的窘境。

襲人刺探黛玉

寶玉赴學堂讀書，襲人閒來無事，想到終身大事便煩惱起來，害怕不能順利成為寶玉的偏房。眼看尤二姐吞金而死、香菱被夏金桂虐待，若寶玉也娶了個厲害的正室，自己難免受到欺侮。於是，襲人便起身來到了瀟湘館，想探探林姑娘的口風，看看黛玉若真成了寶玉的妻子，是否能容得下其他的侍妾。言談間，她刻意提及尤二姐和香菱，藉此觀察黛玉的反應；黛玉還來不及有任何表示，就正好來了一個婆子，打斷兩人的談話。

老傭多話

老婆子被薛姨媽差遣送來了兩瓶荔枝，一進門看見黛玉就讚不絕口，直說這樣美麗的人兒，正好與寶玉配成一對。這些話讓黛玉忽然思量起，不知自己和寶玉的結局能不能圓滿，這陣子身體愈來愈差，年歲也一天天增長，王夫人和賈母又從來沒許她嫁給寶玉；最糟的是父母雙亡，沒有其他長輩能夠出面做主……黛玉愈想愈不安，前途茫茫之感，油然而生。

夢中驚魂

煩惱的黛玉日有所思，當晚便夢見賈雨村（林如海在黛玉年少時所聘請的老師，賈政薦為金陵應天府尹）偕同鳳姐、邢夫人、王夫人、寶釵等前來瀟湘館向自己道賀，說是她的父親林如海升了官，又娶了繼室，這就要將她許配給繼母的親戚。黛玉聽了急得跑去向賈母求救，賈母卻冷言冷語不肯多管，甚至叫人送她出門。黛玉絕望之餘正想自盡，又遇見寶玉也來道喜，便哭了出來，寶玉卻話鋒一轉，說黛玉如果不想去，就留下來嫁給他吧，要是信不過他的心，他便挖出來給黛玉瞧，當下拿刀剖心死去。黛玉哭叫著驚醒，才知是一場惡夢。

夢醒病重

夢醒之後，黛玉就開始咳血，連說話的氣力都快沒了。探春、湘

雲趕忙前來慰問，黛玉暗想，在夢中連賈母都如此冷漠，若是事情真的發生，探春和湘雲恐怕更令人寒心，不由得又傷心了起來。後來襲人也前來探望，說前一夜寶玉也做了惡夢，夢到自己拿刀剖心，黛玉聽了更為驚詫，病勢也更加沉重。（八十二回）

●襲人刺探與黛玉驚夢

日間所聞

襲人來訪拿話套問

先說香菱遇到夏金桂這樣的正室，命運真苦。 → 又說尤二姐的死不尋常，不過是名分矮人一截，何苦被這樣毒害。 → 黛玉回說，一屋子裡的事，不是妻壓著妾，就是妾壓著妻。 → 襲人回答，妾的身分較低，見了正妻心裡就膽怯，怎麼敢欺負人。

薛姨媽處的婆子來送禮

婆子請安後就直盯著黛玉瞧，讓黛玉不好意思起來。 → 婆子又說黛玉像天仙似的，難怪能和寶二爺配成一對。 → 襲人見她說話冒失，岔開話題。 → 老婆子臨走還咕咕噥噥，說這麼好的模樣，只有寶玉配得上。

夜間驚夢

鳳姐、王夫人、邢夫人、寶釵來賀

眾人一來道喜，二來送行。 → 敘述林父升遷、新娶繼室、為黛玉配婚等事。 → 黛玉不敢相信，眾人冷笑而去。

賈母冷淡

黛玉抱著賈母的腿求她讓自己留下，賈母道：「這不干我的事。」 → 黛玉願為奴婢，但求留下，賈母只是不說話。 → 黛玉痛哭懇求，賈母說自己累了，叫鴛鴦把她送走。

寶玉剖心

寶玉恭喜黛玉，黛玉氣得哭了出來。 → 寶玉話鋒一轉：「妳要不去，就在這裡住著，妳原是許了我的了。」 → 黛玉又問：「那你到底叫我去不去？」寶玉說：「妳不信我的話，妳就瞧瞧我的心。」說著拿刀刺胸而死。

薛蟠殺人：四大家族衰敗的伏筆

寶釵之兄薛蟠先前為了爭奪香菱打死過人，但仗著和王、賈兩家有姻親關係而免了罪；而今出外做生意，又因為爭風吃醋而傷了一條性命。這一段情節，經由薛、賈、王三家花錢打點與說情的過程，展現了清代官員的腐敗，再一次描寫出富而不仁即將導致衰敗的主旨。

第一次殺人

薛蟠幼年喪父，又是獨子，母親薛姨媽難免溺愛縱容，使得他生性奢侈，言語傲慢，人稱「獃霸王」；雖上過學，但只識得幾個字，胸無點墨，成天只知道遊樂，皇商的工作都是家人夥計在照料。薛蟠來京城之前，曾經為了爭奪香菱打死馮淵（諧音「逢冤」），負責審理此案的金陵應天府尹賈雨村為了奉承賈政和王子騰，就叫薛家謊報薛蟠已死，薛姨媽又賠償了馮家許多銀錢，才讓事情不了了之。（第四回）

第二次殺人

薛蟠往南行商，因為不熟悉地方情事，僱用當地人吳良（諧音「無良」，沒有良心）帶領。某日，薛蟠在街上巧遇優伶蔣玉菡，他對這位俊美的戲子仰慕已久，一直存著非分之想，今日在異鄉偶遇，便欣喜若狂地纏著一塊吃飯喝酒。席間，酒館的小廝張三貪看蔣玉菡的美色，令薛蟠很不高興，第二天便再次來到酒館藉故尋釁，指責張三換酒太慢，拿起酒碗就砸，張三當場斃命。（八十六回）

薛家趕往營救

薛姨媽一聽說薛蟠打死了人，立刻說要拿許多銀子賠給死者的家屬，說服他們不要告官。寶釵並不同意，認為給銀子會養大對方的胃口，讓官司愈鬧愈兇，應該找當地能幹可靠的刀筆先生（專門為人寫狀紙、打官司的訟師）處理，再另求賈府向衙門說情，化解死罪。於是，寶釵讓薛蝌（薛姨媽姪兒，為人誠懇上進）火速帶著銀錢和家奴，趕往當地進行疏通和營救（八十五回）。

打點疏通保薛蟠

薛蝌一到，發現薛蟠的供詞不利於己方，只能力求重新開堂訊問以推翻先前的供詞。於是他找來刀筆先生想了個辦法，要吳良一定要翻供保薛蟠出獄，若是不從，就說張三其實是吳良打死，然後嫁

●薛蟠家人對出事的反應

薛蟠在外地殺人的消息傳回

家人的反應

母親 薛姨媽

一聽說兒子打死了人，嚇得戰戰兢兢，只想到送銀子、賄賂和收買等事，又忙又傷心，聽見夏金桂還不停地哭鬧撒潑，更是氣得發昏。

急著用錢解決的處事態度，可見其財大氣粗和想法單純。

妹妹 薛寶釵

衙役一來報訊，寶釵聽得滿眼淚痕，但仍強自鎮定，並阻止薛姨媽送錢解決，讓薛蝌帶著小廝去找當地能幹的刀筆先生，想辦法翻供。

展現出深謀遠慮、冷靜沉著的性情。

堂弟 薛蝌

薛蝌體念薛姨媽的心焦，不斷地為薛蟠奔走打點，並打定主意在事情沒有了結前，先按下娶妻的計畫。

可看出是一位重情重義、勤奮又能幹的青年。

妻子 夏金桂

聽說丈夫打死了人，就大哭大鬧，眾人忙亂之際，還趁空兒抓住香菱吵嚷：「大爺明兒有個好歹不能回來時，你們各自幹你們的去了，撂下我一個人受罪。」

大哭大鬧、不停埋怨，是個自私自利、性格不正的人物。

禍給異鄉人。果然吳良因為害怕，加上得了銀子，便馬上買通衙門，讓薛蝌有門路遞出狀紙，請求重新開堂。然而，知縣等人察覺金陵薛家家產豐厚，不肯輕易重新審訊放人，王夫人便再求賈政說情，薛姨媽也向鳳姐與賈璉疏通銀兩，再次花上了幾千兩銀子，才得以重新審問。（八十六回）

重新審案與眾人翻供

再次開堂，酒保李二便翻供說自己沒有親眼見到薛蟠打死人；吳良原本說張三是薛蟠殺的，現今也翻了供，說張三是自己跌倒碰了酒碗而死；驗屍的仵作原本幫著死者家屬做假證，說屍首身上有許多處傷痕，如今又改稱死者僅有額頭上一處傷勢。死者家屬雖哭哭鬧鬧，但眼看堂上堂下連成一氣，也只好自認倒楣，加上薛蝌已經賠償了銀錢，家屬只好不再追究。薛蝌見狀況已經穩住，就留下小廝等待宣判，自己先回到了金陵（八十六回）。

案情生變

不料，知縣將案情向上呈報之後，審判結果不但被駁了下來，還要懲罰當地的知縣，想來是上司那一關還沒有被買通的原故，薛蝌便又連夜收了行李趕往打點（九十一回）。於是，薛、王、賈家的人，

四處又是關說又是送銀，好不容易上上下下都得了銀子，準備將案子以誤殺的罪名定讞，只要繳納贖罪的銀子，就可將薛蟠飭回（九十七回）。然而，案子送到了中央的刑部又被駁回，這次再花了許多銀錢，卻依舊定了死罪，準備秋後處決（一百回）。

幸運獲釋

薛蟠終究命不該絕，熬到皇帝大赦天下（一一九回）。薛姨媽命薛蝌四處借貸，湊齊了贖罪的銀子，終於把薛蟠放了出來。親人相見，悲喜交集，薛蟠經過了這一場生死大劫，立誓改過遷善。薛姨媽對兒子說，現在薛家雖然窮了，但還有一口飯可吃；又說香菱一直安分地守在薛家，有情有義，如今夏金桂誤食毒藥而身亡，應該將香菱扶為正室。（一二〇回）。

賈府兩次消案的不同態勢

薛蟠第一次殺人時，正值四大家族權勢顯赫、一帆風順的階段，加上事發的地點位在金陵，地方官吏又是熟識，所以大事化小、小事化無，充分展現四大家族在金陵無所不能的勢力。

薛蟠第二次殺人時，正逢四大家族風波不斷、災禍頻傳的時刻：薛家娶進惡媳夏金桂，鬧得家裡不安寧，薛蟠又傷了人命；賈府則是

遺失通靈寶玉，元妃又病重。加上出事地點位在異鄉，官吏地頭都不賣帳，層層上報，又層層刁難，情況與薛蟠第一次殺人時有很大的不同。由此可以看出，第薛蟠二次殺人時，四大家族已顯露出事亂衰敗的跡象了。

●薛蟠兩次殺人隱含的寓意

第一次殺人	第二次殺人
為爭奪香菱	為蔣玉函爭風吃醋

打死鄉宦之子 馮淵（逢冤）	打死酒館小廝 張三

承辦官員 地方上管理刑案的應天府府尹賈雨村。 **時局態勢** 四大家族權勢顯赫，為官者無不小心應對。	**承辦官員** 由地方官府的知縣開始，一路上呈到中央的刑部。 **時局態勢** 薛蟠的舅舅——內閣大學士王子騰、以及姨丈——郎中令賈政等都出面講情。

審判結果 / 審判過程與結果

| 賈雨村循情枉法，隨意了結此案。 | 請求重新開堂審訊 → 知縣收受賄賂 → 改判誤殺 | 呈報到「道」案子被駁回 → 又花錢打點 → 再判誤殺 | 呈報到刑部再被駁回 → 再花錢打點但無效 → 判了秋決 |

寓意

四大家族的「特權」一覽無遺

寓意

顯示四大家族步入衰亂的情勢及鋪陳出清代官員腐化收賄的景況

引發賈府連連禍事的刁僕惡奴

賈府管事的主子們經常重用行為不正的人物，諸如鮑二、李十兒等人，反而忽視忠心事主的奴僕。這樣錯誤的態度，使得一些刁僕惡奴得以坐大，並仗勢巧取豪奪，終於開啟了賈府衰亡敗亂的禍端。

鮑二與何三的爭端

鮑二是賈璉的心腹管事，為了奉承賈璉，甚至默許妻子和賈璉發生曖昧的關係；周瑞則是賈珍府上的管事，經辦地租和雜務，得錢又得勢，讓鮑二萬分眼紅。一次，鮑二出言挑釁周瑞，激怒了周瑞的乾兒子何三，兩人便大打出手。賈珍和賈璉聞訊趕來，訓斥了周瑞一頓，又踢了他幾腳，然後叫人捆住鮑二和何三，各打了五十鞭子後逐出賈府。（八十八回）

李十兒欺瞞弄權

賈政因為勤儉謹慎，升任江西糧道（九十六回）。他一到任就貼出告示，昭告要嚴辦行為不正的州縣官吏。跟著上任的奴僕眼看無油水可撈，十分埋怨，然而詭計多端的奴僕李十兒，竟然巧言哄騙賈政：「大家都說新官上任，告示愈嚴，就表示下層官員必須更加賣力孝敬；而今老爺貼出了嚴令，但又不收賄賂，那些個州縣官吏都尷尬無比，現在人人都抱怨老爺您不識相呢。」賈政聽了，一時間沒了主意，就任由李十兒經辦大小事宜，

使得李十兒得以仗勢斂財，中飽私囊（九十九回）。

禍起蕭牆

由於李十兒弄權斂財，賈政被節度史參奏為「失察屬員，重徵糧米」，必須即刻回京謝罪（一○二回）。不料賈家禍不單行，先前被逐的鮑二因懷恨在心，拚命在外宣揚賈赦恃強凌弱、賈珍聚賭等醜事，因此驚動了官衙，惹得御史上奏彈劾。鮑二被捉去問訊時，又誣陷賈璉強娶尤二姐，導致榮寧二府遭到了大規模的抄檢。（一○五、一○六回）

何三被逐出之後，聽聞賈府被抄，正是一團亂之際，便夥同幾個盜賊偷入榮國府掠奪財物，其中一個賊人無意間瞥見妙玉在惜春房中，竟然色心大起，正要踹門擄人，幸好正直而忠心的僕人包勇即時趕到，與賊人搏鬥，打死了何三，其他人聞風而逃。然而，那名賊人並不死心，打聽出妙玉是櫳翠庵的尼姑，便在次日晚間進庵劫走了妙玉。（一一三回）

●惡僕成為賈府禍端的導火線

惡僕①：鮑二	惡僕②：周瑞	惡僕③：李十兒
賈璉的心腹，不但提供自己的妻子任賈璉狎玩，並且為賈璉隱瞞私娶尤二姐的事。	府上的管事，管收地租，手腳不乾淨。有一乾兒子何三，也在賈府為僕。	負責看門的奴僕，跟隨著賈政上任。為人心術不正、詭計多端。

嫉妒

鮑二和周瑞的乾兒子何三打了起來。

賈珍和賈璉命人將鮑二和何三綁起來，周瑞被賈璉踢了幾腳。

賈政升任江西糧道一職，新到任即貼出告示，嚴查任何州縣貪瀆之事。

隨著上任的奴僕眼看無財可斂，十分氣餒。

鮑二和何三各被賈珍鞭打五十，而後逐出賈府。

李十兒向賈政詐言「人人抱怨新官不識相」，使賈政放權，凡事由他經辦。

鮑二在外宣揚賈府各種醜事。

何三夥同盜賊潛入賈府偷竊。

李十兒仗勢胡作非為，幕僚規勸不成都辭去職務。

驚動了官府，使御史上奏彈劾。

何三被賈府忠僕包勇打死，其餘盜賊逃跑。

因李十兒弄權斂財，賈政被節度史參了一本。

導致

導致

導致

榮寧二府遭到大規模抄家，賈赦、賈珍被帶回審判。

一名盜賊在逃跑間瞥見妙玉而色心大起，將其擄走。

賈政回京述職謝罪。

失玉風波：鋪陳結局的前奏

賈寶玉因通靈寶玉無端失蹤而陷入瘋癲，引發了一連串結局的開端。這次失玉的事件不但讓書中「金玉良緣」的設計能夠順利完成，也順勢譜出黛玉死亡的爆發點，最後使寶玉體悟到人世間的愛恨情緣，如夢幻泡影一般無常。

海棠盛開非時

大觀園的海棠已經枯萎了一年多，然而這種三月間開放的花朵，卻在十一月忽然盛放。探春認為「不時而發，必為妖孽」；賈赦則說這是花妖作怪，應該砍去；連鳳姐病中也操心此事，囑咐平兒傳話給襲人，要她掛個紅綢巾在樹上，把異象引到喜事上。為了討賈母高興，大家都不敢把心裡的不安明著說出。果然寶玉興沖沖地換好衣服趕去看花，一時忘了將通靈寶玉戴在脖子上，等到襲人發現回頭尋找時，卻怎麼也找不著了。（九十四回）

搜尋通靈寶玉

襲人本以為是寶玉的丫鬟之一麝月開玩笑藏了起來，但麝月趕緊澄清。探春便叫人把園門關上，命令大夥在各處尋找；李紈主張把所有的丫鬟婆子都脫下衣服搜身，平兒率先響應，自己先解開衣服供人搜查。眾人又疑心是賈環手腳不乾淨偷走，賈環氣得找趙姨娘哭訴，趙姨娘呼天搶地的喊冤，鬧得王夫人也都知道了。（九十四回）

測字扶乩

正在遍尋不著之際，管家林之孝的妻子說，街上一個劉鐵嘴測字非常靈驗，不如去問問；邢夫人的姪女邢岫煙也說，應該請出妙玉扶乩，於是便兩邊分頭進行。妙玉扶乩請靈，拐仙下降寫了幾句：「噫！來無跡，去無蹤，青埂峰下倚古松。欲追尋，山萬重，入我門來一笑逢。」刑岫煙抄下這些字句，與眾人一起思量，但都無法參透玄機。幸而林之孝前往測字的結果甚好，說是通靈寶玉最後會有人送還，大家才稍稍安心。（九十五回）

惡耗頻傳

失玉之後沒多久，兩位庇蔭著賈府的重要親戚——元妃和王子騰，居然都接連病逝。寶玉自從失去了通靈寶玉，整個人懶怠糊塗，吃不像吃、睡不像睡，說話也

傻了，賈母和王夫人遂想出沖喜的方法，讓昏聵之中的寶玉和寶釵成婚，不料卻硬生生逼死了黛玉（九十七回）。直到寶玉婚後，通靈寶玉才由癩頭和尚送回了賈府（一一五回）。

●「失玉」事件與後續風波

眾人反應

不時而發，必為妖孽。	這是花妖作怪，應該砍去。	要襲人掛上紅綢巾，把異象引到喜事上。
探春	賈赦	鳳姐

為不讓賈母操心，大家都不敢明說出心裡的不安。

海棠盛開非時

丟失通靈寶玉

寶玉興沖沖換好衣服趕去看花，一時忘了戴上通靈寶玉，回頭去尋時，已經找不著了。

園中搜尋 →

丫鬟麝月澄清她沒有把玉藏起來。 → 探春要人把園門關上在各處尋找。

李紈主張丫鬟婆子都脫下衣服搜身，平兒率先響應。 → 賈環因被眾人懷疑而向趙姨娘哭訴，趙姨娘便鬧得讓王夫人也知道了。

測字扶乩

妙玉扶乩拐仙降臨 →	寫下：「噫！來無跡，去無蹤，青埂峰下倚古松。欲追尋，山萬重，入我門來一笑逢。」	提示寶玉曾是青埂峰下的頑石，若要尋回失玉，必須憶起自己的前世。
林之孝向劉鐵嘴測字 →	預測的結果是通靈寶玉將有人送還。	寶玉和寶釵婚後，癩頭和尚將玉送回。

失玉之後

惡耗連連

● 一向庇蔭著賈府的元妃和王子騰，都接連病逝。
● 寶玉昏傻。

結果 →

賈母和王夫人想藉著「金」招回「玉」，而促成金玉良緣的締結。	黛玉認定寶玉負心，於是含恨病逝。	
寶玉體悟凡塵如夢，看透命運的安排，不再輕易悲喜。	寶玉性格的轉變，造就茫茫大士點化寶玉的好時機。	

黛玉淚盡與寶玉成親

賈母知道黛玉愛戀寶玉的心思之後，就馬上對她冷淡起來。反觀寶釵，為了讓她能盡速嫁進賈府，賈母準備了豐厚的聘禮迎娶。「冷」與「熱」、「悲」與「喜」並行的敘述，讓黛玉和寶釵分處兩種不同的極端，也讓悲慘更為悲慘、冷清愈加冷清，襯托木石前盟終究抵擋不了金玉良緣的宿命安排。

長輩安排沖喜

為了救治瘋傻的寶玉，賈母希望能藉由寶釵的金鎖招回丟失的玉，寶釵和薛姨媽也都同意用最簡單的儀式，盡速完婚。襲人聽說此事，擔心寶玉若是知道要迎娶寶釵，無法和黛玉廝守，病情會更加嚴重，所以一五一十對長輩們說出了黛玉和寶玉兩人的感情。於是，賈母和王夫人也開始慎重考慮婚禮進行的方式，避免寶玉更加昏聵。（九十六回）

為寶玉婚禮佈局

賈母、王夫人和鳳姐三人商量的結果，決定先試試寶玉的口風，若是他在神智昏傻的時候，對自己要娶誰毫無感覺，那就不須隱瞞；若是他聽見要娶黛玉時顯露出高興的樣子，那麼就得用掉包的方式先瞞著他（九十六回）。於是，鳳姐假意前去恭喜寶玉，說黛玉即將要嫁給他了，寶玉聽了果然精神大振，眾人見到他對黛玉如此癡心，便決定讓寶釵假扮成黛玉，直到婚禮完成。（九十六回）

黛玉得知內情後病倒

黛玉出了瀟湘館散心，走到當日葬花的地方，聽到了賈母房中的丫鬟傻大姐在哭泣，便慰問了幾句。想不到傻大姐直爽地說出自己哭泣的原因，是因為不知道寶釵嫁給寶玉之後，應該怎麼稱呼她，大丫鬟嫌她太笨才被打了幾下。黛玉一聽之下，晴天霹靂，紫鵑趕緊跑來攙扶。黛玉失神地走到寶玉房中，兩人一個瘋瘋傻傻、一個恍恍惚惚，坐著只是相視而笑。黛玉乾坐了一會，終究沒問寶玉成親的事，起身又走，一回到瀟湘館就吐血倒下。（九十六回）

賈母與眾人冷漠對待黛玉

自從叫襲人說出了寶、黛的私情，賈母便想著，黛玉和寶玉從小一起長大，感情好一些是應該的，但是終身大事應該服從長輩的意見，不可以私下揣想。當賈母聽說黛玉病重，知道走漏了風聲，

●寶玉婚慶與黛玉病喪的情節對比

 寶玉婚慶

 黛玉病喪

寶玉失玉,整個人變得昏聵。眾人瞞住了寶玉本人和黛玉,準備迎娶寶釵沖喜。

黛玉由小丫頭那裡知道了寶玉的婚事,便前去探視寶玉。

鳳姐試探過寶玉的心意後,眾人決定哄騙寶玉,假裝迎娶的是黛玉。

 寶玉回答黛玉:「我為林姑娘病了。」

黛玉問:「寶玉你為什麼病了?」

 黛玉終究沒問出口成親的事。

寶玉以為自己要娶林妹妹,愈加健朗。

黛玉回到瀟湘館後一病不起。

 眾人為寶玉的婚事忙碌。

 黛玉重病後無人聞問,孤孤單單地將詩稿和定情手帕燒毀。

寶玉歡歡喜喜地迎娶新娘。

黛玉於病榻上驚叫:「寶玉!寶玉!你好….」語未竟便氣絕而亡。

 這一邊描寫的是「熱」、「喜」的場面

 這一邊描寫的是「冷」、「悲」的慘狀

還是不改變選擇寶釵為孫媳的決心，只吩咐鳳姐準備黛玉的後事。（九十七回）

得知寶釵要嫁給寶玉之後，黛玉只求速死，病情日益嚴重，紫鵑急得天天回稟賈母。然而，賈母僅僅吩咐太醫去看看，大觀園眾人也都忙著寶玉的婚事，無人過問黛玉的生死。（九十七回）

黛玉歸天vs.寶釵出閣

黛玉知道自己的病無法痊癒了，就叫紫鵑取來定情的手帕，連同日前整理的詩稿，往火爐上一丟，結束這段深刻的感情。探春和平兒趕赴瀟湘館，眼見黛玉喘個不停，氣息漸漸微弱，身體慢慢冰冷，大夥邊哭邊打水給黛玉擦洗，想不到黛玉又突然醒轉，大叫了一聲「寶玉！寶玉！你好……」，然後沒了聲音，再也不動了。（九十七、九十八回）

另一邊，眾人忙忙碌碌地張羅親事。為了怕寶玉識破，甚至想請紫鵑過去攙扶寶釵，但紫鵑死守著氣若游絲的黛玉不肯前來，只好改派黛玉的另一名丫鬟雪雁。寶玉以為他迎娶的就是黛玉，樂得手舞足蹈，拜堂之時，竟正是黛玉身亡之際。寶玉入了洞房，揭開頭蓋，看見新娘居然是寶釵，愈發昏聵，口口聲聲找著林妹妹，甚至斷了飲食，一直到寶釵回門那一日，寶玉已經起不了床了。（九十八回）。

寶玉沉慟

寶玉明白他娶的是寶釵，心痛難忍，吵著要和黛玉一起病、一起死。寶釵正巧進門聽見，脫口就說出黛玉已經亡故的消息，寶玉聽了心神俱裂，倒在床上。昏迷中，他走上黃泉路尋找黛玉，遇見一人對他說道黛玉已經回歸太虛幻境，而寶玉陽壽未終，應該潛心修養，將來自有相見之日。寶玉悠悠地醒轉，大夫診斷說已好了很多。（九十八回）

眾人前往憑弔黛玉

大夫認為，寶玉的心結一定要解開才能康復，賈母只好答應讓寶玉去黛玉的靈前上香。大夥扶著寶玉來到瀟湘館，寶玉哭得死去活來，找紫鵑問話，紫鵑就將黛玉如何發病、如何焚稿、如何流淚傷心，一一據實稟報，寶玉聽了難過得無以復加，賈母怕他憂傷過度，就硬逼著他回房。果然情緒渲洩之後，寶玉日漸康復，眾人都深信是寶釵的金命救活了寶玉。（九十八回）

●「金玉良緣」的結成情勢

寶玉失玉 → 賈母和王夫人想到以「金玉良緣」來沖喜，藉由「金」來喚回「玉」。

做法

↓

讓寶玉和寶釵成婚

| 贊成者 | 反對者 |

贊成者

賈母
黛玉的幸福沒有寶玉的健康來得重要，所以枉顧寶玉黛玉的感情，堅持讓寶玉迎娶寶釵。

王夫人
寶釵是自己妹妹的女兒，何況懂事又會做人，又有金命，自然贊成兩人的婚事。

薛姨媽
薛姨媽是個好說話的，不論是婚禮的儀式簡化或是病中娶親，她都毫無意見答應。

薛寶釵
寶釵說因父親早逝，婚事由母親和哥哥做主，雖然明知黛玉和寶玉有情，卻順從長輩的意思，假冒黛玉成婚。

襲人
寶玉娶寶釵為正室，正合襲人的心意，如此一來，她升為寶玉侍妾的希望比較大。

反對者

賈寶玉
一心衷情於黛玉，從未想過另娶他人，但因為失玉昏瞶，所以輕易被眾人騙過，安靜地等待成婚。

林黛玉
黛玉同樣衷情寶玉，但她心裡明白，自己不但孤身一人，沒有父母作主，身體也不好，人緣也不佳，鬧開了只會落得大家難堪，沒辦法掙得更好的結果。

紫鵑
紫鵑是黛玉的忠僕與好友，因此也衷心希望寶、黛兩人能有美好的結局。但眾人深知她的忠心，未免節外生枝，也一併瞞著她婚禮的事。

↓

大多為賈府權力核心人物

為賈府無權無勢者

 促成

 無力阻止

↓

「金玉良緣」結成

妙玉劫難

出身世家又自命清高的妙玉，無論在物質或性格上皆有著嚴重的潔癖，最後卻被盜賊所劫，只留下了遭人姦污後殺害的傳聞讓人揣想她的結局。她的命運在作者筆下，呈現兩種極端的拉距，對妙玉追逐高潔的人生理念，造成了極大的諷刺。

妙玉坐禪走火入魔

一日，寶玉想起好幾天沒見惜春，便前往蓼風軒，正巧妙玉也在，兩人因為話鋒接得不巧，都紅了臉，有些尷尬。夜裡妙玉獨自坐禪時，想起了寶玉，忽然臉紅心跳、不能自持，禪床也變得像是萬馬奔騰般搖晃。妙玉感覺身體離開了庵堂，幻境之中，一下子只見許多王孫公子爭著娶她，一會兒又有盜賊劫持她，嚇得妙玉連連驚叫。其他的女尼聽見她的呼叫聲都連忙趕來安慰，燒香拜佛之外又請醫研治，都說是走火入魔，必須靜心調養才能復元。（八十七回）

入園探望惜春

時光飛逝，賈政遠赴外任又因罪調回，賈府被抄，賈母身死。為了賈母出殯的事，賈政等子孫在外忙碌，此時的大觀園便交由忠心謹慎的僕人包勇照看。正巧妙玉前來探望惜春，包勇由於新來乍到，不認識妙玉，所以不肯放她進門。妙玉氣極，正要回頭，正好另一個婆子到來，知道妙玉與賈府主子熟識，生怕她日後向主子們告狀下人不周，就急急忙忙地開了門。（一一一回）

盜賊入侵

這晚，惜春要求妙玉留宿，兩人便下棋品茗，一直到五更天。妙玉要惜春先行歇息，自己則打坐禪定。此時，何三夥同盜賊潛入園中，其中一人見了妙玉的絕色，本想踹門進去擄人，幸而包勇適時趕到，賊人便跳牆逃走（一一一回）。那賊人忘不了妙玉的美色，斷定她是櫳翠庵的尼姑，於是決意入庵劫出妙玉。（一一二回）

劫掠女尼

次日夜晚，那賊人準備好能迷暈人的悶香，便在櫳翠庵的高牆上等待時機。此時妙玉正回想著前一日在大觀園中所發生的事，自己好心去探望惜春，卻惹氣又受驚，先是包勇閉門謝客、後又有賊子入侵，想到這便覺得十分不安。五更天時，妙玉獨自打坐，突然聽見窗外一聲響，就有一股香氣撲來，

迷得她手足麻木，無法動彈。賊人持著刀進房，抱起妙玉先是輕薄一番，然後將她背在身後逃出了城門（一二○回）。許久之後，賈府得到消息，聽說妙玉已遭殺害。（一一七回）

●劫數徵兆與妙玉遭難

劫難徵兆

遇見寶玉
寶玉在惜春的蓼風軒與妙玉不期而遇。妙玉與惜春奕棋，正在凝思，被寶玉嚇了一跳。

兩人話鋒不巧
妙玉問寶玉從何處來，寶玉想得太多，以為妙玉在打機鋒，一時不知如何回答，兩人都紅了臉。妙玉覺得不好意思便告辭，寶玉自告奮勇引路。

走火入魔
回到庵中，半夜三更妙玉坐禪魂不守舍、走火入魔，看見許多盜賊來劫掠，哭喊求救。眾尼姑忙著請大夫醫治。吃了降服心火的藥才略為平復。

傳為謠言
外頭謠傳妙玉年輕風流，見到寶玉就害了相思病，所以走火入魔。

應驗不祥預感

探訪惜春
妙玉前往大觀園拜訪惜春。

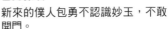

包勇拒客
新來的僕人包勇不認識妙玉，不敢開門。

婆子放入園
妙玉氣極正要離開時，一名婆子知道她的來歷，趕緊放她入園。

盜賊入侵
當晚何三與盜賊入府偷竊，逃跑間盜賊偶然瞥見當晚留宿賈府的妙玉。

覬覦妙玉美色
盜賊見了妙玉，斷定妙玉就是謠傳中櫳翠庵那位曾害相思的女尼，便起了輕犯之意。

惡兆成真
夜裡盜賊潛入櫳翠庵劫走妙玉，許久之後有消息傳回，說妙玉已慘遭姦殺。

賈府被抄、賈母身死後

包勇不讓妙玉進大觀園，偏偏一個婆子又來放她進去，使得夜裡來的盜賊見到她的美麗，起了色心來劫，一切似乎冥冥中早有定數，無法遁逃。

賈府抄家與家業敗落

盛極一時的賈府,在元妃逝世之後聲勢急速下降,竟然面臨了抄家的命運。老爺少爺平日的荒唐淫亂、奴才惡僕的行為不端所種下的惡果,讓賈府一夕之間衰敗,體現了繁華如夢、世事無常的真諦,對為富不仁的世族,有著示警的意味。

禍事開啟

賈政到外地就任江西糧道一職,因為下人李十兒仗勢斂財,被人參了一本,現下回到金陵府中謝罪待命(參見94頁)。碰巧蘇州刺史賈範(賈府的遠親)放縱家奴強占良民妻女一事也鬧了開來,賈氏一族的敗德引起了皇上的注意,便宣賈政上殿問了幾句,表示對賈氏一族不滿。賈政出殿之後急忙和同僚商討,其他人都認為賈政的事情尚小,但子姪輩中也許有些荒唐的,需要好好管教,尤其當朝的幾位侍郎和內監和賈府不睦,日後應謹慎行事。賈政於是回府叫來賈珍和賈璉問話,並令大家嚴加管教兒孫輩,別在外得罪了人。(一〇四回)

查抄榮國府

賈政因從江西回京城述職,親友齊來接風,賈府正排出酒宴招待之時,西平王與錦衣衛官員忽然奉旨前來查抄賈氏家產,宣旨說賈赦「交通外官,依勢凌弱,辜負聖恩」,因此「去職查辦」,並立即驅散赴宴的親友,封閉宅門,查抄家產。賈赦、賈政並未分家,於是兩房一併查抄。錦衣衛一班酷吏只待為首的一聲令下,便分頭翻檢,並捆了管事的家奴帶路,直闖內堂,家中的女眷驚慌走避,鳳姐嚇得昏厥倒地。由於賈璉房中查抄出大筆房地契和鳳姐發放高利貸的借券,錦衣官正打算嚴辦,適巧平日和賈政、寶玉十分要好的北靜王急急忙忙請了聖旨前來接手查抄,只讓錦衣官帶走了賈赦和賈璉父子,並叫賈政好好為借券的事想一個說辭。(一〇五回)

查抄寧國府

北靜王走後,榮府仍被重兵守住,不能擅動。寧府的奴僕焦大闖進來報,說是寧府也被搜查,家眷都被軟禁,陶瓷砸得粉碎,所有的物件都被抄出,造冊登錄。正當大家不明白為何突然有抄家罪名之時,薛蟠賄賂守門的兵士,偷偷進入賈府報信,說自己正在衙門打聽

●抄家的原因與結果

遠因

賈氏一族老少，荒淫好色之人甚多。

被賈府逐出的奴僕在外傳播賈家醜事。

賈雨村受過賈府幫助，卻在賈府名聲衰落時落井下石，忘恩負義。

遠親賈範放任家奴強占民女。

+

近因

賈政上任江西糧道，手下奴僕收賄，被人參奏。

賈珍、賈蓉強娶民女，誘使世家子弟賭博被參。

賈赦強占民物、包攬官司被彈劾。

鳳姐貪財放利，借券成罪證。

抄家

榮府

抄出鳳姐放利的借券。

錦衣官正要嚴辦，北靜王請了聖旨趕來接手查抄。

扣押鳳姐借券，查抄賈赦財產，將賈赦、賈璉帶回審訊。

審判結果

賈政
皇上憐憫免去治家不嚴之罪，並世襲榮國公爵位。

賈赦
私占民物之罪屬實，發配海疆。

賈璉
賈璉因重利盤剝而被免去官職，釋放回府。

導致

鳳姐
借據成罪證，內心羞愧，重病臥床，又遭到丈夫冷落。

賈母
分散一生的積蓄，強撐起賈府，並將賈珍、賈蓉家眷接至榮國府安頓。

寧府

錦衣官帶領抄家，綑住了下人、幽禁了女眷，將東西打得粉碎。

帶走賈珍與賈蓉，上堂與鮑二一同問訊；又拉出尤二姐原先指腹為婚的男子張華，一同對質。

審判結果

賈珍、賈蓉
尤三姐自刎之事未曾報官，賈珍發配海疆、賈蓉年幼釋回。

薛蟠殺人的案情發展，正好聽說有兩位御史參奏寧府的賈珍等人引誘世家子弟賭博、強占民女為妾，於是朝廷也大動作查抄了寧府，並且將賈珍和賈蓉都綁去問訊。（一〇五回）

北靜王營救

幸而北靜王不停地在皇帝面前說好話，皇帝憐恤元妃去世還不久，不忍加罪賈政，所以僅僅查封賈赦那一部分的家產和鳳姐放利的借券，並先行釋放了賈璉，僅僅免去他的官職。賈政叫來了賈璉問話，賈璉告訴賈政，賈府的銀錢出入都有管家造冊登錄，只是花費巨大，又現今地租的收入不及祖上的一半，用度卻是從前的十倍，因此不但沒有餘錢，還虧空不少。賈政幾個知己的好友也來探視，將李十兒背著賈政貪污、賈赦和賈珍驕縱荒唐的行事，一一告訴了賈政。賈政如今才恍然大悟，對於自己疏於持家、昏昧不覺的過往十分後悔。（一〇六回）

家業敗落

寧府家奴、財產、房地都造冊查收，落得一無所有，周到的賈母便派人至寧府接來了尤氏和幾個侍妾代為照顧。賈政為了讓賈赦、賈珍、賈蓉在獄中不至於吃苦，想要送銀錢打點，但寧府和榮府的大房家產俱已查抄，賈璉平日又超支，落得一身債務；薛姨媽家也因為薛蟠的官司，幾乎散盡家財，而王子騰又已死去，親戚中無人能夠扶助。賈政只能將名下的田產變賣，支付照應獄中親人的費用。（一〇六回）

從寬治罪

由於賈氏先祖過往立了不少汗馬功勞，元妃生前侍奉皇帝也十分盡心，加上北靜王從中維護，最後終於輕判了賈氏一族。賈赦交通外官一事因證據不足，所以不論處；但由於他強索良民石獃子的古扇，致使石獃子瘋傻而自盡，因此判奪世襲的爵位並發配邊疆。賈珍做主將尤二姐嫁於賈璉一事，由於尤二姐是賈珍的妻妹，而且又是出於自願，張華也是因為貧苦才自願退婚，所以此案判無罪；但尤三姐因被柳湘蓮退婚而自刎的案件，身為姊夫及一家之主的賈珍未曾報官，因此將他免去世職，發配海疆。賈蓉年幼，無罪開釋。賈政官務繁忙，因而免去治家不正之罪，還讓他襲了原本由賈赦所繼承的祖上爵位。（一〇七回）

賈母分產

賈赦和賈珍被發配到遠方，臨行前回家與家人話別，賈母便拿出自己從年輕開始存下的私房錢，分

給賈赦、賈珍二房各三千兩，並許諾惜春的親事由她張羅；此外，將首飾細軟分發給賈璉、賈蓉，另外給了鳳姐三千兩，又撥出五百兩給黛玉辦後事。賈母囑咐賈政精簡人事，清理田產，還說自己早就看出賈府是「外頭好看，裡頭空虛」，但一時奢華慣了下不了台，如今家業敗了，正好趁機收斂。此時鳳姐也正病重，賈母不知借券的事，還拿了許多好東西親自去探望，好言安慰了許久。（一○七回）

●賈府抄家前後眾人的轉變

賈母

娘家史府的奢華，十倍於賈府，嫁入賈家之後，又一直養尊處優，從未煩惱。

抄家後　將自己積攢的私房錢拿出來，分派給子孫。

賈府寅吃卯糧的事，賈母早就知道，只是拉不下臉說破；對於鳳姐從頭至尾的偏愛，更顯示出她精明之中仍有寵溺。

賈政

賈政忙於公務，無心留意家事，也不清楚府中銀錢的出入。

抄家後　痛悔自己治家不嚴，開始查清帳目，縮減人事，開源節流。

賈政雖說為官清廉，但李十兒弄權，可說是出於他的默許。他雖然不曾做惡，但是對家中銀錢出入不聞不問，仍失卻做長輩的責任。

賈璉

賈璉向來貪玩無能，又畏懼鳳姐，只知道伸手向鳳姐要錢花用。

抄家後　鳳姐的借券變成罪證，人也病倒了。賈璉要應付龐大的開銷，無暇過問鳳姐的健康。

王子騰去世、鳳姐放利之事又東窗事發，賈璉向來對鳳姐的敬畏馬上消失，冷言冷語，足見此人寡情勢利。

鳳姐

鳳姐精明幹練，又得賈母的庇護，對內一手掌理賈府上下事務；對外仗著賈府的聲勢包攬官司、發放重利。

抄家後　借券成了治罪賈府的證物，鳳姐羞愧病倒，人人埋怨。

鳳姐是個不識字的女人家，完全不問道德、操守，這樣的缺陷讓她因貪財放利而事敗，昔日的風光、人人巴結的景狀，一變為冷嘲熱諷的頹敗局面。

親友

無論多遠的親戚，都時常來賈府走動，打抽豐、攀關係、撈好處。

抄家後　只剩劉姥姥依然關心賈府，其他親友故舊都對賈家的人避如蛇蠍。

史家早因奢侈而敗落，薛姨媽也為救薛蟠散盡家財，無力接濟賈府。而平日趨炎附勢之輩，在賈府抄家後都紛紛躲避，人情的冷暖和勢利，清楚呈現。

曲終人散

《紅樓夢》的結局，不能免俗地採用了「中舉」、「起復」等喜事的情節，中和了原先禍事連連的酸楚，可說是迎合讀者情緒的寫作方式。寶玉的出家表現出看破人世的超然，也顯示這一場紅塵歷劫已經功德圓滿。

重遊太虛幻境

祭拜過黛玉之後，寶玉原本身體好轉了一些，卻又突然病發，藥石罔效。此時和尚前來送還通靈寶玉，寶玉的病況立即好轉，麝月開心地說幸虧寶玉小時候沒把玉給摔破，使寶玉又想起了黛玉，心中一慟就昏死過去（一一七回）。他的魂魄跟著和尚再度來到太虛幻境，此次展讀金陵十二釵的簿冊，終於看懂了所寫的都是他所熟識女子命中註定的劫數。和尚又諄諄教誨，提醒寶玉世上的情緣都是魔障，說完推了他一把，寶玉隨即轉醒。（一一六回）

寶玉應舉

自從再次讀畢金陵十二釵的簿冊，寶玉終於覺悟到生命的無常。於是他用心準備大考，期待以功名報答父母生養之恩。臨行前，寶玉向母親和妻子寶釵辭別，這也是他一生之中，與她們最後一次的照面。（一一九回）

一同前往應試的賈蘭出了考場，卻找不到寶玉，急急回家稟告。眾人四處尋找寶玉不獲，此時卻傳來消息說寶玉中了第七名舉人、賈蘭中一百三十名。皇上檢閱考中的卷子時，發現寶玉和賈蘭都是元妃一族，龍心大悅，於是大赦天下，讓賈珍再度繼承寧府世襲的官爵，並免了賈赦的罪名，賜還所有家產。（一一九回）

出家與辭別

賈母病逝，賈政扶靈前往金陵安葬，回程中接獲家書，知道寶玉和賈蘭高中，但隨即又讀到寶玉走失，心中不禁煩惱。途中，賈政命船隻停泊在岸邊躲避大雪，忽見一人光頭赤腳前來，對著自己跪地拜別，迎面一看，這人竟然是寶玉。賈政大驚失色問道：「是寶玉嗎？」寶玉還來不及回答，就來了一僧一道左右夾住寶玉說：「俗緣已畢，還不快走？」接著三人飄然而去。賈政細細回想寶玉出生時口中啣玉的景況，以及一僧一道多次造訪的往事，了解寶玉自有他不同於常人的造化，想來應該是天上的神仙下凡。可嘆這一場父子情緣，只有短短十九年。（一二〇回）

●「頑石」寶玉的人間遊歷與徹悟

寶玉第一次進入太虛幻境

| 警幻用心引導，但寶玉完全不能領略，也無法徹悟。 | ➡️ | 依然故我，貪愛與女孩兒相處。 |

轉變的契機

| 寶玉失玉昏聵 | ➡️ | 迎娶寶釵沖喜 | ➡️ | 逼死黛玉 | ➡️ | 癩頭和尚前來還玉 | ➡️ | 麝月一句話使寶玉陷入昏迷 |

寶玉第二次進入太虛幻境

| ●寶玉漸漸領略金陵十二釵簿冊上，寫的都是熟識女子的命運。
●經過和尚的點化，寶玉終於了悟情緣皆是魔障。 | ➡️ | 寶玉好像換了一個人，失卻了對女孩們的熱情。瘋傻的行為言談之中，有徹悟的跡象。 |

考取功名，還報親恩

| 用心準備大考。
 | ➡️ | 辭別母親與妻子，前往應試。
 | ➡️ | 中舉第七名，皇上大赦天下，復還賈珍官職與所有家產。
 |

| 寶玉隨一僧一道飄然而去。
 | ⬅️ | 大雪中寶玉拜別父親。
 | ⬅️ | 賈家人得知寶玉失蹤。
 |

歸返太虛

> 與絳珠仙草一樣，歷劫歸返。

《紅樓夢》的主題

　　一部小說的主題是指作者想在全書之中傳遞的重要意念。歷經世事動盪、飽嚐人情冷暖而深受佛家思想所影響的曹雪芹，以「世事空幻」為核心價值佈局全書，從而帶出情淫慾的分判、盛極必衰的家運、階層的傾軋、長幼的衝突以及對男尊女卑性別價值的顛覆等要旨，大膽批露各式的矛盾和衝突，其實都只是空幻的人間大夢，無須執著。

寶

玉

學習重點

- 《紅樓夢》如何用興衰、聚散、生死的情節，展現「世事空幻」的大旨？
- 「情」、「淫」、「慾」三者的分判與世俗的認知有何不同？
- 「盛極必衰」的思想如何在賈府的家運中展現？
- 書中如何經由衝突的親子關係，省思父母、子女應有的定位和表現？
- 《紅樓夢》展現出什麼特殊的性別觀？
- 全書表現哪些權力爭鬥的社會寫實面？
- 《紅樓夢》的道德思考角度與傳統儒家思想有何不同？

「世事空幻」的核心價值

《紅樓夢》經由種種情節的描寫，帶入凡人身處在世間時容易身陷聲色因緣，執著各類情感、欲念而終無所得的景況，從而導出世事的空幻不實，期盼最終能徹悟、了卻執著。第一回便以空空道人的〈十六字箴言〉以及跛足道人唱的〈好了歌〉為引，提示出全書意旨。

空、情、色：貫穿《紅樓夢》始終的〈十六字箴言〉

《紅樓夢》第一回寫空空道人看了《石頭記》之後，「因空見色，由色生情，傳情入色，自色悟空」。這十六字箴言道出全書的核心價值：人的諸般所欲皆虛幻不真的「世事空幻」主題。箴言中的「空」、「情」、「色」三者都是延用中國傳統思想的架構所鋪陳，「色」與「空」源出於佛教，謂縱使事物擁有外在形體、容貌即「色」，實為不存在的虛幻、並非實體的「空」，箴言首句「因空見色」即是說世上一切「色」（即物質、現象）本是由「空」（即無、虛幻）所衍生，乃是無中生有的變幻過程，轉眼即逝。曹雪芹在「色」與「空」之中導入儒家的「情」做為中介，儒家說「情」是人的喜、怒、哀、懼、愛、惡、欲七種情感，「由色生情」指的是外物的色相、形貌勾引出人們心中諸種情感，例如對富裕榮華、青春姣麗等世俗中種種美好產生欣羨，對貧困疾病、年老醜陋產生憎惡之感。「傳情入色」則是人把自身的情感投射、傳遞到凡塵俗世萬物之中，經歷色相所衍生出來的各類情感、慾望。最終句「自色悟空」指的是在「傳情入色」的人生閱歷後，終於證悟色相本是空幻的道理，顛破聲色的迷障。

曹雪芹以〈十六字箴言〉道出自己安排頑石到凡間走一遭的寓意：「因空見色」的頑石本是沒有生命的石頭，鍛鍊後生出思想和情緒，變成想遍歷人生苦樂的神瑛侍者，以致下凡譜出情緣。「由色生情」指的是神瑛侍者見到柔美的絳珠仙草，心生憐愛，開始澆灌、照拂；仙草幻化為女體，也對神瑛侍者生出真情，願用一生一世的眼淚報償雨露之恩。「傳情入色」則是頑石降生的寶玉真實地走過凡塵俗世的一切經歷，印證情感只是根源於聲色的幻象，既不持久，也無法恆常。因而導出「自色悟空」的終局，寶玉終將情感收歸於虛妄的聲色，最後了結塵緣，與一僧一道飄然而去，「落了片白茫茫的大地真乾淨」。如此從「空」到「有」、

還歸於「空」的情感歷程正是依循貫穿全書的主題─佛家「世事本是空幻」觀點─所鋪演而成。

《紅樓夢》的主題曲：〈好了歌〉

在《紅樓夢》第一回敘寫瘋跛道人為點化甄士隱所唱的〈好了歌〉：「世人都曉神仙好，惟有功名忘不了。古今將相在何方，荒塚一堆草沒了。……」八句歌詞唱出凡人所經歷萬般值得珍惜、喜愛的功名、富貴、愛情、親情等「好」的榮景，仍會遭逢失勢、身死、妻離、子散的衰頹，體認變幻無常的世事後終能悟出「了」的真諦，了卻塵念、放下執著。〈好了歌〉所述經過「好」的過程後再明白「了」的價值，正與〈十六字箴言〉中因空見色、由色生情，乃至最後證空的理路互相呼應。兩者皆陳述：人總因名目、色相的盛衰升沈而產生喜惡愛憎的情緒，因而受盡執著和掛念的痛苦；殊不知變化皆屬無常，「好」只是一時，只有徹底了結對世事的眷戀才是最終的依歸。

• 〈十六字箴言〉的理路與情節印證

第一步 因空見色

世上一切「色」（即物質、現象等具有形體容貌的事物）本是源自於「空」（即無、沒有），也就是說萬物的生成、發展是循著「從無到有」的過程。

情節 頑石本來只是沒有生命的普通石頭，經過鍛鍊而生出思想、情緒，成為想要遍閱人生苦樂的神瑛侍者，以至於下凡譜出《紅樓夢》的故事。

第二步 由色生情

從「空」衍生出各式各樣的表象後，人們因為見到不同的形體、容貌、顏色，自發展出對應的喜、怒、哀、樂、愛、惡、欲七情。

情節 頑石看見絳珠仙草的柔美模樣，因憐生愛，開始澆灌、照拂的舉動。而仙草幻化為女體，也對頑石生出真情，願用一生一世的眼淚報償雨露之恩。

第三步 傳情入色

人們將見到種種色相後所衍生出情感慾念，投射、傳遞到凡塵俗世萬物之中，體會各種情感。

情節 頑石降生為寶玉，走過凡塵俗世，真實地體驗一切離合悲歡、興衰際遇。

第四步 自色悟空

經過傳情入色的歷程後才了悟情感乃是聲色所生、終是虛妄，此時塵緣已盡，一切還歸於空。

情節 歷劫的寶玉終於看破世情、返璞歸真，與一僧一道飄然而去，了卻塵緣。

姓名暗喻色空觀

萬般事物形色的美好縱然令人貪愛，但人世的悲歡離合、興衰榮辱其實是無常而空幻不實，《紅樓夢》為了表現這樣的色空觀，經常透過角色的命名，表現繁華富貴的背後，其實暗藏著悲苦的幻滅。例如第一回即描寫了甄士隱的女兒英蓮被拐子帶走，尚在襁褓、無力反抗的小女孩，就此開啟了悲苦的一生，成為後來的香菱，而她的本名甄英蓮，便是取自「真、應、憐」三字的諧音；再者，賈府四個花樣般的女兒：元春、迎春、探春、惜春，看似豪門嬌女，家世顯赫，然而元、迎、探、惜四春的際遇，其實隱喻著「原、應、嘆、息」的悲傷。這些命名的目的是在訴說命運的無常一直籠罩著世人，任誰都逃遁不了各式的苦難，顯示世事猶如一場大夢，種種表象的美好終究是一場空。

情節中的色空觀

不僅用姓名暗喻的手法點出「世事空幻」的主題，作者在情節上也鋪設種種機關巧妙烘托出全書要旨。其一即藉由描寫官場的起伏隱喻權勢的無法掌握，例如權勢薰天如四大家族，雖然在富貴時互相照應，但是仍然會一夜之間衰敗，樹倒猢猻散；又如貪贓枉法如賈雨村，最後落得丟官去職的下場；潔身自愛如賈政，也會因為下人作亂而牽連獲罪。可見官位高低，完全沒有定數，就算承襲榮寧二公的功勳、賈妃的榮耀，也無法保障賈氏一族能夠永遠官運亨通，財富功名確是變幻無常，難以掌握。

另一方面，書中也藉由「聚」與「散」的不由自主，呈現出世事的無常、由歡轉悲的淒涼。例如：四大家族極盛之時，元妃省親、賈府祭宗祠、元宵夜宴等情節都顯示親朋好友齊聚一堂、團圓和樂的場景；轉眼間，迎春、探春、湘雲等人紛紛出嫁，柳湘蓮出家、妙玉被劫……直至寶玉拜別。至親與好友相繼離散，使得盛宴時的極度歡樂，反而將眾人日後的遭遇襯托得更為酸楚悲涼。

在世事空幻的敘事軸線之中，《紅樓夢》還藉由死生無常的描述，表現角色的命運如同夢幻泡影般無法掌握。自從秦可卿去世之後，《紅樓夢》就開始安排一連串「病」與「亡」的情節，烘托出悲劇的底蘊。秦鐘、晴雯、元妃、鳳姐、黛玉、迎春均是重病而亡，加上金釧投井、尤二姐吞金、尤三姐自刎、鴛鴦上吊，作者不斷描寫各種「病」與「亡」的折磨，體現出在生離死別的情節背後所暗寓的世事空幻主旨。

●隱伏世事空幻觀點的命名與情節

姓名暗寓人生的苦、世事的空

- ●香菱本名「甄英蓮」為「真應憐」的諧音。
- ●元、迎、探、惜四春之名為「原應嘆息」的諧音。

權勢的無法掌握

- ●賈政任江西糧道，因手下橫行作惡而落職等候發落。
- ●賈赦、賈珍因貪贓枉法，發配邊疆。
- ●薛蟠殺人，從光鮮的皇商淪為待斬的階下囚。

聚散的不由自主

- ●元春進入深宮做了皇妃，因為宮中繁文褥節，失去與親人見面的自由。
- ●黛玉母親死後，寄居賈府，與生父相隔兩地。
- ●迎春丈夫孫紹祖無惡不作，然而嫁出去的女兒就如潑出去的水，無法回頭。
- ●探春遠嫁異地，雖然夫婿極好，但是路途遙遠，無法時常回家團聚。
- ●智能逃離尼姑庵，被秦鐘之父驅離，不知去向。
- ●香菱自幼被拐子帶走，與父母離散。
- ●襲人一心想成為寶玉侍妾，但在寶玉出家後被迫嫁人。

生死的無常

- ●秦可卿疑似被賈珍姦污，鬱鬱而終。
- ●秦鐘與智能偷情，氣死老父，羞愧病逝。
- ●晴雯被趕出賈府，病重而亡。
- ●金釧被王夫人誤會為輕薄女子，憤而投井。
- ●尤二姐被鳳姐欺凌，肚中胎兒不保，吞金而死。
- ●尤三姐被柳湘蓮誤會不貞，自刎明志。
- ●黛玉得聞寶玉和寶釵的婚事，心痛病死。
- ●鴛鴦在賈母死後上吊殉主。
- ●鳳姐私放高利連累了全家，使得眾人埋怨，最後羞愧而亡。

世事的空幻

全書在在角色的命名、情節的安排上隱伏著命運無常的主旨，透露佛家空幻的悲涼況味。藉由種種愛憎、權勢糾葛皆為虛幻不實的情節鋪排，破除凡人的貪戀執著。

愛情觀：淫、情、慾的判分

不同於一般只描述情慾的色情小說、或是一般單純談論男女之情的言情小說；作者提出真心愛悅、癡情式的「意淫」、含蓄而未發的「真情」，與縱情聲色的「色慾」清楚地分割，使得《紅樓夢》的愛情不致陷於縱慾或濫情的窠臼，而能進入更高深的精神層次。

真心關照的「淫」

《紅樓夢》一書對於「淫」、「情」、「慾」表現出強烈的高下分判。一般人認為「淫」是放肆、不加節制地沈湎風月情色，帶有負面的意味，「多情而不淫」、「好色而不淫」屬於比較高的境界。但曹雪芹卻透過警幻之口，敘述另一種完全不同的訓解：「淫」是真誠的愛憐與關懷所產生的表現，有著極正面的情感深度。寶玉屬於「天分中生成一段癡情」的「意淫」層次，能用多情的心態去欣賞美色，甚至願意進一步看重、珍愛身邊的女性，將耳目聲色的需要收歸為真心的善意關懷，因此，寶玉這種奇異的心思受警幻所讚美和稱道，推其為「天下古今第一淫人」。（第五回）

含蓄而未發的「情」

《紅樓夢》對「情」字的描寫十分細膩，作者認為真正的「情」並非不顧一切，莽撞發抒的感情；而是尚未明說、不曾表露的含蓄蘊藉之情。書中「情」的例證有秦可卿與鴛鴦：第一百十一回，賈母死後，鴛鴦上弔殉主，東府蓉大奶奶、警幻之妹秦可卿前來接引，自稱為痴情司的「第一情人」，並且說自己已看破凡情，超出情海，歸入情天，所以痴情司無人掌管，因為鴛鴦是「有情人」，特別將鴛鴦補入代秦氏掌管此司。按理說，秦氏自嫁入東府之後，汲汲於婦道，家中大小事均掌理得妥當周全，看似與「有情」無關；鴛鴦身為奴婢，一心事主，也完全沒有多餘的心力談論感情。作者安排秦氏和鴛鴦為真情的代表，是因為兩人都不曾魯莽輕率地表現自己的感情，反而穩重地收藏了愛情，保有最完全、純粹的感情，這才是真正的「有情人」，所以兩人先後掌理痴情司，專心地引動痴情怨女早早歸入情司。

縱情聲色的「慾」

「慾」字指的便是垂涎美色、恨不能天下美女供己享樂，警幻稱之為「皮膚濫淫蠢物」。諸如賈璉「成日家偷雞摸狗，髒的臭的都拉了屋裡去」，先私通下人妻子多姑娘（二十一回），又偷娶尤二姐（六十五回）、娶賈赦房中丫環

秋桐為妾（六十九回），甚至在心癢難熬時從小廝當中選一些面貌清秀的來「出火」（二十一回），堪稱「慾」字的最佳代表。除了賈璉，書中還有貪愛鳳姐美色而被耍弄至死的賈瑞（十二回）、勾搭柳湘蓮遭苦打的薛蟠（四十七回）等恣意聲色的「蠢物」，「淫」、「情」、「慾」三種嚴格區分的層次分別隱伏在作者精心鋪排的人物形象與故事情節中，交織成情感豐富、視野寬廣的動人故事，因此《紅樓夢》成為古來世情小說的經典之作。

● 《紅樓夢》中「淫」、「情」、「慾」的分別

高
層次
低

淫

不同於一般認知、恣意情色而帶有負面意義的「淫」，而是能超脫聲色慾望，真心的欣賞、愛護美好異性的能力。

代表人物：寶玉
警幻讚美寶玉天分中帶著癡情，能夠將慾望收歸於善意的關懷，用多情的心態去欣賞美色，甚至無微不至地照顧身邊的女性。（第五回）

情

真正的「情」是在尚未發抒的時候，才能稱為「真情」；也就是指停留在意念之中，未曾付諸實行的完整、純粹感情。

代表人物：秦可卿、鴛鴦
秦可卿掌理寧府，行事溫柔和平、辦事妥當周全；鴛鴦為賈母奴婢、一心事主，兩人看似與「情」無涉，卻先後掌管癡情司，因為兩人都不曾魯莽輕率地表露，反而將感情收藏在心中，保有愛情的完整，是真正的「有情人」。（一百一十回）

慾

只求耳目聲色的享受，恨不得享盡天下美女。警幻稱之為「皮膚濫淫蠢物」

代表人物：賈璉
賈璉縱情色慾，曾私通下人妻子（二十一回）、喪期偷娶尤二姐（六十五回）、娶賈赦房中丫環秋桐為妾（六十九回），甚至與面貌清秀的小廝通姦（二十一回）。

成為中國世情小說的經典

《紅樓夢》的人物形象與故事情節綜觀癡情體貼的「淫」、含蓄蘊藉的「情」、縱情聲色的「慾」三種高低層次，情感較談論男女之情的言情小說或描述情慾的色情小說更為豐富多元。

寄寓《周易》「盛極必衰」思想

《紅樓夢》的作者曹雪芹，原為金玉富貴的公子哥兒，然而家道中落之後潦倒度日，深刻的體驗盛極必衰的際遇轉折，他將這種興盛和衰敗的理路鋪衍成為《紅樓夢》的主題之一，用以昭示世事變化的前因後果。

物極必反、盛極必衰

事物依循「物極必反、盛極必衰」而生成變化的道理，是由中國經書之祖《周易》一書首先呈現。相傳上古伏羲畫出八卦，周文王將八卦相互重疊，得出乾、坤、泰、否、損、益等六十四卦，並製作解釋每卦要義的卦辭，成為占卜吉凶禍福的依據，例如首卦乾卦代表純陽的「天」；次卦坤卦代表純陰的「地」，兩者既相生又相剋，其餘卦辭如象徵阻滯的否卦與暢行的泰卦、象徵有失的損卦與有得的益卦亦是相剋相生的辯證關係。《周易》原本以自然現象的變易來預測凡人命運、前途，逐漸衍成「以天道明人事」的哲理思想，天道的發展既是陰陽相生相剋的循環，世事的推演變化亦然，當榮興發展到極致的時候，也將顯現衰微的徵兆；相對地，衰亂走到盡頭時，就是榮興的開始，吉凶禍福並非固定不變，而是有規律地轉化。凡人處於福禍相參的必然循環中，便應順應行事，在盛時與其炫耀奢靡，不如體認將衰的命運，預先為衰微時的不足或缺損保留餘地；若是處逆也不必自怨自艾，殊不知禍福時常互轉，不能以一時而論。

體驗際遇變遷的曹雪芹，便是運用盛極必衰的辯證思維來佈置小說中人事變化的情節，暗寓富貴和權勢正如鏡花水月般不可依恃，也點出在禍根萌生時應如何處世才能保全身家。

由盛而衰的情節走向：賈府由榮興轉為敗落

隱伏盛極必衰的辯證思想最顯著的情節便是賈府升沈興衰的際遇。賈府興盛的主因是後代子孫繼承榮、寧二公的功勳，爾後賈政得了功名、元春又入宮當上貴妃，使賈府更為顯赫，呈現的是「烈火烹油、鮮花著錦之盛」的榮景，一如金陵地方的俗諺所言：「賈不假，白玉為堂金做馬」。然而，正如盛極必衰的天道循環，在賈府極盡豪奢的生活細節中也埋下終將敗落的伏筆。

造成賈府由盛轉衰的禍端有四，首先是府中寅吃卯糧、坐吃山空，例如起居飲食極盡豪奢、斥鉅資興建大觀園等無度花費不勝枚舉；其次是元妃病逝、賈府頓失權力支柱；加上天災造成收成不佳、田莊租稅收入減少；但其中最致命的禍端乃是府內人心的敗壞：例如鳳姐仗勢包攬官司，造成金哥與守備之子的死亡；賈赦巧取豪奪，掠奪石獃子的古扇；賈珍強占兒媳，賈薔私通堂嫂，種種貪狠與淫亂的現象終將惹來官司纏身，抄奪家產的惡果。

禍福相倚的保全之道

除了在情節隱喻了盛極必衰的哲理，對於禍福相倚的世事，曹雪芹也提出了保全和應付之道。諸如第十三回秦可卿死後托夢給鳳姐，勸道：「常言道『月滿則虧，水滿則溢』，又道是登高必跌重，如今我家赫赫揚揚已將百載，一日偶或樂極生悲，若應了那句樹倒猢猻散的俗語，豈不虛稱了一世的詩書舊族了？」囑咐鳳姐多置辦些田莊房舍，掛在祭祀產業的名下，即使抄家也不至沒收，如此不但能提供家族祭祀費用，族子上學唸書的支出也不虞匱乏。秦氏的囑托是在敗落時猶能保全的唯一方法，可惜利慾薰心的鳳姐有負所託，使得賈府的抄滅敗亡成了無可挽回的悲劇結局。

八卦 相傳伏羲畫八卦，周文王製卦辭闡明其意，孔子書寫《十翼》進一步解說，圍繞著「八卦」發展出一整套《周易》的哲思智慧。八卦根源於中國古老的陰陽觀念而生成的，藉由陰爻和陽爻的排列組合，象徵不同的物象與意義，藉此敘述萬事萬物生成變化的道理。例如三個陽爻組成「乾」，一般用 ☰ 表示，象徵「天」、「父」、「剛健」。若是三爻之中，下爻為陽爻，則為「震」，象徵「雷」、「長男」、「震動」，用 ☳ 表示。八卦疊合八卦，則衍成六十四卦，例如上卦為乾、下卦為坤，則是「否卦」，在占卜上顯示凶兆；反之上卦為坤，下卦為乾，則為「泰卦」，屬吉兆，所以有「否極泰來」這樣的成語。

●賈府由盛而衰的寓意

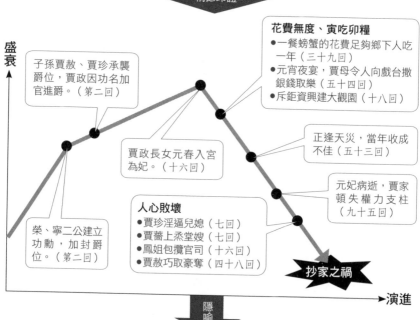

《周易》盛極必衰的思想

原為卜筮之書的《周易》以天道運行「相生相剋」的規律預測人事的變化，得出物極必反、盛極必衰的道理：興隆強盛到極點，就會現出衰落破敗的徵兆；相對地，衰敗的盡頭就是興盛的開始。

↓ 賈府敗落的情節印證

盛衰↑

花費無度、寅吃卯糧
- 一餐螃蟹的花費足夠鄉下人吃一年（三十九回）
- 元宵夜宴，賈母令人向戲台撒銀錢取樂（五十四回）
- 斥鉅資興建大觀園（十八回）

子孫賈赦、賈珍承襲爵位，賈政因功名加官進爵。（第二回）

賈政長女元春入宮為妃。（十六回）

正逢天災，當年收成不佳（五十三回）

元妃病逝，賈家頓失權力支柱（九十五回）

人心敗壞
- 賈珍淫逼兒媳（七回）
- 賈薔上烝堂嫂（七回）
- 鳳姐包攬官司（十六回）
- 賈赦巧取豪奪（四十八回）

榮、寧二公建立功勳，加封爵位。（第二回）

抄家之禍

→ 演進

↓ 隱喻

作者藉賈府的升沈變遷寄寓汲營到手的名利正如鏡花水月，終將是一場虛空。

↓ 保全之道

在興盛時應先預知將衰敗的命運，預留不足或缺損時的支用；處於逆境時也不必心存怨懟，反而應靜待從困厄轉為順利的時機到來。

例 十三回安排秦可卿托夢給鳳姐所言「月滿則虧，水滿則溢」，應多設置祭祀產業，做為將來子孫不廢耕讀的退路；點出在榮盛時預留後路才是保全之道。

由長幼衝突反思倫常表現

長幼的衝突也是《紅樓夢》表現的主題之一。曹雪芹透過賈氏祖孫三代的互動，反思儒家的「三綱、五常」人倫觀念的實際表現；書中一連串長幼衝突的情節凸顯親子之間無法跨越的嚴重代溝、以及無法相互了解的悲哀，生動地呈現出人倫觀念發展至末流時的僵化窘況。

倫常觀念vs.倫常表現

中國傳統的倫常觀念是依循儒家「三綱」與「五常」的人倫關係所建構，「三綱」即「君為臣綱、父為子綱、夫為妻綱」，要求在上位的為君、為父、為夫者應做出表率；居下位的為臣、為子、為妻者則必須遵循、服從。而「五常」出於《孟子‧滕文公上》，即「父子有親，君臣有義，夫婦有別，長幼有序，朋友有信」五種人際交往時必須遵守的行為準則。五倫又以「父子有親」為主導，所以父子之間親愛無間的關係較其他四倫更為重要、更須謹守。父子關係的實際表現可見於《禮記‧禮運》的「父慈，子孝」，意即父母對待子女應慈愛，子女則應以孝道事親；《禮記‧內則》也點出「父母有過，柔聲以諫」，表示孝道並非主張子女愚孝、只知順承父母的心意，而是在父母犯錯時和顏悅色地勸諫。

然而，儒家倫理發展日久後出現僵化不通的失序現象。「父為子綱」與「父子有親」的原則變質為在上的父握有無限權威、在下的子只能絕對服從、一味順應，於是親子關係便現出無法互愛、相親的裂痕。《紅樓夢》從賈母、賈政、寶玉這一線浮出長幼之間的衝突，藉以省思倫常的實際表現方式是否已扭曲了儒家初始的設計。

失序的倫常表現：
賈母vs.賈政vs.寶玉

在三綱中「父為子綱」，父母應該領導子女，做最好的表率。以賈政而言，他從不和顏悅色地對待寶玉等小輩，總是正經八百地查問功課，禁止任何風花雪月之事；反觀賈政自己娶了數房姬妾，也雅好風雅，愛與清客談論琴藝，賈政不曾為子榜樣、違逆了「父為子綱」的明訓，管教寶玉卻又一味嚴屬、高壓，雖說是生怕過度縱容恐會失足走偏，出發點乃是善意，但表現方式卻有失「父子有親」原則，過分固執而不知變通。

從另一方面看來，賈母是賈府地位最尊貴崇隆的長輩，根據傳統禮教規範，女性隸屬於男性宗族，地位低於男性，但育有子嗣的嫡妻在丈夫

死後便能取得權威，成為宗族的尊長，賈母即是一個典型的例子。然而，賈母對待小輩卻也背離倫常應有的原則，她過度膨脹祖母對孫兒應有的疼愛，又強硬地規範賈政必須順承己意、失卻了母子間應有的親暱，這些失序的倫常表現所產生的矛盾，使得賈政對賈母、寶玉對賈政只能陽奉陰違、無法真心相待，破壞了「父子有親」的明訓。

在《紅樓夢》之中，對僵化的倫常表現刻劃得最精彩的一幕便是三十三回賈政杖責寶玉的橋段，賈政聽聞寶玉與戲子琪官交遊、又受賈環所說寶玉淫逼金釧致死的挑撥，不由分說地痛責寶玉，寶玉也只能承受，而賈母一聽寶玉受笞便急急趕到，不分青紅皂白地痛斥賈政不是，賈政也只好乖乖地跪下聽訓，不敢再打寶玉。三代之間，在上不慈，而在下表面聽從、實則心口不一的景象展現得淋漓盡致。

●儒家倫常觀念vs.實際表現

儒家的倫常觀

三綱
「君為臣綱、父為子綱、夫為妻綱」，為君、為父、為夫者應善加領導、做好表率；為臣、為子、為妻者必須絕對地服從。

＋

五常
「父子有親，君臣有義，夫婦有別，長幼有序，朋友有信」的五種人際關係準則。其中「父子有親」即親子關係應親密無間為五倫之首。

應有表現

●**父慈子孝：**
父母應以慈愛的態度管教子女，子女應該用合理的方式孝敬父母。

●**父母有過，柔聲以諫：**
父母有了過失，子女不能一味順承，而應柔聲規諫，否則就是愚孝。

父

有管教的權利與示範的責任

有服從的義務和規過的責任

子

實際表現

（接上頁）

失序的倫常表現①
賈母vs.賈政

- **賈母對賈政不慈**：賈母對賈政展現極度的威權，也不尊重賈政對兒子寶玉的管教。
- **賈政對賈母陽奉陰違**：賈政在表面上順承賈母，但背地裡仍然違抗賈母之意，嚴責寶玉。

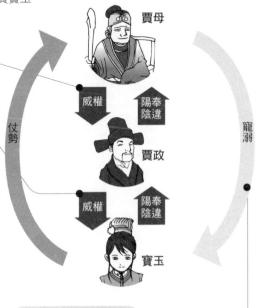

失序的倫常表現②
賈政vs.寶玉

- **賈政有失「父為子綱」風範**：賈政自己雅好詞曲小道、風花雪月，卻要求寶玉專心課業、走功名道路。
- **賈政對寶玉不慈**：賈政過度高壓、威權的管教方式，使寶玉如鼠見了貓一般畏懼賈政。
- **寶玉對賈政陽奉陰違**：寶玉表面上唯唯諾諾、戰戰兢兢；父親一走，就盡情玩樂，把讀書拋到九霄雲外。

失序的倫常表現③
賈母vs.寶玉

- **賈母一味寵溺**：賈母不問是非，全然地包庇寶玉的過犯。
- **寶玉仗勢妄為**：寶玉有了賈母做為靠山，便放肆地和女兒們廝混。

儒家三綱、五常的人倫觀念，在《紅樓夢》中呈現僵化、失序的狀態，表示人倫觀念在現實上已流於形式、僵化的窘境。

性別觀：崇女抑男的獨特判準

中國傳統宗法制度是以男性宗族系譜為主、女性位居附屬；因此男尊女卑一直是性別的主流觀點。曹雪芹卻顛破成見，表現出「崇女抑男」的不同見地，他所描寫的女子大多是美善、純潔的正面角色，男子則多呈現迂腐、醜惡的負面形象，如此的性別觀也是《紅樓夢》最令人玩味之處。

崇女抑男的寶玉

第二回賈寶玉所說「女兒是水做的骨肉，男子是泥做的骨肉；我見了女兒便清爽，見了男子便覺得濁臭逼人。」道盡全書崇女抑男的特殊觀點：男子代表汲營功名利祿、沉迷金錢財富的平庸俗人，寶玉便將男子視為「渣滓濁沫」；相對地，不受仕途經濟所拘的女子則是善良純潔的一群，寶玉視之為「天地間靈氣所鐘」。全書人物、情節也循著「女善男惡」來鋪排，男子不是熱中世俗權力的俗人如賈政、便是好勇鬥狠的逞兒之輩如薛蟠、或是縱情聲色的「皮膚濫淫蠢物」如賈璉；女性則擁有真切的性情、能誠懇待人，例如黛玉生性不慕名利、任性率真；湘雲則是天真爛漫、胸無城府，兩人又能不厭其煩地教導香菱作詩，流露真摯的友誼。難怪重感情、性靈的寶玉成天浸淫脂粉堆中和女孩們玩樂了。

女性中的分殊：女兒可愛、婦人可殺

曹雪芹雖然鍾愛如水般清淨無瑕的女子，但是一旦出嫁成為已婚婦人，女子就受男子污濁的氣息所污染、不能再保有純真的本性，甚至做出比男人更加可恨的惡事。第七十七回中，曹雪芹藉由寶玉之口將對婦人的厭惡表露無遺：「寶玉眼見幾個婦人架著司棋逐出賈府，指著恨道：『奇怪，奇怪，怎麼這些人只一嫁了漢子，染了男人的氣味，就這樣混帳起來，比男人更可殺了！』一旁的婆子問道：『這樣說，凡女兒個個是好的了，女人個個是壞的了？』寶玉點頭道：『不錯，不錯！』」書中處處可見婦人為爭權奪利或貪求錢財而作惡：爭權的諸如鳳姐為了鞏固正妻的身分而虐待尤二姐致死，趙姨娘企盼扶正和掌權，買通馬道婆作法害寶玉；貪財的則有鳳姐放高利貸、包攬官司，趙姨娘央求彩雲偷拿玫瑰露（六十回）等例。

男子、女兒與婦人中的特例

在崇女抑男的最基礎的性別觀之下，曹雪芹也安排了少數特例。寶玉是書中難得的良善男性角色，由於前世為通靈的頑石，所以見地不同於凡俗，寶玉輕視功名，將做

官看成是「祿蠹」、進取功名是「沽名釣譽」、勸說仕途經濟的忠告為「混帳話」，可見得他超越其他男子的灑脫出塵；寶玉真心地關照、寶愛所有的女兒，更是有異於一般登徒子。

在女兒群中的例外有寶釵和襲人，她倆，對權力、名分的熱中不亞於男子，每每鼓吹寶玉爭求功名；甚至為了己利陷人於罪。而婦人群中的特例是李紈、平兒和香菱：寡居的李紈謹守婦道不問世事；圓融處世的平兒私下照料寬慰受鳳姐虐待的尤二姐；香菱純真溫婉，縱被夏金桂欺侮仍逆來順受，三人不曾因為嫁給男子而沾染上惡念惡習，也未萌生貪求和爭鬥的慾望，依然保有堅貞而平淡的性情。

●「崇女抑男」的特殊性別觀

男尊女卑的傳統性別觀

重視男性宗族系譜的延續、女性附屬於男性宗族，居於副次地位；性別的主流觀點是男尊女卑。

崇女抑男的特殊性別觀

曹雪芹省思傳統宗法權威的合理性，揭示「男尊女卑」成見的僵固，提出獨特的「崇女抑男」觀點。

男子

為世俗價值所拘束，被寶玉視為泥做的骨肉，見了便覺得濁臭逼人。

- **追求功名權勢**：一心功名而拘泥於科考仕宦。例如賈政一味要求寶玉讀書中舉。
- **縱情聲色情慾**：行為放蕩無度，甚至亂倫背禮。例如賈璉與下人妻通姦、賈薔私通鳳姐。
- **好勇鬥狠**：經常出於一時意氣而使用武力，釀成禍事。例如薛蟠逞兇殺人。

特例 寶玉前世為通靈的頑石，見地與一般世俗男性不同。視名利如浮雲、能真心關愛照拂姊妹。

女子

純真善良，被寶玉視為水做的骨肉，見了便覺得清爽。

- **性情真切**：女子不虛偽造作，行為發自內心，呈現真實的自我。例如黛玉不慕名利、任性率真，湘雲則是胸無城府、一派純真。
- **誠懇待人**：真誠地幫助他人，包容他人的缺點。例如黛玉和湘雲不厭其煩地教導香菱學詩，因而結成友誼。

特例 寶釵、襲人兩人雖然未嫁，但已流於世俗，重視功名利祿和社會地位，甚至曾耍弄心機構陷黛玉、晴雯。

出嫁而遭污染

婦人

受男子的世俗濁氣沾染，不復潔淨純真，被寶玉視為比男人更可殺的刁惡之輩。

- **爭權力地位**：諸如鳳姐為了鞏固正妻的身分，虐待尤二姐致死；趙姨娘企盼扶正和掌權，買通道婆對寶玉施法。
- **貪金錢財貨**：諸如鳳姐放高利貸、收取賄賂而關說；趙姨娘央求彩雲偷拿玫瑰露、為錢財爭搶不休。

特例 李紈寡居而貞靜、平兒私下照料遭苛待的尤二姐、溫婉的香菱受夏金桂所欺卻逆來順受，三人從來沒有害人之心。

社會寫實面：階層傾軋與權力爭鬥

書中許多情節描寫了上對下的傾軋、下對上的反動，反映出階層之間因不平等而釀生的兇狠爭鬥；種種對於社會寫實面的深刻描繪，使《紅樓夢》成為清代社會風氣與文化型態的經典教材。

階層分際謹嚴的清代社會

清代是中國以皇權為中心的最後一個朝代，由於滿人是少數族群，滿清皇室要壓制屬於多數的漢族，在統治的手段上必須建立嚴密不可踰越的階層分際，才能鞏固社會秩序、維持政權的穩定。這種分別謹嚴的階層制度，造成了當時上下階層劃分、二元對立的社會環境；在上的強者有絕對宰制的權力，在下的弱者只能附屬、聽命於強者，諸如高官與小民、巨富與赤貧、主子與奴僕、正室與側室之間的關係皆是如此。在極端不平等的社會風氣之下，除了強者倚財仗勢、恃強欺弱的階層傾軋之外；弱者企望跨越階層的桎梏、躋身上位的權力鬥爭也隱然而生。《紅樓夢》的許多重要情節便將此種傾軋與鬥爭的情狀表露無遺，主要有豪門權貴對平民百姓的壓迫、主子對奴僕丫環的欺凌、嫡與庶的明爭暗鬥三方面。

①豪門對平民的壓迫

在權貴對平民的壓迫方面，第四回以薛蟠為爭搶香菱打死馮淵、應天府府尹賈雨村判案，引出了道盡豪門權勢之大的「護官符」：「凡作地方官者，皆有一個私單，上面寫的是本省最有權有勢、極富極貴的大鄉紳名姓，各省皆然，倘若不知，一時觸犯了這樣的人家，不但官爵，只怕連性命還保不成呢！」由於四大家族權傾一時，賈雨村一發現馮淵僅僅是鄉宦之子、地位遠不及薛蟠，立即免了薛蟠的殺人之罪；鳳姐憑藉著官威，壓迫金哥嫁給李衙內；赤貧的佃農無論水災旱天，都得繳上巨額的租稅。種種情節皆反映出清代強弱兩極的社會型態中，權貴階層如何仗勢逞兇、甚至草菅人命；平民階層則是人微權輕、處境堪憐。

②主子對奴僕的欺凌

另一方面，鋪陳主奴間不平等關係的情節諸如金釧含冤投井，死得不明不白，她的家人不但不敢聲

張，依然將金釧的妹妹玉釧留在賈府為婢；賈赦想納鴛鴦為妾，鴛鴦的兄嫂不顧賈赦年老昏瞶，一味奉承，以為丫頭身分的鴛鴦被提拔做為侍妾是「天大的喜事」；管事的鮑二為了討好賈璉甚至任由賈璉與自己的妻子通姦。可見當時主子對奴僕的欺壓、以及奴僕曲從逢迎的扭曲社會風氣。

③嫡與庶的明爭暗鬥

另外，嫡庶的爭鬥不休也是表現出權力爭奪的社會寫實面的情節。傳統宗法制度以正妻為大、側室低於正妻；只有嫡長子能繼承家產、爵位，側室與庶出的子女所得遠不如嫡子。因此，除非正妻死亡或被休棄，婢妾才可能被扶正；唯有嫡系無子或夭亡，庶出子女才能出頭。書中不時穿插正妻與嫡嗣、側室與庶子之間為爭地位而用盡心機計算、明爭暗鬥的情節，例如鳳姐假意讓尤二姐入門為側室，又百般凌辱折磨，甚至挑撥婢妾秋桐尋釁，活生生把二姐逼到自盡，就是為了保全自己正妻的地位與利益；相對地，婢妾也不甘屈居人下，例如趙姨娘意欲作法害死鳳姐和寶玉，希望除去鳳姐後賈母會讓自己與王夫人一同持家、除去寶玉後庶出的賈環能得到賈政的珍愛。凡此種種謀害奪權的人倫慘劇，都是由階層傾軋、以強欺弱的不平等狀況下為求自保而衍生。

 **嫡庶之爭的隱喻** 《紅樓夢》的寫作時間正當清初，清聖祖康熙立皇后所生的皇子胤礽為太子，但是眾皇子覬覦皇位，爆發殘酷的明爭暗鬥，使得太子廢而復立，立而復廢。最後康熙在臨終前傳位於四皇子胤禛，也就是後來的雍正。雍正並非皇后之子，亦非皇室長子，名分上不夠嚴正，所以即位之後，對心懷怨悱的兄弟展開無情的迫害。雍正傳位給乾隆，雖然表面上風平浪靜，但是仍有許多流言蜚語，認為乾隆沒有皇室正統，甚至可能是漢人所生。所以，《紅樓夢》寫作嫡庶之爭的背景，與當時皇族之間的血腥角力有絕對的關係。

●清代的社會風氣與紅樓夢的情節表現

清代的社會階層

滿清皇室為了鞏固統治政權，建立了嚴密的階層制度，上下、強弱之間截然二分。在上者有宰制的權力，在下者則為其附屬，只能唯命是從。

造成 →

傾軋與鬥爭的風氣

上下階層的劃分造成強者倚仗權勢壓迫弱者，而弱者只能隱忍的悲慘狀況；相對地，在下者也企望掙得權勢躋身上層，暗地醞釀鬥爭。

《紅樓夢》的內容表現出爭鬥不休的社會風氣

❶ 權貴對百姓的壓迫

書中屢次出現權貴階層恣意欺凌百姓、草菅人命，平民階層則因畏懼權勢而不敢言的情節。

事例

- 薛蟠為爭搶香菱打死馮淵、賈雨村怕惹惱身為皇商、姻親為高官國戚的薛家，便輕判了薛蟠的殺人之罪。（第四回）
- 利欲薰心的鳳姐仗勢壓迫金哥嫁給李衙內。（十五回）
- 佃農無論收成如何都得上繳巨額的田租。（五十三回）

❷ 主子對奴僕的欺凌

主子對於對賣身入府的奴僕可以任意欺壓，奴僕則對主子阿諛獻媚，醜態百出。

事例

- 金釧含冤投井，家人不但不敢聲張，依然將金釧的妹妹玉釧留在賈府為婢。（三十回）
- 年老昏庸的賈赦看中了鴛鴦，鴛鴦的兄嫂認為鴛鴦能被納為侍妾是天大的喜事。（四十六回）
- 鮑二為了鞏固自己在賈府管事的職位，甚至任由主子賈璉狎玩妻子取樂。（六十四回）

❸ 嫡對庶的明爭暗鬥

只有正室所生的嫡長子能繼承家產、爵位，側室與庶子的地位遠不如嫡子；因此正室、嫡子與側室、庶子之間往往為了地位與利益而明爭暗鬥。

事例

- 鳳姐表面上假意讓尤二姐入住賈府，背地裡又凌辱折磨，把二姐逼到自盡。（六十九回）
- 趙姨娘買通馬道婆作法企圖害死當權的鳳姐和得寵寶玉，希望自己與賈環能取而代之。（二十五回）

道德觀：純真、偽善、至惡

中國的傳統道德以儒、道兩家思想為根基，儒家以仁義為道德標準、道家則以純真自然為處事原則。曹雪芹傾向於表彰道家的純真，以儒家道德受扭曲所造成的「偽善」以及窮凶惡極的「至惡」兩種負面形象做為對照，運用情節鋪排對人物或褒或貶、映襯出《紅樓夢》中的是非善惡判準。

純真

講求自然的道家希望人能返樸歸真，道家的始祖老子在《道德經》中有言：「含德之厚，比於赤子」，意即道德最圓滿、完美的境界是表現得像初生小兒般善良、純潔，行為舉止毫不造作矯飾，完全不理會利益、不運用心機，更不會為了世俗的價值而損及本性的純真。曹雪芹對於純真的喜愛，可見於《紅樓夢》中人物性格的描摹以及結局的鋪設所暗寓的褒揚之中，諸如率真的黛玉不與人周旋，展現孤高不群的性格；晴雯身為奴婢卻不屑討好奉承主子；有「玫瑰花」之稱的尤三姐豪爽潑辣，雖出身貧苦也不攀附富貴；她們不巧謀算計，真切地表現感情和性格。縱然今世黛玉抑鬱病死、晴雯被撞、尤三姐殉情，沒有圓滿的歸宿，作者也為她們構築了更好的終局，死後昇天歸入警幻座下司職，在清靜的太虛幻境中安詳度日。

偽善

儒家所追求的「仁義」是中國傳統道德的主流，孟子在《公孫丑上》曾說「仁」出自「惻隱之心」，也就是以同情、憐憫的仁愛之心幫助他人；「義」則發自「羞惡之心」，亦即對於罪惡之事感到羞恥。仁義乃是人所固有的本性，但仍須「擴而充之」，藉由人為的修身與在上者的積極教化才能成就。然而，高抬仁義、力求修養到了末流，不免扭曲、變質為包藏禍心的「偽善」，行善動機是自私、功利而不純潔的；表面上待人寬厚正直，博取眾人的愛戴，事實上要遮掩欲陷人於不義以求得己利的機巧與圖謀。對此老子曾說「絕仁棄義，民復孝慈」，意即棄絕奸巧的心思和僵化的假仁假義，才能回歸純真善良的本性。

書中「偽善」的事例有寶釵和襲人，寶釵平日表現溫和大度，事事為他人著想，其實是冷漠無情之人，金釧、尤三姐死了，卻毫不在意；又如表面上關懷黛玉卻曾私

下嫁禍。襲人大方和氣，哄得王夫人寵愛信任，甚至把她的月例錢調整得和姨娘一樣（三十六回），可是私底下卻中傷晴雯媚主。然而，在曹雪芹筆下，偽善者終是枉費心機，無法得到心中企盼的結局，寶釵雖如願嫁給了寶玉，但寶玉卻出家遠走，無法白首到老；而襲人不但不能成為寶玉的侍妾，甚至被發配出嫁給未曾謀面的蔣玉函。

至惡

除了偽善者，《紅樓夢》也鋪設了一些展露人性險惡面的人物，為一己的私利和慾望，毫不遮掩地做出逞奸、鬥狠、淫亂等乖戾的惡行。逞奸者諸如鳳姐為了毀壞尤二姐的名聲，教唆已經退婚的張華告官（六十九回）；賈雨村見賈家失勢，便落井下石，害得賈家被抄（一百〇七回）。鬥狠者如刁奴何三不甘被賈府逐出，夥同盜賊入園偷搶（一百一十一回）；淫亂者如賈璉私通下人妻、與小廝通姦等醜事。然而，惡行終會招致惡果，鳳姐盡失人心而病死、賈雨村因貪污丟官、趙姨娘惡鬼纏身吐血而亡、何三偷盜不成被活活打死、賈璉飽嘗賈府敗落喪失權勢的苦果，種種淒慘的下場也可見作者否定惡行的用心。

混雜的人性 《紅樓夢》中主要人物的塑造絕對不是單一而平面化的，作者將複雜的人性鋪設於小說，用事件和情節勾勒出人性諸多面相。所以天真純潔一如湘雲，有時也會化身為不明事理的「祿蠹」，鼓勵寶玉投考科舉，引起二人之間的齟齬；用盡心計斂財弄權的鳳姐，也曾大發慈悲地接濟劉姥姥，待如上賓，甚至讓她幫自己的女兒命名。絕對正面和絕對負面的角色，往往是驚鴻一瞥的小人物，或是次要角色，諸如香菱的生父甄士隱，在書中的形象就是平板的正面人物，而遺失了香菱便逃走的僕人霍啟，只能見其性格懦弱與怕事的一面，僅僅是一小段故事中跑龍套的角色。

●純真、偽善、至惡的道德分判

講求自然
返樸歸真 } **道家的道德觀**　　　　**儒家的道德觀** { 講求教化
積極入世

- **效法赤子的純真**：老子認為道德的最高境界像初生小兒般善良、純潔，不在意世俗的價值觀。
- **棄絕世俗僵化的仁義道德**：《道德經》主張應去除人為外飾，才能回歸純真本性。

VS.

- **講求仁義**：孟子主張人應以同情、憐憫的仁愛之心待人；對於罪惡之事感到羞恥。
- **藉由修身成德**：仁義是人所固有的本性，但仍須外在的教化與人為的培養擴充。

書中三種道
德形象安排

儒家道德日漸僵化為表象仁義、內在包藏機巧與圖謀。曹雪芹在《紅樓夢》中提升道家純真的地位、且以儒家末流的偽善以及窮凶惡極的至惡之輩做為對照。

純真 不矯揉造作，真實地展現自己的性格。	**偽善** 表面仁和寬厚以博得人心，實為假仁假義、虛飾矯情。	**至惡** 展露人性的險惡，不遮掩地犯下逞奸、鬥狠、淫亂之事。
● 黛玉無視他人的看法，不為了博得美譽而營造善人形象，風格孤高不群。 ● 晴雯身為奴婢卻不屑逢迎諂媚主子。 ● 尤三姐個性潑辣，有「玫瑰花」之稱，雖出身貧苦也不攀附富貴。	● 寶釵雍容大度，博得賈家上下的歡心，其實冷漠無情，對已逝者無動於衷，且工於心計嫁禍黛玉。 ● 襲人大方和氣，得王夫人寵信，私底下卻為了剷除大患而中傷晴雯媚主。	● 鳳姐使奸計教唆已經退婚的張華告官，毀壞尤二姐的名聲。 ● 賈雨村見風轉舵，對失勢的賈家落井下石。 ● 何三不甘被賈府逐出，夥同盜賊偷搶大觀園。 ● 賈璉與下人妻、小廝通姦。
結局	結局	結局
終得善果 在俗世未得善終，黛玉病喪、晴雯被逐出府、尤三姐自盡，但死後歸魂離恨天，到警幻仙姑座下司職，得到清靜安詳的更好結局。	**算計落空** 二人百般算計仍徒費心力，換來一場空。寶釵縱然如願嫁給了寶玉，卻無法白首到老，襲人無法成為寶玉侍妾，被發配出府嫁給不認識的蔣玉菡。	**飽嘗惡果** 多行不義必會招至惡果，鳳姐病亡、賈雨村因貪污而去職、趙姨娘被惡鬼索命而死、何三偷盜不成被打死、賈璉因家敗而喪失權勢。

第 6 章

《紅樓夢》的才學表現

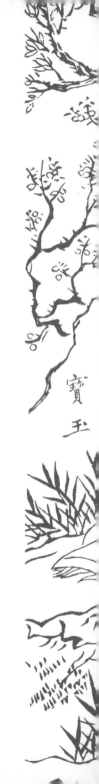

　　《紅樓夢》之中的韻文創作，兼備詩、詞、曲、賦等中國文學史上重要文體，而且數量龐大；加上各種醫藥、哲理等學問，使得小說內容更顯豐富。作者不僅利用這些韻文作品與哲理分析，間接表現了人物的性格、才情，並且在其中隱藏蛛絲馬跡，暗喻人物的命運，展現了縝密的心思、高超的才情以及熟練的文學技巧。

學習重點

- 《紅樓夢》中可見作者有哪些才學表現？
- 全書韻文有哪些重要的體裁？
- 書中重要的韻文作品有哪些？
- 如何欣賞這些韻文作品？如何解讀其中寓意？
- 書中情節融合了哪些醫藥知識？

詩

曹雪芹在《紅樓夢》中創作多達約八十首詩作，這些詩作不僅展現出小說人物的性格，也帶動了情節的推展，與人物的命運相互呼應，成為許多紅學研究者熱中的焦點之一，足見作者不凡的才情。

緣起詩

曹雪芹歷時十年、增刪五次，終於修成了《紅樓夢》的底稿，並且題作〈題金陵十二釵一絕〉，又名〈緣起詩〉，交代了本書撰寫的起源，詩云：「滿紙荒唐言，一把辛酸淚。都云作者癡，誰解其中味。」作者說自己是用放蕩荒誕、不合世俗常理的「荒唐言」寫作，寄寓著自身命運浮沈的「辛酸淚」；一般讀者會笑嘆作者多情愚痴，只有真正的知音才能了解作品字裡行間所蘊含的深長意味。〈緣起詩〉暗示《紅樓夢》看似「假語村言」、荒誕虛構，其實是作者隱去真事的人生寫照。「荒唐言」一句，表現曹雪芹不拘於世俗的思考方式，「辛酸淚」則寫出他坎坷的際遇，末尾兩句，更道出《紅樓夢》一書有著百轉千迴的曲折情節，只有用心體會的讀者，才能真切地感受作者的用意。

題帕三絕句

寶玉被父親責打之後，仍然牽掛著黛玉，特別叫人送去兩條半新不舊的絹帕，表示傳帕定情之意。黛玉收到之後，情難自己，便在絹帕上題了三首詩（三十四回），名為〈題帕三絕句〉。第一首中「眼空蓄淚淚空垂」時序著眼於當下，寫到黛玉為寶玉被責打而空自焦急流淚，點出黛玉愛哭的個性；「尺幅鮫綃勞解贈」寫出寶玉藉絹帕為黛玉拭淚所傳遞的真情；第二首的時空背景則轉至平日的室內，寫到黛玉坐臥之間為愛傷神、頻頻流淚，斑斑的淚跡「枕上袖邊難拂拭」，表現她對感情的悲觀；第三首詩運用了神話傳說，將時序轉換到遠古，場景則移到室外：「湘江舊跡已模糊」將舜的二位妃子娥皇女英悲泣丈夫離世、在湘江畔淚染斑竹的典故，連結至瀟湘館外千竿翠竹旁的黛玉對戀情難以圓滿的恐懼和擔憂。

〈題帕三絕句〉點出黛玉下世為人之後，註定要流完一生一世的眼淚以償還前世的情緣；詩名「絕句」也預告了木石情緣註定悲劇收

場，黛玉悲痛欲絕的結局。九十七回「苦絳珠焚稿斷痴情」中黛玉聽得寶玉與寶釵的婚事，心死所焚的詩稿即是〈題帕三絕句〉，這三首詩可說是「淚盡情斷」的前提，詩成而情訂、詩焚而情絕，因此是全書舉足輕重的詩作。此詩時序遊走上古、今世與來日，空間兼及室內、戶外，時空場景豐富多樣；雖然文辭並未多加雕琢，文采非《紅樓夢》中最上乘者，但是以「淚」貫穿三詩，用「淚」表「情」的手法，情感直抒胸臆，倍覺情真。

菊花詩

秋涼的季節，詩社眾人應景起了一場風雅的菊花詩會（三十八回）。寶釵和湘雲擬出憶菊、訪菊、種菊、對菊、供菊等歌詠菊花之美的詩題供社眾自行選題創作。交稿後，負責評審的李紈指出黛玉的〈詠菊〉對仗既工整、構思又新奇，位於眾人之首。詩中「毫端蘊秀臨霜寫，口角噙香對月吟」二句，點出霜涼的秋天，作詩的女子筆峰藏著秀美的情思，伴著菊花的清香對月吟誦，精巧地採用霜露、冷月情景映襯出菊花高潔的意象；而「滿紙自憐題素怨，片言誰解訴秋心」說出了黛玉多愁多病、自憐自傷的性格，以及滿腔情愫不被理解的苦悶，充分展示她孤高的一面。作者藉著此詩奪魁凸顯了黛玉高人一等的才情，也暗喻愛情的悲劇結局正是在孤芳自賞的情緒中，慢慢鑄成的。

曹雪芹論詩

在第四十八回，薛蟠的侍妾香菱纏著黛玉學詩，黛玉細心地教導，提供了自己作詩的經驗。這一番敘述反應出曹雪芹對詩歌創作的觀點，可從中了解詩作賞析的原則。曹雪芹的詩學觀大致可以分為三個要點：①別出心裁的意念：黛玉說：「第一是立意要緊，若意趣真了，連詞句不用修飾，自是好的」，指出詩歌創作最重要的就是別出心裁的巧思，只要意念新奇，甚至不用修辭文飾，自是一首佳作。②不被格律束縛的勇氣：香菱領悟道：「原來這些規矩竟是沒事的，只要詞句新奇為上」，一般而言，律詩的二、三聯必須對仗，應虛實相對、平仄相協，但是如果為了對仗工整而矯枉過正，反而流於「以辭害意」，失了意境，須有放膽突破格律的氣魄，才能成就好詩。③將前人的名句轉化更新：例如王維的「墟里上孤煙」，是化用陶淵明「依依墟里煙」而來的，從前人的作品之中，找尋靈感加以轉變，將恰當的詩意用不同的語句表現，也是作詩的方法之一。

《紅樓夢》詩作欣賞

		詩作內容	語譯
第一回	【緣起詩】曹雪芹	滿紙荒唐言，一把辛酸淚。都云作者癡，誰解其中味。	《紅樓夢》全書都是荒唐無稽的言詞，卻是作者飽嘗辛酸血淚所換成的人生經驗，世人都嘲笑作者痴心愚傻，誰能看出此書的深意呢？
三十四回	【題帕三絕句】林黛玉	絕句一 眼空蓄淚淚空垂，暗灑閒拋更向誰？尺幅鮫綃勞解贈，為君那得不傷悲！	眼眶蓄著熱淚不停地流下，這樣暗自流淚到底是為了誰？承蒙你贈送這條定情的鮫帕，想起我們的戀情，心中怎能不傷悲。
		絕句二 拋珠滾玉只偷潸，鎮日無心鎮日閒；枕上袖邊難拂拭，任他點點與斑斑。	珠玉般的淚珠只能暗自滾落，整天無精打采地閒坐；枕上袖邊的淚水擦拭不盡，只好任淚斑斑點點地盡情滴落。
		絕句三 彩線難收面上珠，湘江舊跡已模糊；窗前亦有千竿竹，不識香痕漬也無？	五彩的絲線也難以串起我臉上的淚珠，當年娥皇女英淚灑的斑竹舊跡已經模糊；如今我窗前也有千竿翠竹，不知是否也會染上我的血淚？
三十八回	【菊花詩】林黛玉	無賴詩魔昏曉侵，繞籬欹石自沉音。毫端蘊秀臨霜寫，口齒噙香對月吟。滿紙自憐題素怨，片言誰解訴秋心。一從陶令平章後，千古高風說到今。	詩情不論早晚頻頻侵擾，繞行籬笆、倚石站立都在構思沉吟。對著霜雪，用筆展現秀美的情思，看著明月，口齒含著菊花的清香輕輕複誦。滿紙自哀自憐的詩句抒發感時的心緒，誰能理解我句短情深的悲秋之意，從陶淵明將秋菊寫入詩篇之後，菊花高潔的意象就一直傳說到今天。

賞析	寓意	在全書的作用
平鋪直敘地說出小說創作的辛酸，沒有修飾的平淡語句，卻更凸顯真切的感情。可見出曹氏多情的性格與寫作的天賦。	看似荒誕、虛構的「假語村言」，實為作者將己身經歷的巨大創痛，化為寫作的助力，隱去真事所敷設出的人生寫照，期待讀者用心領會書中的深意，看透繁華背後所暗藏的悲傷和失意。	此詩放置在第一回中，是曹雪芹對讀者的呼告：隱身在金玉富貴背後的悲劇即將展開，對於全書的情節有提綱挈領的作用。
時空著眼於當下，道出寶玉被責打後，黛玉焦急流淚的模樣，並且點出寶玉送帕首度定情之事。 將時序拉長，描寫黛玉平日在室內的閒情，說出黛玉為這段感情流淚不已的樣貌，表現出對感情的悲觀。 將時間移至上古的湘妃傳說、場景轉換為室外。藉著娥皇女英在湘水邊哭泣丈夫離世的典故，與瀟湘館外的千竿翠竹相連結，設想自己的命運是否會如湘妃一般不幸。	●「絕句」預告了雙玉的情緣將以悲劇收場，黛玉心死氣絕。 ●時序遊移於當下和遠古，空間則兼及室內與戶外，時空場景十分豐富多樣，顯露黛玉廣博的學識。 ●以「淚」為主題貫穿全詩，文辭並未雕琢得十分華麗，但是真情流露，令人動容。	●點出絳珠仙草轉世的黛玉註定要流完一生一世的眼淚以償前世的情緣。 ●此詩既是雙玉的定情詩，也是黛玉「淚盡情斷」的絕情詩（九十七回），詩成即情訂，詩焚則情亡。
●美人努力構思，霜雪明月為伴，用自憐的感受對應菊花的孤高與秋意深深。 ●末聯引進陶淵明「采菊東籬下」的典故，形成花香與美景交織、今人與古人相映的情趣。	●黛玉詩作立意新巧，不露堆砌生硬，李紈譽為詩社之冠，奠定黛玉詩才高於大觀園眾人的地位。 ●菊花高潔的意象，正是黛玉高傲性格最好的註腳。 ●「片言誰解訴秋心」表現出黛玉不為賈府長輩接納的悲哀。	這首菊花詩道出黛玉不但容顏美麗、多情痴心，而且才思敏捷、高傲絕俗。然而這樣的才情與性格，並非一般世俗所能理解，所以黛玉只有孤芳自賞、抑鬱而終。

詞

第七十回描寫詩社眾人於暮春時候,見到眼前柳絮飛舞的景象,便以柳絮為題,填寫出《紅樓夢》中最重要的五闋詞作,這一次填詞也是詩社最後一次的聚會,作者藉著飄零的柳絮,預見了大觀園崩解離析的未來。

湘雲〈如夢令〉

湘雲選用曲調輕快而俐落的〈如夢令〉成一小詞,起首為:「豈是繡絨殘吐,捲起半簾香霧」,將柳絮形容為美麗的繡絨與芳香的雲霧。「纖手自拈來,空使鵑啼燕妒」,描寫女子伸手捕捉柳絮玩賞,鳥兒們都嫉妒不已。「且住、且住,莫使春光別去」,抓取翻飛飄動的柳絮,彷彿希望握緊明媚的春光。簡明流暢、新奇有趣的詞句表現出湘雲豪爽天真的性格特徵。柳絮紛飛的意象暗示了眾女子飄零的命運,渴望留住春日也預告了湘雲嫁人之後過著幸福的日子,但好景不常,丈夫早逝,歡樂的時光和春天一樣,留也留不住。

探春、寶玉〈南柯子〉

寶玉原本嫌自己做的不好,沒能在規定的時間內完成,但見探春只來得及填了詞的上半闋,就起了興頭、多事地續寫了下半闋。於是這闋〈南柯子〉,便在上、下兩個部分各自預示了兩人的命運。探春所做的上半闋中「也難綰繫也難羈,一任東西南北各分離」,寫出了柳絮隨風飛舞的意象,暗示探春日後遠嫁異地、與親人相隔天涯的命運寫照。探春寫來詞意細膩,和她心細如髮的個性恰為呼應。

寶玉的詞句蘊含款款深情,映襯出寶玉多情的性格。「鶯愁蝶倦晚芳時」表面上利用黃鶯和彩蝶塑造晚春的悲情,但背後卻應合了寶玉本人傷痛女兒們年華逝去的感情;「縱是明春再見隔年期」則以遺憾、悵然的語氣與柳絮約定來年相見,可以視為鋪敘寶玉與黛玉的情感盟誓,是從前世到今生、以今生約定來世的漫長歷程。

黛玉〈唐多令〉

黛玉的〈唐多令〉纏綿悲感,一如她的性格。詞中敘寫柳絮「飄泊亦如人命薄,空繾綣,說風流」,說柳絮一如黛玉一樣薄命,纏綿不捨而體態風流。下半闋「草木也知愁,韶華竟白頭」,說柳絮潔白的樣子,彷彿了解悲愁,在光

陰荏苒的春季，將青絲化為白髮，黛玉因此悲傷地詢問：「嘆今生，誰捨誰收」，絳珠仙草轉世的黛玉一貫地關心起柳絮的來去生死，嗟嘆柳絮殘骸無人收拾的處境，也隱約顯出黛玉將病死瀟湘館，無人聞問的悲涼。「嫁與東風春不管，憑爾去，忍淹留」，寫出柳絮隨東風飛散，任憑飄泊而無法久留。如此的描寫也隱喻了黛玉身如飛絮的痛苦和孤立無援的處境，對照日後，黛玉無力阻止寶玉迎娶寶釵而悲憤離世，一如柳絮翻飛於東風之中，不由自主的悽惶慘況。

寶釵〈臨江仙〉

寶釵在拿出詞作之前，曾經說明：「柳絮原是一件輕薄無根的東西，依我的主意，偏要把他說好了」，所以寶釵的詞作不同於他人一味注重柳絮的悲情面，顯出勃勃的生機。首句寫到「白玉堂前春解舞」，表面意義是形容柳絮在春光明媚的白玉堂中翩翩起舞，然而背地底藏著曹雪芹敘寫金陵四大家族的諺語中「賈不假，白玉為堂金作馬」的寓意，「白玉堂」其實是賈府的象徵，詞中的柳絮入了白玉堂，便是暗指寶釵日後嫁入賈府為媳的結局。「萬里隨風終不改，任他隨聚隨分」，敘述柳枝千株萬條不動如山，任憑柳絮時聚時散紛落四方，這二句表現出寶釵對於聚散的緣分淡然處之，全無其他女兒們出嫁離家的擔憂與不捨；尤其末句「好風憑借力，送我上青雲」，寫柳絮借助東風而直上青雲，充分展現了寶釵渴望高人一等的心念，以及積極追求更好生活的行事作風。整篇詞作在詠嘆柳絮之餘，側寫一名女子周旋在眾人之中，力爭上游的企圖心，呼應了寶釵的性格、故事的結局，尤其表現出作者的匠心獨運。

 **詞牌的表現風格** 「詞」的語句長短不齊，每闋詞都必須選用一個詞牌，詞牌規定了這闋詞總共有幾句、每句多少字、哪一句必須押韻、所屬的管色和腔調為何等等，因此能展現出或明快、或婉約、或典雅的不同風格。

●〈柳絮詞〉與《紅樓夢》人物的對照

【如夢令】湘雲

豈是繡絨殘吐？捲起半簾香霧。纖手自拈來，空使鵑啼燕妒。且住，且住！莫使春光別去。

並不是繡花時殘留的絲絨線頭，而像是簾外捲入一陣芳香的雲霧。纖纖玉手將一朵柳絮拈來玩賞，引得杜鵑和燕子都嫉妒啼叫。暫且停住吧停住吧，不要讓美好的春光匆匆流逝。

表現風格 作者特質

輕快俐落的節奏和湘雲天真豪邁的性格恰為呼應。

寓意

● 「纖手自拈來」一句敘寫伸手拈玩柳絮的場景，表現出湘雲天真的一面。
● 暗喻湘雲與如意郎君過了一段美好的時光，但是美好時光一如春天一般短暫、無法長久。

【南柯子上闋】探春

空掛纖纖縷，徒垂絡絡絲。也難綰繫也難羈，一任東西南北各分離。

枝條纖纖弱弱地掛在樹上，徒然垂下一絡一絡柳絲。綁不住也絆不住柳絮的去向，只好任它們東西南北各自分離。

表現風格 作者特質

詞情細膩，映襯出探春的心細如髮。

寓意

象徵探春最後雖然嫁得好夫婿，但是遠離家鄉，與父母骨肉別離的景況。

【南柯子下闋】寶玉

落去君休惜，飛來我自知。鶯愁蝶倦晚芳時，縱是明春再見隔年期。

我（即柳絮）飄落的時候，請你不用惋惜，什麼時候飛回來，只有我自己知道。黃鶯彩蝶在晚春時節總是悲愁倦懶，縱使明春還可以再相見，但是還是相隔了一年之久啊。

表現風格 作者特質

詞情清新情深，和寶玉多情的性格相互呼應。

寓意

「再見隔年期」對照寶玉與黛玉三生石畔的盟誓，今春與明春的過渡，一如前世至今生、今生到來世的歷程。

【唐多令】黛玉

粉墮百花洲，香殘燕子樓。一團團逐隊成毬。漂泊亦如人命薄，空繾綣，說風流！

草木也知愁，韶華竟白頭。嘆今生、誰捨誰收！嫁與東風春不管，憑爾去，忍淹留。

花朵落在百花洲，花香消失在燕子樓。一團團柳絮粘在一起形成球狀。飄零無定的柳絮同我一般的薄命，繾綣不捨又體態風流。

即使是草木也知道哀愁，年華逝去就白了頭。可嘆你(柳絮)此生有誰能收藏！春天無暇管束，而將你托付給東風，任憑離去，無法久留。

表現風格 作者特質

辭意充滿纏綿悲戚的感受，和黛玉多愁善感的性格相互呼應。

寓意

● 「草木也知愁」象徵黛玉由絳珠仙草幻化為人形，開始了解為人的苦處；「嘆今生、誰捨誰收」與黛玉偏憐草木，曾經為落花營造香塚的歷程互相呼應。

● 「漂泊亦如人命薄」，表現出黛玉空有遣綣之情、風流之貌，卻仍然是個薄命的女子，最後終將淚盡人亡。

● 「憑爾去，忍淹留」表示黛玉無法久駐大觀園，必須無可奈何地早寶玉一步離開塵世。

【臨江仙】寶釵

白玉堂前春解舞，東風捲得均勻。蜂圍蝶陣亂紛紛：幾曾隨逝水？豈必委芳塵？

萬縷千絲終不改，任他隨聚隨分。韶華休笑本無根；好風憑借力，送我上青雲。

在春光明媚的白玉堂中翩翩起舞，柳絮隨東風的節奏均勻地翻滾。飛絮如蜂蝶亂紛紛落入流水或泥塵。柳絲柳條依然如舊，任憑柳絮聚集或散落。不要嘲笑柳絮飄散無根，風勢順遂的時候，可以直上青雲。

表現風格 作者特質

辭意活潑且生意盎然，與寶釵積極入世的性格相通。

寓意

● 柳絮在象徵賈府的「白玉堂」前飛舞，暗指寶釵最終會嫁入賈府。

● 「任他隨聚隨分」表現出寶釵對緣分聚散異於常人的冷漠和理智。

● 憑借好風直上青雲的意境，暗指寶釵力爭上游的志向，以及善於利用環境情勢，造就有利於己的局面。

曲

戲曲是結合「科」（動作）、「舞」（歌舞）、「白」（語言）三者的立體藝術，觀眾能藉由舞台表演獲取最為鮮明、完整的印象。《紅樓夢》一書中，總計有十八首曲辭，其中最重要的是第五回寫賈寶玉夢遊太虛幻境時，警幻仙姑命仙女們演唱的《紅樓夢曲》。曹雪芹借用立體形式的戲曲，詳細勾勒金陵十二釵的形象、身世和命運，並為結局埋下伏筆。

引子、終身誤、枉凝眉

《紅樓夢曲》的前三首〈引子〉、〈終身誤〉、〈枉凝眉〉點出了寶玉的身世，及其與黛玉、寶釵間的三角關係。〈引子〉中「開闢鴻濛，誰為情種」指出寶玉前世為補天所剩的頑石，歷經日月洗鍊而有了感情。第一曲〈終身誤〉中「都道是金玉良緣，俺只念木石前盟」點出今生寶玉雖與寶釵有金玉良緣，卻難忘前世與絳珠仙草的盟誓，縱然娶了美如「山中高士晶瑩雪」的寶釵，夫妻相敬如賓，寶玉仍然鍾情著昔日「世外仙姝寂寞林」的黛玉，只能感嘆世間情緣無法圓滿。

第二曲〈枉凝眉〉則點出寶玉與黛玉的愛情悲劇，由前世的「閬苑仙葩」（指黛玉身為絳珠仙草）與「美玉無瑕」（指寶玉為通靈的頑石）之約，再譜出今生重聚的奇緣佳話，但兩人在今世只落得「一個枉自嗟呀，一個空勞牽掛」，木石前盟如水中月、鏡中花一般虛空，黛玉用一生一世的眼淚償還前世的雨露之恩，才能了結情緣、重返仙界。

恨無常、分骨肉、樂中悲

第三曲〈恨無常〉寫的是元春，「喜榮華正好，恨無常又到」，指出元春剛得到貴妃的榮耀，卻又病逝的慘劇，「故向爹娘夢裡相尋告：兒命已入黃泉，天倫呵，須要退步抽身早」描述元春已死，仍放不下人世間的父母，托夢勸告爹娘，身為權力支柱的貴妃已經不在了，不應沉迷名利官場，要及早抽身自保。

第四曲〈分骨肉〉則是寫探春，「一帆風雨路三千，把骨肉家園，齊來拋閃」，表示庶出的探春，一心想遠離猥瑣不正的生母趙姨娘，果真遠嫁到異鄉，拋下了骨肉親情，「從今分兩地，各自保平安。奴去也，莫牽連」，探春一直擔心賈府人多而腐敗，總有一天會出事，而出嫁之後，賈府的榮升貶

●〈紅樓夢曲〉賞析

引子 ｜ 做為全書情節鋪排預告。

開闢鴻濛，誰為情種？都只為風月情濃。奈何天，傷懷日，寂寥時，試遣愚衷：因此上，演出這悲金悼玉的《紅樓夢》。

> **曲意分析** 寶玉原為無才補天的頑石，因為日月的洗鍊而幻為人形，了解人情。下凡歷劫，演出了悲劇收場的紅樓夢。

1 終身誤 ｜ 金玉奇緣與木石前盟。

都道是金玉良緣，俺只念木石前盟。空對著，山中高士晶瑩雪；終不忘，世外仙姝寂寞林。嘆人間，美中不足今方信：縱然是齊眉舉案，到底意難平。

> **曲意分析** 寶玉雖然今生註定與寶釵結為夫妻，但是心中仍然牽掛著黛玉的情意，追根究柢，這椿婚事誤了三個人的終身。

2 枉凝眉 ｜ 雙玉的前世盟約與今生無緣。

一個是閬苑仙葩，一個是美玉無瑕。若說沒奇緣，今生偏又遇著他；若說有奇緣，如何心事終虛話？一個枉自嗟呀，一個空勞牽掛。一個是水中月，一個是鏡中花。想眼中能有多少淚珠兒，怎禁得秋流到冬，春流到夏！

> **曲意分析** 寶玉和黛玉明明是天造地設的一對，卻偏偏沒有緣分，雙玉對於彼此而言，如同鏡花水月一般不可掌握，任憑多少眼淚和傷悲，都無法扭轉無情的命運。

3 恨無常 ｜ 元春生死無常的生涯。

喜榮華正好，恨無常又到。眼睜睜，把萬事全拋。蕩悠悠，芳魂銷耗，望家鄉，路遠山高。故向爹娘夢裡相尋告：兒命已入黃泉，天倫呵，須要退步抽身早！

> **曲意分析** 元春集榮華富貴於一身，偏偏死生無常，大限已到。孝順的女兒託夢給父母，提醒家人要抽身名利官場。

4 分骨肉 ｜ 最終骨肉分離的探春。

一帆風雨路三千，把骨肉家園，齊來拋閃。恐哭損殘年。告爹娘，休把兒懸念；自古窮通皆有定，離合豈無緣？從今分兩地，各自保平安。奴去也，莫牽連。

> **曲意分析** 探春痛恨生母的愚昧不正，一心想要脫離腐敗的賈家。想不到真的遠嫁千里，離開了賈府的是是非非。

遷都再也與她無關。

寫湘雲的是第五曲〈樂中悲〉，「襁褓中，父母嘆雙亡」點出湘雲的身世，「縱居那綺羅叢，誰知嬌養」指出湘雲雖身在公侯府第，卻被叔嬸苛待，沒有好日子過，「幸生來，英豪闊大寬宏量」點出湘雲似晴天一般開朗的個性，「廝配得才貌仙郎」是說湘雲嫁給了如意郎君，「終久是雲散高唐，水涸湘江」是說婚後不久，夫君又死去，湘雲年輕守寡，孤單一生。

世難容、喜冤家、虛花悟

接著第六曲〈世難容〉寫的是妙玉，「氣質美如蘭，才華馥比仙，天生成孤癖人皆罕」敘述妙玉貌美且有氣質，才高八斗卻性情古怪，「啖肉食腥膻，視綺羅俗厭」點明出家人的身分與超凡的特質，「到頭來，依舊是風塵骯髒違心願；好一似，無瑕白玉遭泥陷」表示清白的妙玉，最後卻淪落強盜之手。

第七曲〈喜冤家〉描寫迎春，「中山狼，無情獸」指出迎春嫁給了有如豺狼一般的夫婿，「作賤的，公府千金似下流」丈夫動輒毒打施虐，「嘆芳魂艷魄，一載蕩悠悠」將迎春折磨得萬分淒慘，一年不到就病死離世。

第八曲〈虛花悟〉則是寫惜春，「將那三春看破，桃紅柳綠待如何」惜春看盡元春、迎春、探春的是是非非，「昨貧今富人勞碌」嘗過了賈府的繁華與衰敗，「似這般，生關死劫誰能躲」了解生死劫數無人能逃開，年幼的惜春終於醒悟世事皆空，於是皈依三寶，「西方寶樹喚婆娑，上結著長生果」，出家為尼。

聰明累、留餘慶、晚韶華

第九曲〈聰明累〉、第十曲〈留餘慶〉、第十一曲〈晚韶華〉分別敘寫王熙鳳、王熙鳳的女兒巧姐和李紈。〈聰明累〉中「機關算盡太聰明，反算了卿卿性命」指出鳳姐絕頂聰明而貪婪辣手，費盡心思搜括財物的結果，落得「一場歡喜忽悲辛」，不但一無所有，甚至斷送了最寶貴的生命。

〈留餘慶〉中「幸娘親，幸娘親，積得陰功」鳳姐無意中接濟了劉姥姥，竟扭轉了女兒的命運，「俺那愛銀錢、忘骨肉的狠舅奸兄」指的是巧姐的舅舅王仁和堂兄賈環，二人聯手將巧姐賣給藩王，幸有劉姥姥搭救，始能免除災禍。

寫李紈的〈晚韶華〉裡，「只這戴珠冠，披鳳襖，也抵不了無常性命」曲辭是說李紈嫁給了賈珠，然而丈夫早逝，使得李紈半生守寡，「也須要陰騭積兒孫」好不容

5 樂中悲 | 歡樂的背後，悲傷潛至的湘雲。

襁褓中，父母嘆雙亡。縱居那綺羅叢，誰知嬌養？幸生來，英豪闊大寬宏量，從未將兒女私情，略縈心上。好一似，霽月光風耀玉堂。廝配得才貌仙郎，博得個地久天長。準折得幼年時坎坷形狀。終久是雲散高唐，水涸湘江：這是塵寰中消長，數應當，何必枉悲傷？

> **曲意分析** 湘雲出身於富貴人家，卻受盡叔嬸苛待。好不容易嫁得如意郎君，誰知道歡樂的日子如此短暫，丈夫馬上亡故，剩下孤單淒涼一寡婦。

6 世難容 | 不被世俗接納的妙玉。

氣質美如蘭，才華馥比仙，天生成孤癖人皆罕。你道是啖肉食腥膻，視綺羅俗厭；卻不知好高人愈妒，過潔世同嫌。可嘆這，青燈古殿人將老，孤負了，紅粉朱樓春色闌！到頭來，依舊是風塵骯髒違心願；好一似，無瑕白玉遭泥陷；又何須，王孫公子嘆無緣？

> **曲意分析** 妙玉才貌出眾，性情孤高；身為出家人，對於塵俗之事有嚴重的潔癖，想不到卻被賊人強擄，彷彿落入泥淖的白玉。

7 喜冤家 | 迎春的婚嫁之喜，卻碰上了冤家對頭。

中山狼，無情獸。全不念當日根由。一味的，嬌奢淫蕩貪歡媾。覷著那，侯門艷質同蒲柳；作賤的，公府千金似下流。嘆芳魂艷魄，一載蕩悠悠。

> **曲意分析** 迎春身為尊貴的千金小姐，卻被貪狠的父親硬生生嫁給了兇殘淫亂的孫紹祖，彷彿遇上了冤家對頭，被丈夫折磨至死。

8 虛花悟 | 領悟榮華富貴全是虛相的惜春。

將那三春看破，桃紅柳綠待如何？把這韶華打滅，覓那清淡天和。說什麼天上夭桃盛，雲中杏蕊多？到頭來，誰見把秋捱過？則看那，白楊村裡人嗚咽，青楓林下鬼吟哦。更兼著，連天衰草遮墳墓，這的是，昨貧今富人勞碌，春榮秋謝花折磨。似這般，生關死劫誰能躲？聞說道，西方寶樹喚婆娑，上結著長生果。

> **曲意分析** 惜春看盡了元、迎、探三春榮辱、貧富、生死的種種，終於徹悟人生到頭都是一場空幻，只有用心潛修，企盼西方極樂，才是出路。

9 聰明累 | 鳳姐聰明反被聰明誤。

機關算盡太聰明，反算了卿卿性命！生前心已碎，死後性空靈。家富人寧；終有個，家亡人散各奔騰。枉費了意懸懸半世心，好一似，蕩悠悠三更夢。忽喇喇似大廈傾，昏慘慘似燈將盡。呀！一場歡喜忽悲辛。嘆人世，終難定！

> **曲意分析** 鳳姐聰明機智，但是貪得無厭的行事，使她葬送了一切。一輩子辛苦攢積的錢財，反而成了賈家定罪的證據，命運的難以捉摸，莫過於此。

易等到兒子賈蘭金榜題名，李紈也獲頒貞節牌坊的榮耀，然而這樣孤獨的一生，「也只是虛名兒與後人欽敬」。

第十二曲〈好事終〉寫的是秦可卿，秦氏「擅風情，秉月貌」，使得公公也忍不住動心，姦污了她，帶著無法言說的痛苦，秦可卿最後只好「畫梁春盡落香塵」，用上吊來結束生命。寧府的荒淫也開啟了賈家衰敗的禍端。

好事終、飛鳥各投林

〈飛鳥各投林〉是《紅樓夢曲》的尾聲，也預告了《紅樓夢》一書的結局：曲既已終，人也將散。「為官的，家業凋零；富貴的，金銀散盡」指出賈氏一族的官位都被削奪，家產全數抄沒，「有恩的，死裡逃生；無情的，分明報應」曾經施恩於人的，也許能讓自己或兒女逃過一劫（如巧姐），但是那些無情無義的，一定遭受因果報應（如趙姨娘），「欠命的，命已還；欠淚的，淚已盡」因為前世今生的冤債，欠人性命就得還命（如鳳姐），欠人眼淚就得淚盡（如黛玉），「看破的，遁入空門；癡迷的，枉送了性命」入空門的有寶玉和惜春，因為情癡而送命的則有秦鐘、二尤、司棋等不計其數。「好一似食盡鳥投林，落了片白茫茫大地真乾淨」意指各種紛擾起伏重歸於原點，好像群鳥吃完了食物一哄而散，剩下一片白茫茫的大地，又回復原先的潔白、乾淨。

10 留餘慶 | 因前人積德而受惠的巧姐。

留餘慶，留餘慶，忽遇恩人；幸娘親，幸娘親，積得陰功。勸人生，濟困扶窮。休似俺那愛銀錢、忘骨肉的狠舅奸兄！正是乘除加減，上有蒼穹。

曲意分析 鳳姐接濟劉姥姥，無心插柳的成就劉姥姥拯救巧姐於水火。自家親戚竟要強賣弱女，無干係的外人卻成了恩人，世間只有行善積德才是保全身家的不二法門。

11 晚韶華 | 李紈晚得的榮耀。

鏡裡恩情，更那堪夢裡功名！那美韶華去之何迅！再休提繡帳鴛衾。只這戴珠冠，披鳳襖，也抵不了無常性命。雖說是，人生莫受老來貧，也須要陰騭積兒孫。氣昂昂，頭戴簪纓，光燦燦，胸懸金印，威赫赫，爵祿高登，——昏慘慘，黃泉路近！問古來將相可還存？也只是虛名兒與後人欽敬。

曲意分析 李紈半生守寡，用心撫育兒子賈蘭長大成才，賈蘭終於中舉，光耀門楣。晚來的榮耀其實是徒留虛名，只能讓後人欽敬而已。

12 好事終 | 秦可卿以死終結所有是非。

畫梁春盡落香塵。擅風情，秉月貌，便是敗家的根本。箕裘頹墮皆以敬，家事消亡首罪寧。宿孽總因情！

曲意分析 花容月貌、嬌媚動人的秦可卿受公公賈珍覬覦，甚至姦污，可憐的秦氏只好上吊自盡，終結所有的是是非非。此事表現了寧府的墮落荒淫已經無比深重。

13 飛鳥各投林 | 曲終人散、物是人非的結局。

為官的，家業凋零；富貴的，金銀散盡；有恩的，死裡逃生；無情的，分明報應；欠命的，命已還；欠淚的，淚已盡：冤冤相報自非輕，分離聚合皆前定。欲知命短問前生，老來富貴也真僥倖。看破的，遁入空門；癡迷的，枉送了性命。——好一似食盡鳥投林，落了片白茫茫大地真乾淨！

曲意分析 豪門大族迅速敗落，樹倒猢猻散。白茫茫的大地，象徵一切都了無痕跡，恢復為原點，從前興盛的、富貴的煙雲，都悄然散去，必須從頭來過。

歌

「歌」這種文體在格律上較不受限，具備朗朗上口的特色，常用於宗教教義的宣講和傳播，可以更有效地達成勸善警世的效果。《紅樓夢》之中的「歌」共有〈好了歌〉、〈春夢歌〉、〈絕俗緣歌〉三首，除了抒發吟唱者的情感、寄寓警世之意以外，對於小說情節的推動更有畫龍點睛的效果。

〈好了歌〉

書中第一回，寫姑蘇鄉宦甄士隱的女兒被賊人抱走、家中又遭火災，且田地水旱不收，以致家道中落，貧病交攻，只能依傍岳父過活。一日，甄士隱在街上遇到跛足道人口裡唸著一曲奇特的〈好了歌〉：「世人都曉神仙好，惟有功名忘不了！古今將相在何方：荒塚一堆草沒了。……」唱出世間功名、金銀、美色、親情都是空幻，無法久長。甄士隱甚有慧根，上前請為解說，跛足道人便道：「世上萬般『好』便是『了』，『了』便是『好』。士隱就此頓悟，真正值得欣羨、嚮往的最「好」的境界便是「了」悟，惟有放棄對世間萬般色相的眷戀，才能免除得失之苦，於是心境豁然開朗。

〈好了歌〉節奏鏗鏘，淺白易懂，文辭雖然樸實未經雕飾，卻蘊藏了深刻的智慧。作者曹雪芹在小說的第一回安排〈好了歌〉出現，是為了點明全書「世事空幻」的主旨，書中所書寫的功名、富貴、感情最後都將幻滅歸空，然而凡人總是勘不破這些執著和羈絆，以至於衍生出種種的痛苦和悲劇。

〈好了歌注〉

甄士隱大徹大悟，當下便為〈好了歌〉做出注解：「陋室空堂，當年笏滿床。衰草枯楊，曾為歌舞場。……」，敘述繁華過後，一切的美好都會煙消雲散，轉為衰敗。說道縱然是「脂正濃、粉正香」的美麗容顏，轉眼間會變成「兩鬢又成霜」；「金滿箱、銀滿箱」的富貴，也會淪為「乞丐人皆謗」；苦心訓誡照拂的子女，說不定長大後為盜為娼，這一切得失都沒有定數，「甚荒唐，到頭來，都是為他人作嫁衣裳」。曲罷，甄士隱當下了結塵緣，和跛足道人一同飄然遠去。

〈好了歌注〉整體上繼承〈好了歌〉的形式，利用盛衰二元對立的強烈比較，敘述人生的無常和無奈。曹雪芹安排這一段注文，一方面是襯托〈好了歌〉的主旨，一方

面帶出被僧道點化出家的形式，在往後的情節中將不斷地出現；現世之中癩頭和尚與瘋跛道人，其實就是仙境中茫茫大士與渺渺真人的化身，他們將指引有緣人，在歷經生死窮達的際遇之後，放下執著，步出迷津。

〈春夢歌〉

　　第五回，寫賈寶玉在秦可卿房裡睡著後，夢見自己被秦氏引導著，來到「人跡不逢，飛塵罕到」的太虛幻境，警幻仙姑前來接引，口中吟唱著：「春夢隨雲散，飛花逐水流。寄言眾兒女，何必覓閒愁」，這首歌並沒有標示出確切的題目，所以擷取頭兩字，題為〈春夢歌〉，或名為〈警幻仙姑歌辭〉。歌中提出愛情一如青春好夢，最終是雲淡風輕；又像是嬌豔的花朵，凋萎之後隨水逝去，奉勸世間癡男怨女，千萬不要自尋煩惱，為情執迷而自陷於愁城。歌辭溫婉而優美，襯托出警幻仙女的身分；用平淡的「春夢」和「飛花」描摹虛無的愛情觀，讓人如當頭一棒般警醒。

　　作者安排警幻仙子唱著這首歌出現，一來是為了配合警幻執掌風月情事的職位，二來凸顯出《紅樓夢》故事起因於神瑛侍者與絳珠仙草的相戀，所以「愛情」正是此部小說的基調，藉由春夢般的愛情串連起各式各樣的情感執著，進而衍生其他情節，使得《紅樓夢》敘述世情的理路得以完全。

〈絕俗緣歌〉

　　第一百二十回，寫寶玉中舉後不知去向，賈政接獲赦罪的詔書，日夜兼程從金陵趕回京城復職，一日，大雪紛飛，賈政停船休息，忽見寶玉光頭赤腳地向倒身下拜，賈政正要追趕，卻來了一僧一道，挾住寶玉飄然而去，風雪中只聽見他們三人的歌聲：「我所居兮，青埂之峰」，道出寶玉原是大荒山青埂峰下的頑石；「我所遊兮，鴻濛太空」，話說女媧補天之時，頑石被鍛練通靈而悠遊四方；「誰與我遊兮，吾誰與從」，寶玉自問誰是交遊的對象，而他又能跟從誰呢？「渺渺茫茫兮，歸彼大荒」，答案是他將跟隨渺渺真人與茫茫大士，回到大荒山下的來處。

　　整首歌不喜不悲，帶著超然的況味，寶玉來自「青埂之峰」，最後又歸向「大荒山下」，但是此刻的寶玉已經不再是原先未歷情劫的頑石，而是大徹大悟之後真正的通靈寶玉。作者安排這樣的雪地拜別與〈絕俗緣歌〉，終止了寶玉父子之間最後的情分，同時也表現出寶玉下世為人這一遭，最終能真

真正正放下所有的俗世情緣，看清世間種種虛相與不實。在境界上，是從身在仙境看人間「看山是山，看水是水」的第一層次；進展到人世中「看山不是山，看水不是水」的第二層次；最後重回仙境「看山是山，看水是水」的最高層次，雖然第一層次與最高層次同樣是在仙境，但是歷劫之後的寶玉，更為圓滿透徹，更能理解無常，進而超越無常，達到證悟的境地。

●歌的賞析

〈好了歌〉跛足道人（第一回）

世人都曉神仙好，惟有功名忘不了！古今將相在何方，荒塚一堆草沒了。
世人都曉神仙好，只有金銀忘不了！終朝只恨聚無多，及到多時眼閉了。
世人都曉神仙好，只有姣妻忘不了！君生日日說恩情，君死又隨人去了。
世人都曉神仙好，只有兒孫忘不了！癡心父母古來多，孝順子孫誰見了？

寓意	創作特色	在全書的作用
世上萬般「好」便是「了」，「了」便是「好」。富貴、功名、感情等世俗「好」的價值皆是空幻、不可依恃，真正的「好」就是「了」悟，放棄我執。	看似創作者隨口吟誦韻文，文辭淺白不假雕飾，卻蘊藏著深刻的哲思。	標示全書「世事空幻」的主題意識。

〈春夢歌〉警幻（第五回）

春夢隨雲散，飛花逐水流；寄言眾兒女：何必覓閒愁。

寓意	創作特色	在全書的作用
愛情的美好，如同春夢、如同飛花，易醒易逝，痴情的人們深陷其中卻不自知。	●溫婉而優美的歌辭，正符應警幻仙女的身分。 ●言簡意賅，以「春夢」和「飛花」描摹愛情的美好與易逝，平淡的字詞卻給人立即醒悟的警示。	指出《紅樓夢》故事的基調是根源於春夢好夢般的愛情，串連其他種種情感慾念，鋪陳出人生的悲歡。

〈好了歌注〉 甄士隱（第一回）

陋室空堂，當年笏滿床；衰草枯楊，曾為歌舞場；蛛絲兒結滿雕梁，綠紗今又在蓬窗上。說甚麼脂正濃、粉正香，如何兩鬢又成霜？昨日黃土隴頭埋白骨，今宵紅綃帳底臥鴛鴦。金滿箱，銀滿箱，轉眼乞丐人皆謗；正嘆他人命不長，那知自己歸來喪？訓有方，保不定日後作強梁；擇膏粱，誰承望流落在煙花巷！因嫌紗帽小，致使鎖枷扛；昨憐破襖寒，今嫌紫蟒長。亂烘烘你方唱罷我登場，反認他鄉是故鄉。甚荒唐，到頭來都是為他人作嫁衣裳。

寓意	創作特色	在全書的作用
世上種種的興盛繁榮，終歸衰敗蕭條；人人貪戀強求的結果，最後常常落得一場空。禍福相倚、否極泰來，只有看破二元對立的拘限，才能不被世俗價值觀所驅策。	承繼著〈好了歌〉的曲意，再加以渲染鋪陳，用強烈的對比，襯托出世事空幻的主旨。	●再次加強〈好了歌〉的理序，說證空幻的道理。 ●帶出全書第一個被僧道點化出家的案例。

〈絕俗緣歌〉 寶玉（一二〇回）

我所居兮，青埂之峰，我所遊兮，鴻濛太空，誰與我遊兮，吾誰與從？渺渺茫茫兮，歸彼大荒。

寓意	創作特色	在全書的作用
在仙境時渴望凡情俗愛，下世為人之後，才嘗到愛情的苦果。再回到仙境的頑石已經證悟玄機，鍛鍊為真正的寶玉。	●不喜不悲的語氣，透露出證道之後的清明。 ●行文的順序，頑石從「來處」來，而再度回歸於「來處」，前後呼應，環環緊扣。	做為拜別賈政的主題曲，顯示此時的寶玉了結塵緣，將情節收束於圓滿的證悟。

賦與偈語

「賦」這種文體盛行於漢代，特點是講究文采韻律，以優美華麗的詞藻、工巧的對仗極盡描寫、形容之能事。「偈」則是佛教的文體，僧人法師用有韻或節奏感強烈的文句，編成唱詞用以傳講佛法，內容玄妙而引人深思，引導信眾參透頓悟。曹雪芹運用這兩種文體，除了展現他不凡的才學，也映襯人物的形象，幫助情節的發展。

文辭華美的〈警幻仙子賦〉

第五回，寶玉夢遊太虛幻境，先是聽見警幻的歌聲，接著曹雪芹用「賦」這個在形式上極盡堆砌、鋪張的文體，鋪寫仙子華美超凡的風采。賦中「但行處，鳥驚庭樹；將到時，影度迴廊」，說道警幻甫出現，樹上的鳥兒都為她的美貌驚起，在她走近寶玉的時候，倩影在迴廊中輕盈地移動；「仙袂乍飄兮，聞麝蘭之馥鬱；荷衣欲動兮，聽環珮之鏗鏘」，道出警幻衣袂飄起時，傳來陣陣蘭麝的馨香，響起玉飾相碰的鏗鏘聲音，作者先從外在的環境（鳥、樹、迴廊）寫起，寫出因為警幻的出現，而使得細謐的空間有了細碎的變化，再誇張地描寫衣飾，用「聲」、「香」表現聽覺與嗅覺的感受。

接著，作者大篇幅描述警幻的姿容：「靨笑春桃兮，雲髻堆翠；唇綻櫻顆兮，榴齒含香。盼纖腰之楚楚兮，風迴舞雪；耀珠翠之輝輝兮，鴨綠鵝黃」，勾勒警幻的紅唇、貝齒、蛾眉、纖腰；然後書寫仙女的行止：「出沒花間兮，宜嗔宜喜；徘徊池上兮，若飛若揚。蛾眉欲顰兮，將言而未語；蓮步乍移兮，欲止而仍行」，連用兩兩相對的「嗔」與「喜」、「飛」與「揚」、「將言」與「未語」、「止」與「行」說明仙女出沒花間、池邊，一顰一笑都美麗無比，行動間飄然脫俗，彷彿飛翔一般。最後用大量的排比，盛讚警幻的衣飾、容貌，以及皮膚的白淨、純潔的氣質、文靜嬌豔的身姿，總結為天上的仙女遠勝凡間美人西施、昭君。

這篇《警幻仙子賦》是全書僅

以韻文建立出場人物的形象 中國古典小說戲曲之中，在重要人物第一次出場時，經常會用一些韻文和小段的文句，書寫人物的身世、形貌、性格，好讓讀者先建立對人物形象的認知。曹雪芹便是根據這個傳統，透過賈寶玉的眼界，以賦體鋪寫與警幻初見的感受。

●〈警幻仙子賦〉說解

〈警幻仙子賦〉

方離柳塢,乍出花房。但行處,鳥驚庭樹;將到時,影度迴廊。仙袂乍飄兮,聞麝蘭之馥鬱;荷衣欲動兮,聽環珮之鏗鏘。靨笑春桃兮,雲髻堆翠;唇綻櫻顆兮,榴齒含香。盼纖腰之楚楚兮,風迴舞雪;耀珠翠之的的兮,鴨綠鵝黃。

出沒花間兮,宜嗔宜喜;徘徊池上兮,若飛若揚。蛾眉欲顰兮,將言而未語;蓮步乍移兮,欲止而仍行。

羨美人之良質兮,冰清玉潤;慕美人之華服兮,閃爍文章。愛美人之容貌兮,香培玉篆;比美人之態度兮,鳳翥龍翔。其素若何:春梅綻雪;其潔若何:秋蕙披霜。其靜若何:松生空谷;其艷若何:霞映澄塘。其文若何:龍游曲沼;其神若何:月射寒江。——遠慚西子,近愧王嬙。

生於孰地?降自何方?若非宴罷歸來,瑤池不二;定應吹簫引去,紫府無雙者也。

內容分析

● 首段先從外在環境（柳塢、花房、飛鳥、迴廊），漸次導入警幻的形象。不直接敷寫容貌,卻由聲音和香氣著手;再誇飾外在衣飾的華美。

● 次段連用四個二元對立,「嗔」與「喜」、「飛」與「揚」、「將言」與「未語」、「止」與「行」將警幻的表情、行止、蛾眉與步伐描繪得似真似幻。

● 第三段用大量的排比,盛讚警幻的良質、華服、容貌與態度;且用春梅、秋蕙、勁松、晚霞、遊龍、月色六個比喻,排列出警幻的特質;並用西子、昭君比較,指出警幻超凡絕俗的仙姿國色。

● 末段使用設問的手法,帶出警幻為仙女的身分。

作用①

濃重的敘述中層次分明,由景物帶入聽覺、嗅覺的手法,造就「千呼萬喚始出來」的效果。

作用②

鋪采摛文的華美字句,點染了警幻的仙女形象。

作用③

展現了曹雪芹長篇鋪陳辭藻、雕琢文章的炫目文采。

有的賦作，在《紅樓夢》中唯有警幻一直待在仙界、未染纖塵，賦這種反覆鋪敘的手法，最適宜頌讚和諛揚警幻的仙女形象，所以曹雪芹藉用寶玉凡人的視角盛讚警幻，在鋪采摛文之間也展現了長篇排比敷敘的寫作才能。

做為引言及結局預告的〈石上偈〉

在《紅樓夢》中，作者也巧妙地運用偈語寄寓發人深省的佛家思想，諸如第一回的〈石上偈〉即點出全書「世事皆空」的大旨。空空道人在青埂峰下發現歷劫歸來的頑石，石上刻著偈語：「無才可去補蒼天，枉入紅塵若許年；此係身前身後事，倩誰記去作奇傳」，暗記頑石在前世有著無法補天的遺憾，後來下世為人，發展一段生離死別的奇特際遇，證悟空幻後再度回歸仙界，這段入世的故事，期待能被抄錄流傳，警醒其他痴男怨女。

〈石上偈〉揭示了《紅樓夢》故事的發端，串連頑石下凡與女媧補天的神話，具有引言的作用。「無才可補天」的石頭帶有痴頑和固執的特色，前生不幸被遺落而無法補天，今生又「枉入紅塵」，依然無法顛破俗世的價值觀，只能眼睜睜看著心愛的女兒們離散病亡，這些前因後果的無奈，分明照見了本書世事空幻的主軸，可見此偈兼具引言與預告的性質。

寶玉首度參悟的〈參禪偈〉

《紅樓夢》第二十二回，湘雲無意中說出唱戲的小旦長得很像黛玉，寶玉連忙使眼色提醒湘雲噤口，怕黛玉惱怒，沒想到這個眼色反而使兩個女孩子雙雙生氣，寶玉落得兩邊不討好，心裡無趣，便回房寫下了一首〈參禪偈〉，起首四句：「你證我證，心證意證，是無有證，斯可云證」，意指在世間人人胡亂詮解他人的想法，費盡心思的結果通常卻是徒勞無功，這才明白一切事情其實全是空幻不實的虛境。寶玉接著感慨：「無可云證，是立足境」，表示自己應該選擇的立足之地，就是明白世事無常即為真理。

黛玉見寶玉離去，以找襲人為由前來，閱讀此偈後便與寶玉舌戰，指出佛家最高的境界是「空」，根本不應計較立足之地的問題，所以續作「無立足境，方是乾淨」二句，嘲笑寶玉悟性太差。〈參禪偈〉是在結局之前，寶玉唯一一次撇開對女兒們的痴想，認真悟道，然而立即因黛玉的譏笑而作罷，這不僅證實了黛玉才思敏捷更勝寶玉，也顯露此時的寶玉尚在金玉富貴、風花雪月之中，塵緣未了，想要終結下凡歷劫的過程，仍待遍閱生死離散，才能真正透徹世事的空幻。所以〈參禪偈〉的出現，是曹雪芹為了小說結局書寫寶玉證悟所做的熱身。

●〈石上偈〉與〈參禪偈〉

	〈石上偈〉	〈參禪偈〉
內容	無才可去補蒼天， 枉入紅塵若許年。 此係身前身後事， 倩誰記去作奇傳。	寶玉：你證我證，心證意證。是無有證，斯可云證。無可云證，是立足境。 黛玉續：無立足境，方是乾淨。
賞析	●無才補天是為前世，枉入紅塵是為今生。 ●第三句總結歷劫前後為「身前身後事」，完整而簡要的點出三生情緣的故事架構。 ●末句「倩誰記去作奇傳」開啟了小說記敘和流傳的期待。	●通篇以「證」字貫穿，首二句你、我、心、意四者，顯示出人世間彼此猜測詮解的紊亂。 ●三、四句破除世俗之見而開啟證悟之門，「無有證」反而能真實的證悟，表現禪宗參透表象的機鋒。 ●五、六句由「證悟」而達「境界」，又從「無」落入「有」的執著，是為敗筆。所以黛玉補續「無立足境」等語，再返空境，而能真正證空。
作用	此偈揭示故事的前因後果，點出本書世事空幻的主旨，兼具引言與預告作用。	此偈為寶玉首度認真悟道之作，卻尚未透徹世事，仍須歷經世劫，所以此偈是為結局的證悟先行熱身。

謎語

「謎語」就是謎一樣難解的言語，影射「人」、「事」、「物」供解謎者猜測，猜謎的人根據謎面與謎底的關連性，進行思考和比附，不但能表現製謎題者的慧心，也能看出猜謎人的機巧。書中謎語共有二十五則，均是為了元宵應景而製作。心思工巧的曹雪芹將重要角色的一生，藉由各式謎語的安排點出，這些難以領會的因緣際遇，將在結局時揭露謎底。

一般燈謎①：元春

第二十二回中，適逢元宵，元妃差人送來應景的燈謎，賈母也帶頭叫眾人製作燈謎，賈政、迎春、探春、黛玉、寶釵等人各自出謎，互相猜測取樂。元春所出燈謎「能使妖魔膽盡摧，身如束帛氣如雷。一聲震得人方恐，回首相看已化灰。」能發出轟然聲響驚走鬼怪，一回頭只剩滿地紙灰的東西，便是「爆竹」，爆竹總是帶來開春的氣息，應合了元春的名字；驅除邪魔的意義，一如元春以貴妃的身分護持著賈府，抵擋一切不利賈家的言論；燃放爆竹所發出的轟然巨響則是呼應貴妃的排場，氣勢驚人；燃盡後滿地紙灰的淒涼情景預告了元春即將早逝，終結了短暫的榮華後，賈府頓失依靠一如紙灰遍地般無助。

一般燈謎②：黛玉、寶釵

寶釵所出的燈謎：「有眼無珠腹內空，荷花出水喜相逢。梧桐葉落分離別，恩愛夫妻不到冬」，謎底是夏天抱著生涼的竹器，一名「竹夫人」。竹夫人的腹內中空，遍體生著許多通風的小洞，所以被形容成「有眼無珠」，一如寶釵假扮黛玉嫁了寶玉，卻料不到這場婚姻其實是盲目空洞而缺乏實質情感。竹夫人在夏季能夠消暑，受人喜愛重用，但秋涼一到就棄置不顧，好比寶玉受長輩擺布娶了寶釵，中舉後卻一去不回的情況。謎語的末句「恩愛夫妻不到冬」，賈

夏日消暑的「竹夫人」與古代鬧鐘「更香」 「竹夫人」是古時消暑的器具，是由光滑精細的竹皮編製成長圓形的竹籠，懷抱可消暑熱。竹夫人長大約五尺，徑寬五、六寸，一端有底、一端開口，四周有空隙，有吸收汗水作用，亦可加入薄荷葉、梔子花等鮮花香草，具有清神怡情的效果。

「更香」是古代利用燃點線香來報時的儀器，在木製的龍舟上掛數條兩端繫著金屬球的細線，線下放了點燃的香。香每隔一段時間會燒斷一條線，當金屬球落入下方盛器時便會發出聲響，有報時功能。

●二十二回元宵燈謎說解

作者	謎面	語譯	謎底	
賈政	身自端方，體自堅硬。雖不能言，有言必應。	身形方正，質地堅硬，雖然不能言語，但是能助人寫出文字。	硯台	象徵了賈政端正的性格。
元春	能使妖魔膽盡摧，身如束帛氣如雷。一聲震得人方恐，回首相看已化灰。	能使妖魔心膽俱裂，身上裹著絲帛氣勢如雷。轟然響聲使得人人驚懼，回頭看去卻已化成滿地紙灰。	爆竹	一如元春皇妃身分的驚人氣勢與短暫榮華。
迎春	天運人功理不窮，有功無運也難逢。因何鎮日紛紛亂？只為陰陽數不同。	命運的安排和人為的作用交互影響，只有人為而沒有好命也無繼於事。為什麼整天亂亂紛紛？是因為陰陽數理的消長永遠難以與計算等同。	算盤	賈赦原想結交有財有勢的女婿，結果卻讓迎春受苦而死。
探春	階下兒童仰面時，清明妝點最堪宜。遊絲一斷渾無力，莫向東風怨別離。	孩子們抬頭注視風箏飛天，清明時節有風箏點綴的天空最為得宜。絲線一斷就無力的飄零，不要埋怨東風讓風箏別離。	風箏	隨風擺弄的風箏正似探春無法自主掌握的命運。斷線則象徵探春終將遠嫁他方。
黛玉	朝罷誰攜兩袖煙？琴邊衾裡兩無緣。曉籌不用雞人報，五夜無煩侍女添。焦首朝朝還暮暮，煎心日日復年年。光陰荏苒須當惜，風雨陰晴任變遷。	早朝歸來帶回兩袖清香，更香與琴香、薰香全然不同。清晨無需打更人報時，夜裡不用侍女添加香屑。從早到晚焦頭爛額，日日月月煎熬心肝。時光流逝應該珍惜，風雨的陰晴就隨它變遷吧。	更香	更香用於計時，日日夜夜的煎熬計算，正如黛玉一生擔心情緣的形狀。
寶玉	南面而坐，北面而朝，象憂亦憂，象喜亦喜。	人若向南而坐，鏡象就面北出現。影中人憂愁，鏡中人亦憂愁，影中人歡喜，鏡中人亦歡喜。	鏡子	鏡子比喻通靈寶玉與頑石，判若二物、實為一體。前世、今生與來世都在無常的映照中，憂喜又何必。
寶釵	有眼無珠腹內空，荷花出水喜相逢。梧桐葉落分離別，恩愛夫妻不到冬。	渾身生有洞眼，但是沒有眼珠，夏季一到就歡喜相聚。秋涼時與人別離，好像恩愛的夫妻不能相聚到冬天。	竹夫人	比喻寶釵與寶玉的婚姻形同空殼，無法白首到老。

157

政一見便覺得十分不祥，不料這正是寶釵的讖語，點出寶玉和寶釵無法白首的婚姻。

黛玉出謎語的謎底是「更香」：「朝罷誰攜兩袖煙，琴邊衾裡兩無緣」，化用杜甫詩句「朝罷香煙攜滿袖」的典故，原指上朝歸來，衣袖間沾染著香氣，而更香和撫琴、薰衣用的香是不一樣的。「曉籌不用雞人報，五夜無煩侍女添」，更香可以代替打更者報時，也不必煩勞侍女時時添加香料。「焦首朝朝還暮暮，煎心日日復年年」，形容更香從早到晚不停燃燒，沒完沒了地煎熬心肝。謎語中「兩無緣」的語句，竟像是描寫黛玉和寶玉沒有夫妻緣分的結局，「曉籌」、「焦首」、「煎心」更像是形容黛玉日日夜夜為情所苦的病徵，這則謎語也再一次暗示黛玉的結局是孤獨離去，無法與寶玉共結連理。

曲謎：湘雲

曲謎是以「曲」的形式製成謎語。第五十回元宵佳節又到，湘雲用「點絳唇」這個曲牌製作謎語：「溪壑分離，紅塵遊戲，真何趣？名利猶虛，後事終難繼」，謎面的意思是：與山谷溪流分離，來到人間逢場作戲，到底有什麼趣味呢；紅塵中的名利盡是虛空，身後之事難以為繼。謎底即是離開山林，誤入紅塵，被賣藝人訓練戲耍的猴子。眾人遍猜不著，只有寶玉深知湘雲愛玩笑的個性，解開了謎語。這個謎語最為難解的是末句「後事終難繼」，湘雲解釋為戲耍的猴兒都被截斷了尾巴，此謎不但表現出湘雲愛開玩笑的個性，而只有寶玉猜中的安排，也顯示寶玉由頑石下凡為人，歷經紅塵虛幻的富貴生活，最終看破俗事名利，回歸仙界，正像謎面言。

寶釵、寶玉、黛玉詩謎

詩謎，是用「詩」的形式製成謎語，繼湘雲的曲謎之後，寶釵、寶玉、黛玉以詩為謎。寶釵詩謎為「鏤檀鍥梓一層層，豈係良工堆砌成？雖是半天風雨過，何曾聞得梵鈴聲」，一層層雕飾檀木和梓木，不是能人巧匠可以辦到的，雖然半空中有陣陣風雨，但是誰也聽不到梵鈴的聲音。寶玉出謎為「天上人間兩渺茫，琅玕節過謹提防。鸞音鶴信須凝睇，好把唏噓答上蒼」，意即天上與人間兩兩相隔，音信渺茫，小心美好的竹林在季節過後將要衰敗；更應該注意鸞鶴稍來的訊息，才能把唏噓嘆息的心情對上蒼祝禱。黛玉則是「騄駬何勞縛紫繩，馳騁逐塹勢猙獰。主人指示風雷動，鼇背三山獨立名」，好馬不用拴上轡繩，攻城掠地的氣勢依然驚人；按照主人的指示馳騁，駿馬之中，就數騄駬最為出名。書中並未揭示這些詩謎的答案，而變成了《紅樓夢》的公案，這三則詩謎之所以無解，也許

是作者故意製造懸案，引人深思、爭論；又或者是希望讀者藉此揣摩謎面如何相關於寶玉三人的性格、命運，而非細想謎底。

寶釵的詩謎，顯示一個女子努力營造自己，符合眾人的期待和讚嘆，風雨過而無鈴聲的句子，表現出寶釵未來淒涼的寡居生涯。寶玉的詩謎根本就是悼亡之作，哀嘆黛玉魂歸離恨天，與寶玉生死相隔，後悔自己沒有早日發現琅玕（美

竹象徵瀟湘館的黛玉）即將凋亡的事實，而末二句顯示寶玉對黛玉的今生無緣，抱持著無限的唏噓。黛玉的詩謎表面上寫出良馬不需要操控，就能按照主人的意思馳騁，實際上在形容黛玉不習慣被世俗的價值觀束綁，渴望自由表現自己的才情，黛玉在女兒群中，一如驥駬凌駕其他馬匹一般卓然超凡，然而這樣獨占鰲頭的天分，並沒有獲得賈府長輩的賞識。

●曲謎與詩謎

湘雲曲謎

溪壑分離，紅塵遊戲，真何趣？名利猶虛，後事終難繼。

與山谷溪流分離，來到人間遊戲，到底有什趣味呢，名利都是虛空的，身後之事無以為繼。

寓意

- ●「後事終難繼」指的是猴子被截去尾巴，表現湘雲愛玩笑的個性。
- ●謎底由寶玉猜出，暗寓寶玉從天上來到人間，最終將發現名利的虛空，拋下一切，出家為僧。

寶釵詩謎

鏤檀鍥梓一層層，豈係良工堆砌成？雖是半天風雨過，何曾聞得梵鈴聲？

層層經雕細琢檀木和梓木，不是能人巧匠可以辦到的，雖然半空中刮過陣陣風雨，但誰也聽不到梵鈴的聲響。

寓意

- ●精心雕琢的意象代表寶釵努力贏造自己以迎合眾人的樣貌。
- ●「風雨也無聲」象徵寶釵安分寡言的性格，並且暗喻寶釵日後孀居的堅貞淒涼景況。

寶玉詩謎

天上人間兩渺茫，琅玕節過謹提防。鸞音鶴信須凝睇，好把唏噓答上蒼。

天上人間兩兩相隔音訊渺茫，小心美竹在季節過後將要衰敗；更應留意鸞鶴稍來的訊息，才能把唏噓嘆息的心情對上蒼祝禱。

寓意

- ●預告了木石前盟今生無緣的結局，黛玉早逝，一如瀟湘館的竹枝早凋，有情的二人終將天人永隔。

黛玉詩謎

何勞縛紫繩，馳騁逐輕勢猙獰。主人指示風雷動，鰲背三山獨立名。

良駒無須安上韁繩，就有攻城掠地的氣勢；依主人的指示千里馳騁，駿馬之中，就數驥駬最為出名。

寓意

- ●黛玉盼望自由地抒展性情，一如良馬不必被韁繩束縛。
- ●縱然黛玉的才思、天分超出其他女子，卻不受重視，只能孤芳自賞。

謎底
雜耍的猴子

三人所做的詩謎答案並未揭露於後，因此成為公案。

對聯

對聯是一雙對應齊整的文字，創作時常配合「人」、「事」、「時」、「地」、「物」特色的而抒發。《紅樓夢》中舉凡佛寺、仙境、宮殿、睡房……處處都可見到對聯的蹤跡，共有二十二幅。作者為看似平常的對聯賦予耐人尋味的宗教警示、表彰功勳、描摹景色或映襯人物性格的寓意，特別是點撥所見之人所遭逢的困境，提出解決和頓悟之道。

宗教性警語①：太虛幻境

《紅樓夢》全書所書寫的功名、富貴、愛慾等等美好事物，都是空虛不實、終將幻滅，心思細膩的曹雪芹藉著對聯在許多情節的鋪陳之中，表現佛家點化眾生的深刻思維。諸如：太虛幻境中大石牌坊對聯「假作真時真亦假，無為有處有還無」，甄士隱（第一回）、寶玉（第五回）都經由夢境的連結，一窺神祕的仙界，並且見識這幅聯語。把虛假當做真實，而真正的真實反而被視為虛假；以虛無為實有，則真實的存有，反而被視為虛無的，透露出「真」與「假」、「有」和「無」之間的界線難明，一切都靠人們心中的認定，然而世人經常把名利富貴的虛幻視為真實價值，至深的真諦往往被人棄若敝屣。這幅聯語同時也呼應了《紅樓夢》是作者將「真事」隱去，以「假語村言」所敷演的一段故事，看似是虛構的小說，實際上存在作者真實的經歷與情感。

第五回中寶玉轉過大石牌坊，到了一座宮殿，也書有一副對聯「厚地高天，堪嘆古今情不盡；癡男怨女，可憐風月債難酬」，無邊的天地之間，從古到今感情的事件總是層出不窮；沉迷愛戀的男女，風月情債永遠償還不完。警幻仙子「司人間之風情月債，掌塵世之女怨男癡」，所以宮門上的對聯，與警幻的職掌互相映照，嘆息眾生陷入情感之苦。

太虛幻境裡有許多配殿，其中的「薄命司」存放了天下薄命女子命運記錄，門聯寫著：「春恨秋悲皆自惹，花容月貌為誰妍」，意即傷春悲秋的情緒，都是自己招惹的，薄命司所記載的女子，即使花容月貌，情路仍然坎坷乖舛，點出薄命女子身陷情關而承受無邊的痛苦，所以寶玉看了這樣的語句，也不禁深深感嘆。

宗教性警語②：智通寺

《紅樓夢》第二回，賈雨村因為貪贓枉法遭到革職，隻身遊歷到智通寺，山門上聯語寫到：「身後

有餘忘縮手，眼前無路想回頭」，是說有退路的時候，還是貪求無厭不肯收手，一定要走到死路，才想到要回頭。賈雨村為官時見錢眼開，胡亂判案，這次的革職其實是小懲大戒，仍然留有活路，如果讀畢此聯，能夠得到啟示，走回正途，就不至於在小說結尾時又再度犯婪索之案。作者用智通寺的對聯，一方面對賈雨村示警，一方面鋪陳出賈雨村最終仍是利慾薰心，無法迷途知返的可悲和可嘆。

表現功勛

　　《紅樓夢》第三回，寫黛玉初進賈府，見南大廳門上懸著皇上御題「榮禧堂」的匾額，兩旁有東安郡王手書的對聯：「座上珠璣昭日月，堂前黼黻煥煙霞」，寫珠寶與日月輝映，官服繡紋似煙霞般燦爛，可見賈氏集合富貴與權力於一家的顯赫身分。第五十三回，寫賈氏宗祠三幅聯語，「至今黎庶念榮寧」、「勛業有光昭日月」、「功名貫天，百儀仰蒸嘗之盛」等句，描寫榮寧二公的功業，根據這些語句，帶出先祖的勛業疵蔭了後代，「功名無間及兒孫」、「已後兒孫承福德」等句，道出賈氏子子孫孫承繼福德，享有爵位和俸祿。

描摹景色

　　《紅樓夢》全書藉由大觀園富麗的場景，鋪陳賈府奢華的生活，所以在聯語中亦可窺見景色的描繪。第十七回，寶玉題作沁芳亭聯語：「繞堤柳借三篙翠，隔岸花分一脈香」，寫流水借用楊柳的盈盈翠綠，溪流分隔了兩岸鮮花的芳香，凸顯出大觀園巧奪天工的造景。第三十八回有藕香榭聯語：「芙蓉影破歸蘭槳，菱藕香深寫竹橋」寫船槳搖動了芙蓉花影，水面竹橋上充滿菱花和蓮藕的香氣。竹橋與菱藕搭配著水色，造就視覺與嗅覺的雙重享受，駕船遊賞的閒情逸致，充分表現富貴人家優渥的生活條件。

襯托人物性格

　　第五回，寫秦可卿的睡房中掛著一幅聯語：「嫩寒鎖夢因春冷，花氣襲人是酒香」，春寒鎖夢，酒香撲面的形容，充滿了繾綣纏綿的風情，正如同秦氏風流綽約的形貌與氣質。

　　第十七回，寶玉陪同父親遊園，寫出：「寶鼎茶閒煙尚綠，幽窗棋罷指猶涼」的聯語，描寫棋局方散，手指微涼，茶水還浮著氤氳的蒸氣，表現出寶玉性好風雅，所以對於品茗、弈棋等事有深刻而細膩的體會。這個景點後來命名為瀟湘館，也就是黛玉的住所，橫批「有鳳來儀」似乎暗寓黛玉為人中之鳳。

●對聯說解

宗教性警語 藉著對聯表現佛家世事皆空的真諦，以點化眾生。

太虛幻境石牌坊
（第五回）

假作真時真亦假，無為有處有還無。

把虛假當做真實，真正的真實反而視為虛假的；把虛空當做真實有，真正實際存在的，反而變成了虛空。

寓意
- 警醒世人勿將虛幻的富貴功名的視為真實價值，反將真諦當做虛假。
- 呼應了《紅樓夢》是作者將「真事」隱去，以「假語村言」寫成。

太虛幻境孽海情天
（第五回）

厚地高天，堪嘆古今情不盡；癡男怨女，可憐風月債難酬。

無邊的天地之間，可嘆古今人們的情絲總也沒法斬斷：痴男怨女的風月情債，總也沒有償還完畢的一天。

寓意
- 嘆息眾生陷入癡情之苦，與警幻掌理風月情債的職務相對照。
- 說明《紅樓夢》一書源於頑石與絳珠仙草前世的情債。

太虛幻境薄命司
（第五回）

春恨秋悲皆自惹，花容月貌為誰妍。

傷春悲秋的情緒是自己招惹的，花容月貌為了誰而美麗呢？

寓意
點出《紅樓夢》金陵十二釵均為薄命女子，身陷情關而承受無邊的痛苦。

維揚郊外的智通寺
（第二回）

身後有餘忘縮手，眼前無路想回頭。

在還有退路時因為貪慾而不肯收手，等到眼前沒有進路想回頭時，才醒悟應該要回頭。

寓意
對賈雨村的示警，提醒雨村要留有退路。對照結局，賈雨村最終仍是利慾薰心，無法迷途知返，以致於貶謫為平民。

表彰功勳 表現賈家祖先的赫赫基業，對比出後代未能繼承祖德的不肖。

賈氏宗祠
（五十三回）

一、肝腦塗地，兆姓賴保育之恩；功名貫天，百代仰蒸嘗之盛。

為國肝腦塗地，黎民依賴其保護養育的恩德；功名通貫青天，百代之後仍祭祀不墜。

二、勛業有光昭日月，功名無間及兒孫。（橫批「星輝輔弼」）

功勳的光茫亮眼輝映日月，官碌爵位代代相傳無間。

三、已後兒孫承福德，至今黎庶念榮寧。（橫批「慎終追遠」）

今後子孫永遠繼承祖先的福祿德澤，百姓至今仍懷念榮寧二公。

寓意
- 表現出賈家祖先的地位崇高、戰功彪柄，所以後世子孫承繼福蔭，享有爵位和俸祿。
- 聯語莊嚴高潔的氣派與賈氏後人如賈赦、賈珍等的驕奢淫逸恰為對比，諷喻子孫不肖。

描摹景色 藉由大觀園華麗的造景映襯賈家的富貴榮華。

| 寶玉題大觀園之一（十七回） | 繞堤柳借三篙翠，隔岸花分一脈香。（橫批「沁芳亭」） | 三個竹篙高的楊柳盈盈的翠綠被流水所借用，溪流分隔了二岸鮮花，得到一縷芬芳。 | 寓意 | 人造的溪流旁有楊柳有鮮花，圍繞沁芳亭構成美麗的風光，凸顯出大觀園巧奪天工的景緻。 |

烘托人物性格 從旁渲染，使人物的形象、性格、際遇等特質更加明顯。

| 秦氏臥房（第五回） | 嫩寒鎖夢因春冷，花氣襲人是酒香。 | 春天微寒鎖住夢境，芳香的氣息撲面，是醇酒的芬芳。 | 寓意 | 秦氏的臥房不但鋪陳擺設處處顯示脂粉氣息，連對聯也充滿了春夢纏綿的風情，非常符合秦氏的形象。 |

| 寶玉題大觀園之二（十七回） | 寶鼎茶閒煙尚綠，幽窗棋罷指猶涼。（橫批「有鳳來儀」） | 茶鼎上煮著茶水還繚繞著綠煙，在幽靜的窗下，棋局方散，手指微涼。 | 寓意 | ●「煙尚綠」、「指猶涼」的語句極具巧思，表示寶玉對於風雅之事有細緻的體會。
●此處就是後來寶玉所居住的瀟湘館，「有鳳來儀」似乎讚美黛玉為人中之鳳。 |

| 寶玉題大觀園之三（十七回） | 新漲綠添浣葛處，好雲香護採芹人。（橫批「杏帘在望」） | 因為有新泛起的春水，增加了浣洗葛布的地方，濃郁的杏花香氣護養著書香世家。 | 寓意 | ●寶玉題寫此聯的用意在歌頌元妃躬儉的品德，也讚美賈氏子弟讀書治學的風範。
●此處後來成為李紈所居住的稻香村，也暗示了李紈紡紗織布養育賈蘭讀書中舉的後話。 |

| 寶玉題大觀園之四（十七回） | 吟成豆蔻詩猶豔，睡足酴醾夢也香。（橫批「蘅芷清芬」） | 才思健旺吟誦出豆蔻詩篇，沉睡在茶蘼架下，夢境也芬芳了起來。 | 寓意 | ●展現了寶玉喜歡春花秋月，偏愛吟詩作對的習氣。
●此處後來是寶釵的蘅蕪院，對聯中「才」、「豔」等字眼，正表現了寶釵的詩才與容貌。
●在花季最末尾盛開的茶蘼花（酴醾），是花季終結的前奏，側寫寶玉在百花盛放的大觀園度過了半生，最終繁華落盡，歸於平淡。 |

| 黛玉吃閉門羹（二十六回） | 花魂默默無情緒，鳥夢癡癡何處驚。 | 花朵的魂魄默默無言，群鳥驚夢痴痴飛去。 | 寓意 | ●表現花鳥都同情黛玉被關在怡紅院門外的遭遇。
●悲愁的情調正與黛玉多愁多病的特質相呼應。 |

樂府詩與誄詞

「樂府詩」本是配樂的詩歌，後人也有仿作新詞而不入樂的情況，仍延稱為樂府詩。曹雪芹在《紅樓夢》中，利用樂府詩句式自由、容易顯示真摯情感的特性，做為黛玉的創作文體之一，間接預告黛玉即將早逝的訊息。「誄辭」則是生者紀念已逝者的誌哀文字。曹雪芹安排寶玉作〈芙蓉女兒誄〉表面是祭弔晴雯，實則提示黛玉淚盡而亡的悲劇結果。

樂府詩①：〈代別離 · 秋窗風雨夕〉

第四十五回，寫到黛玉在秋分時節又犯了咳嗽，又因在風雨中閱讀樂府詩集，有感於其中閨怨、別離之類的詩句，仿照唐代張若虛〈春江花月夜〉的格調，寫成了〈代別離〉，並題為「秋窗風雨夕」。「秋花慘淡秋草黃，耿耿秋燈秋夜長。已覺秋窗秋不盡，那堪風雨助淒涼。助秋風雨來何速？驚破秋窗秋夢續」，道出秋夜裡花容黯淡、草木枯黃，漫長夜晚唯有燈火相伴，不堪斜風冷雨催動秋意，驚擾秋窗之內的幽夢。

〈秋窗風雨夕〉與〈春江花月夜〉的詩題雖然對仗，然而意義卻完全相反，黛玉一改〈春江花月夜〉中華麗熱鬧的春夜景象與溫暖纏綿的情思，鋪陳出秋天蕭殺淒愴的哀愁。全詩二十句中，共用了十五個「秋」字，濃重地渲染了蕭瑟的意境，也呼應黛玉本是絳珠仙草的身世，草木之質最害怕的便是秋季的凋亡。這首詩充分呈現了黛玉多愁易感的情懷，而風雨的意象也象徵了賈府的興榮即將轉向衰敗。

樂府詩②：〈桃花行〉

《紅樓夢》第七十回，初春桃花盛開，黛玉寫成了〈桃花行〉，邀請眾人一塊兒品評。寶琴詒騙遲到的寶玉，說〈桃花行〉是她的作品，寶玉不信，說「林妹妹曾經離喪，作此哀音」，可見寶玉對於黛玉相知甚深。「若將人淚比桃花，淚自長流花自媚。淚眼觀花淚易乾，淚乾春盡花憔悴」，黛玉用鮮豔的桃花與女兒的眼淚相比較，眼淚兀自長流，花朵兀自嬌媚，而春天一過，桃花凋萎，女孩兒也流盡眼淚，變得憔悴。這些詩句明顯地預言黛玉淚盡而逝的終曲，黛玉就是大觀園所有女孩當中，最早凋零的桃花。

樂府詩③：寶玉弔祭作〈芙蓉女兒誄〉

第七十八回，小丫頭信口對寶

●黛玉所作〈秋窗風雨夕〉與〈桃花行〉

〈秋窗風雨夕〉（四十五回）

秋花慘淡秋草黃，耿耿秋燈秋夜長。
已覺秋窗秋不盡，那堪風雨助淒涼。
助秋風雨來何速？驚破秋窗秋夢續。
抱得秋情不忍眠，自向秋屏移淚燭。

⋮

羅衾不耐秋風力，殘漏聲催秋雨急。
連宵脈脈復颼颼，燈前似伴離人泣。

⋮

（節錄）

秋天的花朵慘淡凋零，草葉枯黃萎落，在忽明忽暗的燈火下，秋夜如此漫長。已經感到窗外秋天濃重的氣息，哪裡還能忍受斜風細雨助長淒涼的情勢。增添深秋涼的風雨，為什麼來得這麼急速？風雨敲打秋窗驚擾秋天的夢境，時斷時續懷抱傷秋的情緒無法入眠，獨自轉向屏風移動流淚的蠟燭。錦繡的被褥抵擋不住秋風的寒意，更漏的聲響彷彿在催促雨勢。整晚的風雨聲時弱時強，傳到燈前陪伴著離人的低泣。

寓意

- 黛玉在秋季的風雨夜犯病，又因秋夜蕭瑟景象而生愁緒，暗喻前世為絳珠仙草的黛玉，將要受無情風雨摧折，提早凋零。
- 淒風苦雨也象徵了興盛的賈府即將轉入衰亡和敗落。

〈桃花行〉（七十回）

桃花簾外東風軟，桃花簾內晨妝懶，

⋮

胭脂鮮豔何相類？花之顏色人之淚。
若將人淚比桃花，淚自長流花自媚。
淚眼觀花淚易乾，淚乾春盡花憔悴。
憔悴花遮憔悴人，花飛人倦易黃昏。

⋮

（節錄）

簾外的桃花盛開，東風和暖，簾內的少女兀自慵懶而無心梳妝。胭脂和什麼東西類似呢？應該是像桃花的顏色，又像女孩的眼淚。如果將眼淚比做桃花，淚水鎮日長流，花朵仍然嬌媚。含淚看花淚水容易枯乾，眼淚流盡桃花也隨著憔悴。憔悴的花朵遮住憔悴的女孩，花瓣飛落時，人也倦極，天色漸漸昏暗。

寓意

- 由桃花盛開的鮮豔聯想到花謝的憔悴，凸顯黛玉多愁易感的個性。
- 「淚乾春盡花憔悴」影射黛玉必需用一生一世的眼淚償還情債的宿命，也預告了她早逝的終曲。

玉說，晴雯死後做了芙蓉花神，於是寶玉寫出這篇祭奠晴雯的〈芙蓉女兒誄〉。「而玉得於衾枕櫛沐之間，棲息宴遊之夕，親昵狎褻，相與共處」，寶玉自述能有幸結識這位美好的女子，親密無間地玩樂，共同生活相處；「其為質則金玉不足喻其貴，其為體則冰雪不足喻其潔，其為神則星日不足以喻其精，其為貌則花月不足以喻其色」，敘述女子的氣質比黃金白玉還要珍貴，性情比冰雪還要純潔，神采較星日更加光輝，美貌更勝過春花秋月；「豈道紅綃帳裡，公子情深，始信黃土壟中，女兒命薄」，原以為是紅綃帳中情深意深可以永遠，誰知道最後變成黃土壟中，埋葬的薄命女兒。誄辭中敘述晴雯生平與兩人相交、相知的情誼，以金玉、冰雪、星日、花月來讚頌晴雯的節操與美貌，反映出寶玉與晴雯純潔又深厚的感情，至死不渝。

黛玉指點的寓意

寶玉在花園中讀誦誄辭的時候，黛玉出現，指出「紅綃帳裡」四句不夠典雅，誰知寶玉一改，變成了「茜紗窗下，我本無緣，黃土壟中，卿何薄命」，是說的人親密地在怡紅院的茜紗窗下共處，雖知彼此沒有結合的緣分，但也想不到晴雯會如此命苦，早早逝去。這樣的改作，使得黛玉暗自心驚，直覺這幾句詩詞將會變成自己的寫照，日後果然一語成讖。可見這篇誄辭表面上是為晴雯所寫，但實際上細膩地呼應了黛玉的命運，從親愛無間的相處，到黛玉獨自淚盡病逝，曹雪芹一再的使用各式的詩詞韻文，明示、暗示黛玉無緣與寶玉婚配，最後竟然孤單死去的情節安排。

誄辭 「誄」者，類也，累述死者生前的功德以示哀悼並封以稱號，是為「誄」。所以「誄辭」就是列舉亡者生前的德行，並加上合適的稱號，為亡者祝禱祈福的文章，可以用來揚善德、顯名節、誌哀榮、銘紀念，使死者的一生能光輝不朽。寶玉聽小丫頭胡謅晴雯化身為芙蓉花神，所以寫下誄辭祭弔，用「芙蓉女兒」做為晴雯的封號。

●寶玉為弔祭晴雯所作〈芙蓉女兒誄〉

〈芙蓉女兒誄〉(七十八回)

竊思女兒自臨濁世,迄今凡十有六載。

而玉得於衾枕櫛沐之間,棲息宴遊之夕,
親昵狎褻,相與共處。

其為質則金玉不足喻其貴,
其為體則冰雪不足喻其潔,
其為神則星日不足喻其精,
其為貌則花月不足喻其色。

豈道紅綃帳裡,公子情深,
始信黃土壟中,女兒命薄。

在君之塵緣雖淺 然玉之鄙意豈終。

(節錄)

我暗暗想著,這個姑娘自從降臨到污濁的人世,至今已經十六年了。而我有幸與她結識,在日常生活之中親密無間地共處。她的氣質比黃金白玉還珍貴;她的天性比冰雪還要潔白;她的神采比星星、太陽還要光輝;她的容貌比春花秋月還要美麗。我以為紅綃帳中,我對她情深意厚可以到永遠,而今她早早逝去,讓我明白她的命運如此坎坷福薄。雖然世俗的緣份淺薄,我對她的情意卻不終止

黛玉認為此四句不夠典雅
寶玉修改如下:

茜紗窗下,我本無緣,
黃土壟中,卿何薄命。

我們共處在怡紅院的茜紗窗下,早知道二人沒有結合的緣分。但是妳這麼早就去逝,叫人嗟嘆妳的命運為何如此悲苦。

↓暗喻

此四句表面看來是憑弔晴雯,實際上個性率直的晴雯如同是黛玉的影子,暗喻黛玉將如同晴雯一般,含恨悲苦地離開塵世。

寓意

以金玉、冰雪、星日、花月比擬晴雯的冰清玉潔與絕色容顏,反映出寶玉與晴雯之間的感情純潔真摯。

醫藥

曹雪芹除了是一位傑出的文學家，對中醫的藥理和藥性也頗有研究。《紅樓夢》書中提到的病症種類共有一百多種，方劑四十五種，藥物一百二十七種，醫病實例十三個，關於臨床診療的描述非常多樣化，使小說情節更顯豐富精彩。

黛玉的人參養榮丸、燕窩粥

深諳人情也精通醫理的曹雪芹，將人物的秉性特徵與罹患的病症相互呼應，書中對病因的診斷與調劑上，往往亦表現出人物的性格特徵。其中最精彩的便是刻劃黛玉與寶釵一弱一強的體質、對應出一熱一冷的用藥。

第三回寫到黛玉從小體弱多病、「從會吃飯時便吃藥」，看過了許多名醫仍未見效，長年吃著「人參養榮丸」。所謂「人參養榮丸」由白芍、當歸、肉桂、炙甘草、陳皮、人參……共十二味藥煉製而成，功能是氣血雙補，臨床上用於貧血、營養不良和精神官能症，通過補養使五臟受益。黛玉本是絳珠仙草轉生，草木之資缺乏的正是人的精神血氣，所以這一味藥方所對治的病症，也正好暗示了黛玉前世為草木的身分。根據書中的提示，秉性素弱的黛玉患的是「肺癆」之症，滋補氣血的「人參養榮丸」仍然不夠對症，因此沒有完全好轉。正如寶釵在四十五回對黛玉所說的，處方中益氣補神的人參和肉桂太多，體質虛寒的黛玉無法吸收過於燥熱滋補的藥物，不如先用有平肝火、健脾胃之效的「燕窩粥」溫和食補，直到體質增強便能吸收營養、逐漸恢復健康。黛玉經常因為鬥氣鬧彆扭而食不下嚥，這個處方的意義在針對黛玉容易燥動的心肝，提出平息之道；待心境開闊後加上開脾健胃的方劑，的確具備了穩當的療效。

黛玉的天王補心丹

第二十八回，羸弱的黛玉又得了風寒，王夫人提到以「天王補心丹」治療，此方是由柏子仁、炒酸棗仁、炒天冬、炒麥冬、當歸身等藥材，研為細末，練蜜為丸，具有滋陰清熱、補心安神的作用。黛玉因為多愁善感，心理影響生理，因此身體虛損，所以王夫人認為這一味處方正適合黛玉服用。

寶釵的冷香丸

寶釵體質燥熱，「從胎裡帶來的一股熱毒」，不時犯些喘嗽，第七回寫和尚給了寶釵一個「海上

●醫藥病理與人物性情對照：黛玉vs.寶釵

黛玉 心思細密、孤高自傲、多愁善感

病徵1	【人參養榮丸】	寓意
自幼身體 屢弱。 （第三回）	成分：白芍、當歸、肉桂、炙甘草、陳皮、人參、炒白朮、黃芪、熟地、五味子、茯苓、炒遠志共十二味所組方。 功能：氣血雙補。	黛玉是絳珠仙草所轉生，草木之資缺乏人類精神血氣的活躍，所以此一藥方正好暗示了黛玉前世的身分。

病徵2	【燕窩粥】	寓意
自春分秋分後 犯舊疾，咳嗽 又重了。 （四十五回）	成分：上等燕窩一兩，冰糖五錢，用銀吊子熬粥，每日早起服用。 功能：寶釵建議藥補不如食補，以溫和的燕窩粥滋陰補氣。	●黛玉的體質虛不受補，所以寶玉說人參養榮丸和天王補心丹都是「不中用的」。 ●黛玉的心病還需心藥醫，與其滋補身體，不如平肝健胃，心情開通，食能下嚥，才能氣和、體健。

病徵3	【天王補心丹】	寓意
病弱又受 風寒。 （二十八回）	成分：柏子仁、炒酸棗仁、炒天冬、炒麥冬、當歸身、炒五味子、生地黃、人參、炒玄參、炒丹參、桔梗、遠志、茯苓研為細末，練蜜為丸。 功能：滋陰清熱、補心安神。	黛玉身體上的疾病起於多愁善感的心病。天王補心丹有補心安神的作用，所以這一味藥方指出黛玉為了愛情而心緒不寧的情狀。

寶釵 老成持重，熱衷世俗名利

【冷香丸】 專治無名病症的和尚給的「海上仙方兒」

做法1：	春天開的白牡丹花蕊、夏天開的白荷花蕊、秋天的白芙蓉蕊、冬天的白梅花蕊各十二兩。將這四樣花蕊，於次年春分這日晒乾，與和尚所給有香味特殊的藥引子混和，一齊研好；
做法2：	雨水這日的雨水、白露這日的露水、霜降這日的霜、小雪這日的雪各十二錢。把這四樣水調勻，和了藥；
做法3：	再加十二錢蜂蜜，十二錢白糖，做成龍眼大的丸子，盛在舊磁罈內，埋在花根底下。

病徵：從胎裡帶來的一股熱毒，不時犯些喘嗽。（第七回）

功能：清熱解毒。
用法：發病時拿出來吃一丸，用十二分黃柏煎湯送下。

寓意
●十分費時、費工的冷香丸是曹雪芹所想像創作而成，凸顯薛家精緻富貴的生活。
●冷香丸能幫助先天亦是熱情的寶釵克制胎裡帶來得熱毒，形成後天冷靜深思的性格，贏得長輩的歡心，最終成為寶二奶奶。

仙方兒」，名為「冷香丸」，要用春天開的白牡丹花蕊、夏天開的白荷花蕊、秋天的白芙蓉蕊、冬天的白梅花蕊各十二兩，於次年春分曬乾，與和尚給的一味香氣特殊的藥引子混合，一齊研好。又要二十四節氣中「雨水」這日的雨水、「白露」這日的露水、「霜降」這日的霜、「小雪」這日的雪各十二錢調勻，和了藥，再加十二錢蜂蜜、十二錢白糖，做成龍眼大的丸子，盛在舊磁罈內，埋在花根底下。若發了病時，拿出來吃一丸，用十二分黃柏煎湯送下。這一味藥丸的尋求和製作非常繁瑣，在古代醫書之中並沒有相同的記載，可見是曹雪芹用誇大的筆法杜撰的此方，目的是為了凸顯富貴人家，無所不用其極的揮霍方式。寶釵得了配方之後一、二年間，雨水那一日正巧下雨、霜降那一日降霜、小雪那一日也落了雪，希罕的冷香丸得以成功煉成，這樣的巧合無非是天命安排。

寶釵所患的是「熱哮」之症，所以曹雪芹用冷香丸對治，在藥性與病理上表現以冷治熱的效果。寶釵曾經自述本性原也是個熱情淘氣的（四十二回），所以她也會不小心露出頑皮的個性，拿扇撲蝶（二十七回），然而她竭力自持，奮力壓抑本性，而形成喘嗽的病

徵，所以用冷香丸壓抑熱毒，使她能平靜地接受禮教，束綁心思，這味藥意指寶釵端莊持重、冷靜深思的表現，其實是後天人為的陶鑄。

日常疾病與用藥

除了側寫人物的性格、形象，曹雪芹也將醫理、藥理巧妙地融入小說情節中，增添內容的豐富與趣味性，例如香薷飲、虎狼藥、薔薇硝等藥方。第二十九回，黛玉中暑服用香薷飲，此方是治療熱天感冒、消化不良的藥劑，以香薷八克、厚樸五克、扁豆二十克左右組成藥方。黛玉體質虛弱，易犯感冒，不耐酷暑，服香薷飲調理正是對治之法。

「虎狼藥」一如名字所表現的，藥性如虎似狼般兇猛，對於體質較虛或懷孕的婦女，不但沒有治病的療效，還有傷及性命之虞。五十一回和六十九回寫到庸醫亂用虎狼藥，醫治晴雯和尤二姐的情節。晴雯著了風寒，胡太醫開了枳實、麻黃等藥性強烈、凶猛的方子，寶玉連連罵道這類的虎狼藥，女孩兒根本無法承受，另請王大夫重擬當歸、白芍、陳皮等適合女孩兒體質的溫和藥方。由此可見得寶玉博學多才，甚至通曉醫病藥理，以及對女孩無微不至的關心。尤二姐懷有身孕，又受到鳳姐的欺負，

病懨懨地茶飯不思，胡太醫卻看不出尤二姐懷胎的脈象，一味用下瘀通經的大黃、枳實等猛藥，把一個已成形的男胎打了下來，尤二姐血行不止而昏迷，甚至心灰意冷地吞金而去。柔弱的尤二姐遇上凶猛的虎狼藥，只有白白地葬送性命。

五十九回寫湘雲兩腮發癢，犯了桃花癬，寶釵命鶯兒找黛玉要了一包薔薇硝給湘雲，後來蕊官也拿了一包給芳官，可見大觀園之中的女子，常常罹患這種皮膚病。此病好發於春天，臉上的丘疹斑紋狀如桃花，故名「桃花癬」，也可以用來對照眾女子命犯桃花的催折。薔薇硝乃是薔薇所提煉的粉末，敷用之後，可以得美容和治療雙重功用。

●助展情節的日常醫藥

	香薷飲	虎狼藥		薔薇硝
情節	第二十九回，黛玉於端午時節中暑。	五十一回晴雯著了風寒，延請胡太醫治療。	六十九回寫到尤二姐懷有身孕，又受到鳳姐的欺負，茶飯不進，日漸黃瘦。賈璉請胡太醫前來。	五十九回湘雲犯桃花癬，寶釵命鶯兒找黛玉要了一包薔薇硝給湘雲，後來蕊官也拿了一包給芳官。
藥料	香薷八克、厚樸五克、扁豆二十克左右組成。	胡太醫開了枳實、麻黃等藥。	胡太醫開了大黃、枳實等猛藥。	薔薇硝乃是薔薇提鍊而成的粉末。
藥效	對治熱天感冒、消化不良。	疏散內滯，藥性強烈、凶猛。	下淤通經。	有美容與治療皮膚病的雙重功效。
說明	黛玉體質虛弱，逢酷暑易犯感冒，服用香薷飲可祛暑氣、健脾化濕。	寶玉見了連連罵道這類狼虎藥，女孩兒根本無法承受。另請王大夫開溫補的藥方。可見得寶玉對藥理的了解與對女孩的關心。	虎狼藥把一個已成形的男胎打了下來，尤二姐血行不止，昏迷過去，最後吞金自盡。凶猛的虎狼藥襯出二姐的柔弱與可憐。	「桃花癬」好發於春天，臉頰會生出狀如桃花的丘疹斑紋，故名之，可以對照眾女子因命帶桃花所生的磨難劫數。

儒、釋、道三家哲理

在《紅樓夢》中，作者除了表現在詩詞韻文與醫藥常識等諸多面向的才情，更特別的是融合儒、釋、道三家的哲理於小說情節之中。中國文人君子一向以儒家積極入世的精神為本，但是出身世族、歷經家族巨變而徹悟的曹雪芹，則將佛家的出世、道家的任真，融合在《紅樓夢》之中，呈現儒釋道相互交融的哲學況味。

儒家

孔子以仁為本，是為儒家學派的始祖；孟子繼承孔子的志業，將儒學理論加以深化。自漢武帝為罷黜百家、獨尊儒術，儒家思想成為主流，但也開始衍生諸多流弊：在選取人才方面，儒者以科舉功名為門徑，希望完成淑世的目標，但後世以八股文取士，僵化了思想，一變而為爭名逐利；在對婦女的約束方面，封建與宗法制度之中，家產與爵位繼承全以血緣為重要依據，為了維護血統，婦女的貞節不斷被考查審問，也衍生各種束縛女性的苛刻教條；在社會階層方面，從「明尊卑、嚴等差」的次序出發，造成上下階層劃分、極端不平等的社會環境。

曹雪芹出生於清代官宦世家，深諳儒家這一派主流學術，書中第一回寫空空道人讀畢《紅樓夢》之後，認為此書：「至君仁臣良父慈子孝，凡倫常所關之處，皆是稱功頌德，眷眷無窮，實非別書之可比。」然而家道中落，遍嘗人情冷暖的曹氏，更能深入領會儒學末流對於人性的束綁與鞭笞，關注倫常的方式經常展現於省思儒家末流的扭曲：例如，針對八股取士的弊病，賈雨村中進士任官，不為百姓謀福，卻行貪賄、包庇、婪索之事，因此作者經由寶玉之口痛罵追求功名的言語是為「混帳話」，表達出對為了功名而讀書的不滿；在反省女性守貞方面，《紅樓夢》藉王夫人之口說出，史湘雲立志守寡「也就苦了」（一一八回），李紈的判詞「如冰水好空相妒，枉與他人作笑談」與曲文「也只是虛名兒與後人欽敬」透露出孀居的冰清玉潔和槁木死灰其實是一線之隔，貞節的名聲僅留下供人談論的價值；在身分貴賤的描寫上，以賈母生日撒錢取樂的豪奢與劉姥姥上門借貸的貧困，形成強烈的對比。曹雪芹深切體會儒學末流的種種弊病，將解脫、除弊之道寓於釋、道兩家。

釋家

　　大約在公元前六世紀初，印度淨飯王的兒子悉達多，有感於人生在世被生老病死的種種痛苦所包圍，故遍訪名師，苦修參悟，終於在菩提樹下成道，創立佛教，並且被尊為佛陀，意即覺悟者。在漢末佛教傳入中土，出世的思想為屢經戰亂的人民所接受，至魏晉南北朝更獲得君主的禮敬，信佛風氣從此益發興盛，也逐漸發展出具本土特色的佛學思想，如講究於言語機鋒間頓悟的禪宗。清代的統治者早在十七世紀就已經接觸到藏傳佛教，滿清入關之後，佛教的勢力承襲明末的遺緒，以禪宗最為盛行。

　　佛教的宗旨在於「離苦」，運用「證空」的方式敘述人世之間的苦難與歡樂都是虛幻不實，唯有放下執著，才能得到解脫。佛教文化也影響了《紅樓夢》的寫作，全書的大旨正是對照佛家的苦空觀而設計，利用頑石「下世為人」的故事，展現因果輪迴的種種情緣都是空幻不真。書中將絳珠仙草林黛玉和神瑛侍者賈寶玉在人間的時光，形容為「歷劫」（一一六、一二〇回）、鋪設和尚僧人隨機點化有緣人、寶玉等人又酷愛參禪打機鋒等，凡此種種充滿了佛教的況味。

　　然而，作者也並不是一味地崇佛佞佛，他勇於批判當時的寺院藏污納垢，揭露出家人也會做出不名譽之事：例如十五回描寫水月庵主淨虛為李衙內的案子，求鳳姐關說；九十三回，寫賈芹私通水月庵女尼，尋歡做樂。這些在塵世之中道貌岸然的僧尼，恰恰與仙界的茫茫大士形成反比，前者光鮮整潔，誦經唸佛，背地底卻與金權掛勾或淫亂不正；後者在塵世中的形象是個癩頭和尚，看似瘋瘋顛顛，離經叛道，其實是真正的得道高人，曹雪芹運用這樣的反正，真切地證成了世間諸相都是假相的佛教思維。

道家

　　春秋時代，老子有感於世衰道微，寫下《道德經》五千言，提倡以「虛」（恬淡）「靜」（無為）的人生觀，對應紊亂的局勢，成為道家的始祖；戰國時代，莊子繼起，弘揚老子的思想，進一步著作《南華經》，闡述世人應該超越成敗、得失、毀譽、生死的繫累，故與老子並列為道家思想的主要人物。漢代末年，張道陵融合古代的巫術、神仙方術合黃老思想，講的是鍊製丹藥、驅符役鬼、得道成仙，在本質上與道家大相逕庭，但是因為道教尊奉老子為始祖，後世經常有道家、道教混同的狀況。

　　清代的統治者為了攏絡漢人，對於宗教採取開放的政策，因此道

家、道教的思想仍然能夠傳播，《紅樓夢》一書之中不乏道家思想的融入，書中的人物在心緒混亂的時候，時而聯想到老莊，諸如《紅樓夢》二十一回，寶玉因為和姊妹們鬧意見，備感煩悶，展讀莊子的《南華經》，讀到「絕聖棄智，大盜乃止；摘玉毀珠，小盜不起」時感觸良多，開始思辨自己小心翼翼呵護與姊妹們的感情，是不是反而造成姊妹間的衝突；又如一一三回寶玉見到姊妹們死的死，嫁的嫁，連想到《莊子》上的話，更覺得「人生在世，難免風流雲散」，不覺大慟。在道教思想方面，有跛足道人點化甄士隱等道士形象人物多次出現；寶玉失玉，家人祈請妙玉扶乩，求來拐仙指示，可見作者對於道家道教的思想，均有所領會。

《紅樓夢》一書經常把「釋」、「道」二家並舉，使得書中這二家的色彩有合流的傾向，例如和尚偕同道士一起雲遊、看完《莊子》之後隨即參禪，都是融合佛老的例證。

● 融會儒、釋、道三家哲理的《紅樓夢》

儒

- 始祖為孔子。強調個人由內在的修身做起，擴及治國淑世的最終目標。在中國思想中居於主流。
- 曹雪芹出身官宦世家，從小修習儒家經典。家道中落後，對於儒學末流對於人性的綑綁也多所體會，寄寓於小說情節中。

思想要點 1 讀書為了經世致用，學而優則仕。	流弊	科舉八股造成思想僵化，讀書人出仕為了權力與富貴，而非淑世。	**舉例** 諷刺因科考鑄成士人一心功名、利欲薰心。例如賈雨村為官貪索、寶玉怒斥求功名的說教為「混帳話」。
思想要點 2 以封建倫常，宗法制度維繫社會秩序。	流弊	強烈要求女子守貞，為了箝制女性而發展出各種違背人性的苛刻教條。	**舉例** 探討烈女的淒涼與辛酸，如形容湘雲守寡為苦命、李紈孀居的冰清玉潔和槁木死灰只是一線之隔。
思想要點 3 明定尊卑，嚴守分際。	流弊	身分的尊卑、貴賤截然二分，造成社會階層極度的不平等。	**舉例** 對比豪門如賈家的豪奢與平民如劉姥姥的貧困。

曹雪芹以佛教證空的理路做為全書最主要的架構，並且在言說佛理的同時，帶出道家的玄言玄思，對於儒家則是列舉扭曲變質的教條與觀念，進行批判，由此可見，作者對於儒釋道三家思想的喜愛程度以佛教為最優先，道家次之，最後為儒家。

釋

- 由佛陀所創立。強調為了「離苦」而「證空」。佛教傳入中國後廣受崇信。
- 強調「苦」「空」的佛教文化感染了曹雪芹的書寫。《紅樓夢》一書的大旨正是對照佛家世事空幻的觀點所設計。

思想要點 1
眾生皆苦，為求解脫必須出世。

舉例 書中人物惜春、寶玉等皆以出家為解脫人世諸苦的途徑。

思想要點 2
諸法皆空，應看破世間諸相都是假相，摒除對外在富貴功名的慾望。

舉例 茫茫大士看似瘋瘋顛顛，離經叛道，其實是下凡點化眾生的高人。

反例 亦批判寺院包藏不肖僧尼，如水月庵主靜虛為李衙內關說、賈芹私通女尼等倒行逆施之事。

思想要點 3
佛教禪宗以含意深刻的言語機鋒彼此問答，開啟頓悟之門。

舉例 寶玉曾寫下〈參禪偈〉，黛玉續作與寶玉往來機鋒。

道

- 老子首創，師法自然，以「虛」、「靜」對治紛擾的人世，講求超脫的莊子繼之。
- 漢末張道陵奉老子為始祖，創立道教，主張經修煉可以與天道合一。民間常將道家、道教混同。
- 清代統治者廣納各類宗教，故道家、道教學說未曾稍歇，曹雪芹因而得以吸收融會。

道家思想要點
世衰道微，故講求恬淡無為、與世無爭。

舉例 書中的人物常因世間的混亂而聯想到道家思維，例如寶玉與姊妹們鬧意見時展讀莊子《南華經》、感觸良多。

道教思想要點
講求以畫符鍊丹之術修道養生，與天道合一。

舉例
- 時有道士形象人物出現，如空空道人抄錄《石頭記》、渺渺真人攜玉下世、跛足道人點化甄士隱等。
- 道教畫符扶乩，如寶玉失玉，妙玉請來拐仙，降下仙機隱語。

第 **7** 章

建築與園林

　　建築是中國藝術中一個極具魅力的支脈，建築的外在能傳達佈局結構的美感，內在則蘊含深層的文化意境；園林更是文人雅士吟詩讀畫、才子佳人示愛傳情的舞台。《紅樓夢》裡的建築園林以「銜山抱水建來精，天上人間諸景備」的大觀園為主軸，曹雪芹精心營造屋舍佈局、花木植栽、內部陳設、小橋流水，創造出能反映主人性情格調的居住環境，讓人能隨著生動的文字神遊其中，品味一幕幕巧奪天工的美景和一個個活靈活現的人物。

學習重點

- 了解榮寧二府的佈局
- 分辨大觀園重要的屋舍和景點
- 怡紅院的佈置有什麼特殊寓意？
- 瀟湘館、蘅蕪院與黛玉、寶釵的性格有何相應之處？
- 秋爽齋、櫳翠庵、紫菱州、稻香村的佈局陳設各有什麼特色？

榮、寧二府

榮寧二府是《紅樓夢》故事搬演的主要舞台，先立軍功、後襲爵位、再晉身皇親國戚的賈氏一族的生活居處，自然宏偉富麗、氣象非凡。曹雪芹在敷寫兩座宅第的亭台樓閣與陳設佈置時，既敘述了清代高官世族的居處情況，也表現出中國建築與園林的高度藝術成就。

榮國府的整體格局

第二回寫賈雨村遊金陵，看見賈氏老宅占據了大半條街，顯示出根基興旺的氣象。而賈家在京中的榮寧二府一如老宅，位於寧榮街（一說「榮寧街」，第六回），坐北朝南。榮國府位於街西，住著榮國公賈演一脈子孫，如賈母史太夫人、長子賈赦、次子賈政及其妻妾子女、下人奴婢等。

榮國府主要的佈局在第三回寫黛玉入住賈家的橋段可以窺見，這座宅第採三門的形式，中間的獸頭正門是清代公侯標準的大門定制，東門內為賈赦的住所，黑油大門符合三品大官的禮制，西角門內主要為女眷的院落。從正門進入，依序為大廳和賈政書房夢坡齋（一作「夢堆齋」，第八回），朝北為榮禧堂，多做為大型的宴客之用，有皇帝御筆題匾，十分軒昂壯麗（三、一〇五回）；向東為南院（三十九回），緊接著輔仁諭德廳，此廳本是元妃省親時，太監起坐之用，爾後漸漸少用，常直呼為「議事廳」（五十五回），議事廳西側緊鄰體仁沐德堂，原是省親時，停輿進入大觀園的轉折點（十七回），向內走則為王夫人的院落；西角門內先是一個外廳，廳後設有垂花門（第三回），此門不但分隔內外，標幟了外人不得擅入，也區別了男女，做為男女門限，表示向內為女眷的居所，男子不宜進入；垂花門內接著華麗溫馨的賈母院落，後方接著鳳姐院落。榮府東北角原為榮國公暮年養老之所、清幽深靜，後來提供薛姨媽一家居住，名為梨香院（第四回）。

榮府內的夾道 根據書中人物行走的路向可以發現，榮府應該有一個東西向的夾道，意義等同垂花門，分隔內外與男女，這樣的走道類似宮庭中的「永巷」，其實是宮殿專用的形制，連公侯王府都不允許設置橫巷。《紅樓夢》這樣一條夾道，證明小說的建築構思部分參照了皇宮的特點。

榮國府佈局的意涵

整體而言，榮國府是典型的清代大型府第，占地廣闊、壯麗氣派。坐北朝南的方位，源自《周易》：「聖人南面而聽天下」的語句，南向是為「尊位」。在佈局上，嚴分內外與男女的設計，展現中國傳統的禮教；獸頭大門與黑油大門的形制，可以看出清代官制的儀節；廳堂院落的風格則表現了中國世家大族的風采，充分顯現榮府的權位與富貴。

寧國府的整體格局

寧府位於街東，所以也稱為「東府」，住著寧國公賈源一系，如賈敬、賈珍及賈蓉等子孫及其眷屬下人。相較於榮國府，小說對於寧國府的描述不多，可見整部《紅樓夢》的敘事主軸，雖是環繞著賈氏一族發生，但相關的人事時地，偏重於榮府而非寧府。

根據稀有的線索可知，榮寧二府之間有一條小巷界斷（十六回），東府正門亦為獸頭大門，府中的佈局為六進（即六處出入的大小門）、五院；而寧國府西側一路，則是屬於賈氏宗祠的範圍，黑油漆柵欄圍住院落，院中走道鋪有白石，路旁種有蒼松翠柏，門上懸著御賜的九龍金字匾，兩旁的對聯均是皇帝親書，正堂上高掛錦幔，設有彩屏香爐，顯示出賈氏先祖的功勳彪柄與位高權重。此處是賈氏宗族的重鎮，每逢節慶祭祖之時，不論是賈母、賈政等近親，或是賈琮、賈菖等遠親，都齊至寧府的賈氏宗祠頂禮祭拜（五十三回）。

寧國府的會芳園

寧府最北邊有一座會芳園，園中栽種了梅、菊、柳等等各色草木，建有曲徑、林籬、石澗、清流、小橋等造景，東南處築成依山的堂榭，西北處劃為臨水的軒閣，是賈府賞花聽戲、飲酒宴遊、泛舟賦詩的場所之一，有時甚至做為賈珍父子練習射箭之地（十一回），可見清代執政者入關之後，雖然大量融合漢族的禮樂文儀，但也不廢騎射的傳統，而致力於文武兼備。

會芳園中的天香樓是秦氏的居處，房中的佈置與擺設盡是嫵媚的脂粉女兒氣，小說在第十三回描寫警幻經由此處接引夢中的寶玉同遊太虛幻境，所以秦氏閨房的風月氣息，恰恰成為寶玉進入太虛幻境的鑰匙。

● 榮寧二府全圖

榮國府　　　　　　榮寧街

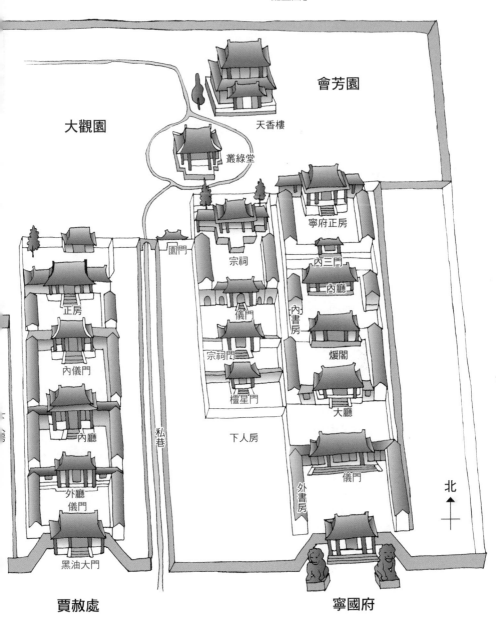

◎ 榮寧二府建築配置係參考關華山《「紅樓夢」中的建築研究》「榮、寧府第總配置圖」

會芳園

天香樓

大觀園

叢綠堂

寧府正房

園門

內三門

宗祠

內廳

儀門

內書房

宗祠門

煖閣

櫺星門

大廳

下人房

外書房

儀門

正房

內儀門

內廳

外廳
儀門

私巷

黑油大門

北

賈赦處

寧國府

181

大觀園

大觀園集合了各式各樣美麗的景觀故而得名。這座園子將女兒們與外界隔絕，保持了清淨純美的氛圍。然而，大觀園和榮寧二府緊緊相連，難免受到波及連累，過分耽美的人間仙境，終究禁不起現實的摧折，園中女兒仍免不了生離死別的結局。

興建

十六回中賈赦、賈政聽說了皇上頒佈詔令，准許宮中妃嬪回娘家省親，決定建造一座華美的別院，供元春省親之用。於是擴建榮府東北的舊園，由舊園向北推進至東府的會芳園為止，一共丈量了大約三里半的土地；商請山子野總攬工程設計，規劃堆山鑿池、起樓豎閣、種竹栽花等事，終於建成這座包容山水勝景、玉樓金閣的園林。

元妃歸省時見了園裡園外的景物，心有所感，寫下「啣山抱水建來精，多少功夫築始成。天上人間諸景備，芳園應錫大觀名」絕句，並將此處題名為「大觀園」。經過賈赦等斥巨資修葺，園中彙集了各式景點，所以元妃直嘆「奢華過費」（十七回），未免省親之後園林荒廢，於是下令讓眾位姊妹入園居住，又怕寶玉受冷落，也准予遷入，圈出了寶玉與女兒們的人間天堂。

大觀園的興建表現了賈家權勢與財富的最高峰；元妃的歸省點出了賈氏權力的支柱；精巧的園林則道盡了榮寧二府的財大氣粗，大觀園這個清淨的女兒國，藉由金權而誕生，最後也將隨著金權的消褪而衰微。

佈局①：院落偏於西北

根據脂硯齋評點《紅樓夢》的批語可知，大觀園的主要院落，十之五六偏於西北，包括瀟湘館、稻香村、怡紅院、秋爽齋、紫菱洲等，其餘的景觀，包括清堂茅舍、石垣、花窗、幽尼佛寺、女道丹房、長廊曲洞、方廈圓亭等，則處於東南。曹雪芹將眾女與寶玉的居處和遊賞、宗教性質的地點分隔出來，是因為元妃為賈政與王夫人的長女，省親別墅在興建時將院落佈置於西北、緊鄰榮國府，並從王夫人房後開設一個角門，與大觀園相通，便於元妃與家人相聚。在女孩兒入住之後，院落的主人中只有惜春是寧府賈珍的胞妹，其它如寶玉、黛玉、寶釵、迎春、探春、李紈均與榮府的關係較為親近，所以地處西北的院落方便了榮府管事照拂寶玉與女孩們的起居。

佈局②：院落的分配

大觀園諸景皆備，入住的眾女，也是各有特色，寶釵豐美、黛玉靈秀、探春俊朗、迎春溫潤、妙玉孤高；寶玉遊歷大觀園，讚嘆景色的富麗，一如寶玉入住大觀園，能夠深切地關懷與欣賞眾女的美好；整個大觀園的視角佈置、院落分配，其實是遷就寶玉一個人而鋪設的。

黛玉喜愛瀟湘館的竹子，於是寶玉選擇了靠近瀟湘館的怡紅院，說到「偺們兩個又近，又都清幽」（二十三回），曹雪芹安排二人的居處緊密無間，投射了黛玉自始至終都是寶玉的最愛，情感上無人可及。然而，深刻的情感與緊密相連的居所，仍無法顛覆兩人無緣的結局。李紈和三春住得近，因為她們是寶玉的嫂子和妹妹，所以四人和寶玉的距離相當。蘅蕪院與櫳翠庵各自孤出，一方面顯示寶玉與二人相敬如賓，一方面象徵寶釵並非單純的女子，她其實是帶有男子世俗氣息的女兒；妙玉雖為女兒身，但是遁入空門，不能與尋常女子同等看待。

太虛幻境的模型

小說第十六回，在大觀園興建之初，脂評便點明大觀園的是太虛幻境在人間的模型，太虛幻境的對聯寫道「假作真時真亦假，無為有處有還無」（第五回），天上的幻境，看似虛空不實，但是恆久存在；人間的大觀園，看似奢華真確，其實是鏡花水月，不耐塵囂的摧折。

大觀園的崩毀起源為水源自寧府的會芳園，十一回寫到賈瑞在會芳園見到鳳姐而起了淫心、十三回寫到秦可卿淫喪園中的天香樓、七十五回寫寧府在園中家宴，突然聽見宗祠那頭傳來嘆息，可見會芳園正是凡俗男子的世界、「造釁開端實在寧」的發源。會芳園的污濁在無形之中滲入，污染了屬於女兒的清靜大觀園。內在人心墮落（如襲人），外在現實壓迫（如抄家、女兒出嫁），終於使得諸釵各自領受悲苦的命運而無法回頭，寶玉也根據緣起緣散，逐漸醒悟塵世間種種最後終必成空，歸返天界。留下惜春和紫鵑，青燈古佛守護殘敗的園林。

 **原型** 許多人認為大觀園其來有自，諸如袁枚自述：「大觀園者，即余之隨園」，所以原型也許就是位於南京的隨園；而北京恭王府花園的坐向、位置、佈局、景觀和大觀園十分相似，也可能是曹氏創建大觀園的範本；另有學者用二十九個理由證明大觀園的原型是康熙大學士傅明珠的別墅——自怡園；也有無原型之說。種種研究眾說紛紜，至今沒有肯定的答案。

● **大觀園全圖**

綴錦樓

紫菱洲

往王夫人
房後角門 ←

瀟湘館

滴翠亭

沁芳亭

翠煙橋

怡紅院

◎大觀園建築配置係參考關華山
《「紅樓夢」中的建築研究》「大
觀園總配置圖」

園門

秋爽齋

暖香塢

稻香村

藕香榭

凹晶館

蘅蕪院

凸碧山莊

大觀樓

櫳翠庵

玉石牌坊

甬路

北

185

怡紅院

寶玉的性格不像一般世俗男子，喜好追求功名、貪慕權位，反而喜好女兒的乾淨純潔，住進了大觀園這個女兒國正是如魚得水。怡紅院的景觀、佈局充滿了脂粉香與女兒氣，神瑛侍者下凡的寶玉以此為精神堡壘，展開探索世間女子的凡塵行旅。

外院景色

怡紅院的外觀，整體而言充滿著雍容華美的氣息。一進院門兩邊是遊廊，廊上吊著各色籠子、飼養各色仙禽異鳥；前院自有山石和草木，松樹下還有白鶴棲息，石子鋪的甬道接著內門。院中遍植海棠和芭蕉，海棠的品種是「女兒棠」，俗傳出自女兒國，花朵紅似胭脂，形態弱如扶病，一如閨閣中的女兒。海棠紅與芭蕉綠相映，故有「怡紅快綠」的題匾（二十七回），表示寶玉週旋群女之中，猶如萬紅叢中一點綠。「怡紅院」之名及其外院的景色展現了柔美的女性氣氛，正是寶玉最為讚嘆喜愛的格調。處處表現寶玉即將在怡紅院，用不凡的眼光體察大觀園女子悲喜命運。

內院佈局

怡紅院的內院，後方是下人廂房，住著丫頭嬤嬤，中間分隔出外間、裡間，供主事的大丫鬟與寶玉居住。窗牖都雕鏤著同色的新鮮花樣，外間有許多隔架交錯，賈政、賈芸都曾經在此地迷了路（十七回、二十六回），這樣迷離的設計，一如寶玉為神瑛侍者降世，異於凡人的出身，具有讓俗人永遠不能明白、彷彿瘋傻的心思；也暗示寶玉頑石下凡，必需歷經塵世種種情障。後院種了滿架的薔薇，多刺而美麗的花朵，一如寶玉經歷的愛情，帶著癡戀的傷痛。薔薇後方是一叢花障夾著月洞門，曲折地隱蔽了內外交通的道路，劉姥姥也因此迷途而誤闖（四十一回），可見怡紅院佈局上的最大特色，就是有如迷宮一般的設計，不但表現寶玉難以令人理解的心思，也表示寶玉前世、今生而來世，峰迴路轉的經歷。

內院擺設

怡紅院的內部擺設堪稱「金碧輝煌，文章炳灼」（二十六回），左邊立著一架大穿衣鏡，一道碧紗櫥，小小的填漆床上懸著大紅銷金撒花帳子。「金碧輝煌」是對照寶玉富貴公子的身分，並且襯托頑石變身為寶玉之後，五彩斑斕、光

豔逼人的色澤。「文章炳灼」並非科舉功名的世俗筆墨，而是寶玉喜好風雅，酷愛吟詩弄月的性格。第二十七回，寫劉姥姥誤入寶玉的睡房，看見內院的擺設，還以為是小姐的繡房，明顯表現出寶玉的臥室充滿脂粉閨閣的氣息。

●怡紅院的佈局及寓意

竹籬花障
月洞門
怡紅快綠
白石板橋

寓意①

前院種有芭蕉與海棠，蕉葉碧綠如玉，與海棠紅相映成趣，暗喻寶玉生活在全為女兒的大觀園中，萬紅叢中一點綠。

寓意②

屋內交錯的隔間，有如迷障，表示頑石下凡經歷情障，也象徵寶玉令俗人不能理解的情痴。

寓意③

院中的紅花、屋中的大型穿衣鏡、後院的水池，構成「鏡花水月」的虛空不實。

寓意④

金碧輝煌的擺設對照寶玉富貴公子的身分，文章炳灼的風格表現寶玉喜好風雅，酷愛吟詩弄月的性格。

寓意⑤

後院栽著滿架嬌豔卻多刺的薔薇，代表了寶玉因情受傷的苦痛。

寓意⑥

後院的花障隱蔽的出口，表現寶玉必須在人世歷經曲折情劫，始能返元歸真。

瀟湘館

瀟湘館是黛玉的居所，翠竹掩蓋的房舍、滿地竹影和青苔，一如女主人陰鬱古怪的脾氣；弱水潺潺流灌的院落，終年訴說黛玉以眼淚償還寶玉的前世盟約。瀟湘館完全是曹雪芹應合黛玉形象而構築的天地。

院名的由來：瀟湘斑竹

瀟湘館有百竿竹子，所以元妃省親時用瀟湘斑竹的典故命名。傳說舜的二位妻子：娥皇和女英，因為哭泣丈夫的逝世，眼淚飛落到竹枝上，化為美麗的瀟湘斑竹。前世身為絳珠仙草的黛玉，對草木有特別的感受，尤其是竹子的蒼勁梗直，更是適合表現黛玉的心性。因此二十三回選擇大觀園居所時，愛竹的黛玉便入住瀟湘館；三十四回黛玉〈題帕三絕〉中「窗前亦有千竿竹，不識香痕漬也無」更引用了瀟湘斑竹的傳說；三十七回結詩社、起稱號時，也被探春取做「瀟湘妃子」。曹雪芹費心鋪設黛玉與湘妃的種種聯繫，除了透露了黛玉癡情的性格、愛哭的特質，也暗寓黛玉將會如湘妃般淚盡而逝的命運。

院外的景物

瀟湘館的外觀景致可從十七回賈政諸人遊園時看出端倪，館外以白牆圍住，圈住裡面數間小巧精緻的房舍，百竿翠竹濃重地遮蔽了天空。院門內有曲折的遊廊通向房舍，透露出女主人迂迴纏綿的情思。房舍階梯之下的走道則由石子鋪成，別有一種清幽的雅趣。房舍東側是黛玉的香閨，西側是大丫頭的房間，裡間開出小門通往後院，後院中有大株的梨花雜著芭蕉，另有兩間小小的房間，住著小丫頭和嬤嬤。後院的牆下有一汪清泉湧入，環繞屋舍直到前院又旋竹而出。

第二十三回寶玉對黛玉說過，瀟湘館不同於大觀園其他院落的富麗，而重在清幽典雅，顯示出黛玉的高潔和脫俗。後院的清泉湧現則象徵黛玉由絳珠仙草轉世，以長流的眼淚償還神瑛侍者澆灌之恩。

院內的陳設

院內的陳設則可透過第四十回劉姥姥參觀瀟湘館的視角得知。黛玉房中有成架的書本，窗下桌上又擺滿了筆墨紙硯，劉姥姥還以為是哪一位公子的書房，想不到是黛玉的香閨，由此可知黛玉的房間充滿了書卷氣息。黛玉不同於尋常女子，因為身體不好，沒辦法做一些

針黹女紅，又因為容顏絕世，不屑庸俗脂粉妝點，只有讀書寫作是她所喜好的，所以她的繡房倒像飽學之士的書齋。相較於寶釵、襲人不時做著女紅的形象，黛玉似乎更專注詩情才氣的發揮，而不屑女子教條規範的俗務，充分展現與寶玉一般，愛好風月、摒棄塵俗的清高。

●瀟湘館的佈局及寓意

竹的高雅氣象	瀟湘竹的傳說	清泉流淌	像書房的繡房
竹子蒼勁梗直、空心有節，象徵君子的高風亮節。	傳說中娥皇女英於湘江畔哭泣丈夫逝世，淚滴竹上成為斑竹，最後投水殉夫。	一泓清泉由後院牆外湧入，緣屋而流，至前院旋竹而出。	繡房內盡是書本與筆墨紙硯，像個飽學之士。

黛玉性情孤高	黛玉為情流淚	泉水象徵眼淚	黛玉才情滿腹
黛玉孤高自許、目無下塵，綠竹正好襯托出她的清高脫俗。	黛玉平日總因和寶玉的情緣而傷神流淚，最終淚盡而歿。	象徵黛玉以眼淚償還情緣的盟約。	黛玉不同於其他女子做針黹、用脂粉，而是喜愛詩詞歌賦。

映襯黛玉愛哭的個性。

蘅蕪院

蘅蕪院是寶釵的住所，和怡紅院並列為大觀園中最大的兩個地方。蘅蕪院的大，一如寶釵善於包容他人個性；相形之下，黛玉的瀟湘館顯得較為小巧，表現出黛玉纖細的心思。在曹雪芹的巧筆之下，居處的大小正好反映了《紅樓夢》二個女主角不同的性格。

外部環境①：淡而無味的院外景致

蘅蕪院坐落於陽光晒不到的北邊山腳下，從外圍向內觀察，是一幢磚牆瓦房，十七回諸人遊園時，連愛好清雅的賈政都說過於無味。步入了院門，突出的奇石掩蔽著屋子，體現了中國園林美學「含蓄蘊藉」的設計風格，也表現出傳統禮教將寡婦予以隔絕、圍困的用意，暗暗透露出寶釵最後的歸宿是與李紈一樣、淒涼孤獨的孀居歲月。

順著遊廊步入，現出五間清廈，以捲棚為屋頂，窗戶糊著綠紗，分外清新高雅。整體而言，蘅蕪院的外部環境象徵了寶釵給人的感受，樸素寡言、冷靜而內斂。

外部環境②：芳草風姿

蘅蕪院之中沒有一株花木，蘅蕪、杜若、茞蘭、清葛、金登草、玉蕗藤等的草類，牽藤引蔓，一部分垂掛在假山上、一部分穿過石頭縫、還有一些盤據了院門和階梯，姿態豐富一如寶釵的千種風情：吟詩作對、操持女紅、撲蝶取樂……這些奇草仙藤的馨香讓賈政忍不住讚嘆：「此軒中煮茶操琴，也不必再焚名香」。寶釵本身也討厭焚香和薰香（第八回），她服用冷香丸，自然散發出清新冷冽的香氣，展現她摒棄人工雕琢的素雅風格。

內在佈置

蘅蕪院的內在佈置則於四十回賈母帶著劉姥姥遊園的橋段中可以窺見。寶釵的房裡有如「雪洞一般」，完全沒有任何器玩，桌上只有幾枝菊花插在沒有文飾的瓶中、兩部書、以及裝茶的小匣子和茶杯。寶釵明白大觀園並非薛家的產業，雖然吃穿用度自給自足、沒有花費賈府的銀錢，但是寄住在別人的房舍，若是多拿了古玩器皿來擺設，難免露出貪婪的痕跡，因此寶釵樸素地佈置蘅蕪院，贏得賈母與眾人的讚賞。

「薛」vs.「雪」

蘅蕪院如「雪洞」一般森冷，一方面是因為地理位置背山，並且園中的奇石遮避了陽光；另一方

面，也顯示寶釵在熱心大度之中暗藏著冷漠與世故，表面上對黛玉噓寒問暖、為湘雲起詩社做東；實則對金釧投井、尤三姐自刎、柳湘蓮出家毫不在意。曹雪芹以「薛」與「雪」的諧音，暗示了她性格中冷酷的一面。似雪的房內佈置，不但對照了寶釵的冷靜深沉，也呼應判詞中「金簪雪裡埋」的命運，預告了未來孀居的冰冷與孤寂。

● 蘅蕪院的佈局及寓意

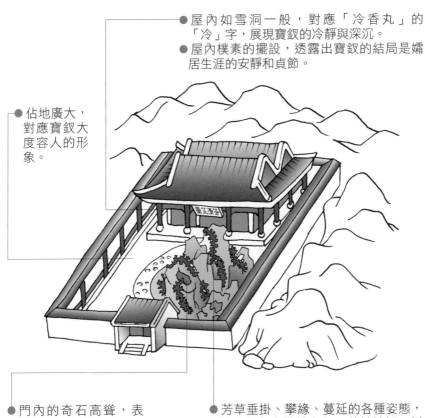

● 屋內如雪洞一般，對應「冷香丸」的「冷」字，展現寶釵的冷靜與深沉。
● 屋內樸素的擺設，透露出寶釵的結局是孀居生涯的安靜和貞節。

● 佔地廣大，對應寶釵大度容人的形象。

● 門內的奇石高聳，表現中國園林美學「含蓄蘊藉」的風格，也暗藏傳統禮教圍困寡婦的用意，透露出寶釵最後步入孀居的結局。

● 芳草垂掛、攀緣、蔓延的各種姿態，對照女主人勤於女紅、善於詩詞、以及偶爾撲蝶的千種風情。
● 園中異草的芳香，對應寶釵服用「冷香丸」的「香」字，展現寶釵摒棄人工的自然風格。

秋爽齋

秋爽齋是探春的居所，「秋爽」即是秋高氣爽的意思，正如探春心胸開闊、英姿颯爽的風格。然而秋天也是容易引起感傷的時節，探春的身世，也造就了她難以消解的悲愁，這樣的矛盾也被曹雪芹組合在秋爽齋的佈置之中，形成居處與主人翁互相對照的安排。

房內的景象

探春喜歡開闊，所以秋爽齋的內部，是不曾隔斷的三間屋子。正中央放了一張花梨大理石桌，桌上擺著各種名人書法，數十方寶硯，各色筆筒裝著毛筆如林，石桌上還擺設一座大鼎（圓腹、三足兩耳的金屬器皿），鼎的左側設有紫檀木的架子，架上放著江西景德鎮大瓷盤，盤中擺著數十個佛手。西牆上掛著宋代大畫家米芾的《煙雨圖》，以及一幅唐代大書法家顏真卿的「煙霞閒骨格，泉石野生涯」對聯，米芾瀟灑飄逸的畫風和顏真卿穩健方正的書法，正好表現出探春的性格。秋爽齋寬敞的空間、淡雅的字畫，體形大、數量多的擺設氣氛，在在顯出探春如男兒般的灑脫和豪邁。

屋外景物①：芭蕉

探春的屋外盡是梧桐和芭蕉，所以探春的詩號便喚作「蕉下客」（三十七回）。芭蕉的體態粗獷，正如同探春磊落的性情。然而，芭蕉葉既寬又厚，雨點落在葉上會發出很大的聲響，古代的騷人墨客，經常用雨打芭蕉葉鋪敘輾轉難眠的心情，甚至引申為各種的失意和悵惘。探春喜愛芭蕉，除了寬厚的風姿，也因為芭蕉能抒發她數不盡的失落和哀怨，表現她徒有果斷和幹練的才情，偏偏生為女兒，無法施展抱負的無奈和失意。

屋外景物②：梧桐

梧桐發芽晚，落葉早，短促的青翠，引起古今文人無限的悲意。梧桐葉落若逢秋夜綿綿細雨，更營造出至深的愁緒。秋爽齋的後院種植了許多梧桐，元妃省親時曾題匾「桐剪秋風」，落寞的秋風與梧桐相襯，更加顯示探春爽朗明快的性格之中，仍然有些許陰霾。她聰明慧黠，心高氣傲，曾經因為王善保家的在抄檢大觀園時仗勢欺人、動手動腳，一怒之下給了她一巴掌，她心裡十分清楚，同樣是小姐身分，庶出的女兒就是比正妻的孩子矮上一截，誠如探春判詞中所

說的：「才自清明志自高，生於末世運偏消」，雖然探春勇敢捍衛自己的尊嚴，奮力表現理家的才幹，但是生母趙姨娘的卑鄙猥瑣，屢屢讓探春顏面盡失，這種身不由己的悲涼、無法選擇的痛苦，只有藉著梧桐細雨，才能說出綿綿不盡的悲傷。

●秋爽齋內外景致的寓意

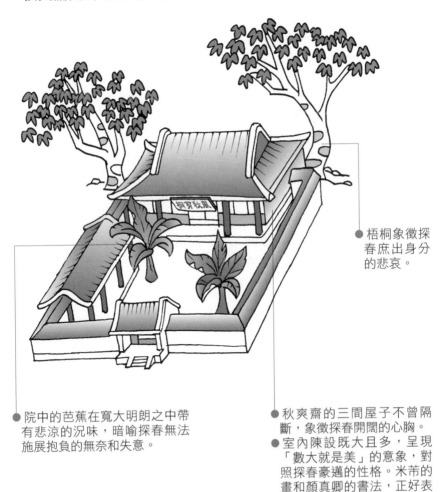

● 梧桐象徵探春庶出身分的悲哀。

● 院中的芭蕉在寬大明朗之中帶有悲涼的況味，暗喻探春無法施展抱負的無奈和失意。

● 秋爽齋的三間屋子不曾隔斷，象徵探春開闊的心胸。

● 室內陳設既大且多，呈現「數大就是美」的意象，對照探春豪邁的性格。米芾的畫和顏真卿的書法，正好表現出探春瀟灑的氣質。

稻香村、櫳翠庵

李紈孀居的稻香村充滿了田園風，元妃賜名為「浣葛山莊」，不過書中仍是習稱為寶玉遊園時所取的「稻香村」。園中唯一的寺院——櫳翠庵是賈府的財產，妙玉被賈府延攬在櫳翠庵中修行。稻香村和櫳翠庵的設計，也暗自透露了李紈恬淡謙退的性格與妙玉難以掩抑的情感。

稻香村的景致

從十七回眾人遊園的橋段可窺知稻香村的佈局，從瀟湘館沿路直走，轉過山頭，便可見到稻香村的黃泥矮牆，矮牆上鋪著稻草，幾間茅屋有數百株杏花團團圍繞。杏花一名及第花，暗喻李紈教子有成，賈蘭日後金榜題名。屋舍外開墾出田畝，種植菜蔬，全然一派農家風光。賈政見到此處的景致也忍不住說：「未免引起我歸農之意」。在眾人題匾之時，寶玉因為杏花滿佈而引用了明代唐伯虎「紅杏梢頭掛酒旗」的詩句，題寫「杏帘在望」的酒旗；又借用唐代許渾的「柴門臨水稻花香」詩語做為典故，將此處命名為「稻香村」，不論是酒旗、柴門或是稻香，都構築出民間的樸實與寧靜。

稻香村的田園風味反映了李紈與世無爭的性情，她身為賈政長子賈珠之妻，照理可以像鳳姐一般掌管賈府中的事務，過著富貴奢華的生活，但她卻退守在稻香村中，安分地教導兒子賈蘭成人，一如莊稼人般老實厚道；也正是這樣不爭不搶的安分，使得李紈避開了賈府的糾葛和紛擾，寧靜度日。

稻香村養成的老農

稻香村中也種著桑榆，桑榆用以比喻暮年、晚景，早寡的李紈年紀不大，起詩號時卻自稱「稻香老農」，可見李紈的心境已提前老化，把青春和熱情轉化為沉靜的孀居生活，全心全意撫育獨子賈蘭。桑榆也暗示李紈將「失之東隅、收之桑榆」，雖然丈夫早逝，但是兒子十分成材。

古樸的稻香村是金玉富貴的大觀園中唯一不染奢華風格的園林，這樣的佈置，一如大觀園快樂的情景之中，永遠存在一個孀居的李紈。她所鋪設的框架也側寫出之後的湘雲、寶釵也將在青春正盛之時，走入波瀾不驚、有如古井般死寂的日子。

櫳翠庵的景致

櫳翠庵是妙玉帶髮修行的處

所，群山環繞、花木繁盛，修行之人閒來無事，所以勤於修剪枝葉，植物長得比別處更加好看。被眾山包圍的狀況，一如妙玉被禁錮在出家的身分之中，無可踰越、無處逃遁；花木的繁盛，則象徵了女主人豐美多情的青春年華。

　　櫳翠庵最特別的一點，是門前種植了數十株豔紅的梅花。妙玉酷愛梅花，梅花孤高耐寒、愈冷愈飄香的特色，正是妙玉亟力表現的氣質；然而紅梅有如胭脂一般嬌豔，襯著潔白的飛雪，冷傲中所隱含的熱情反而分外引人注目，也透露妙玉身在佛門清靜地，卻對紅塵的情愛、慾望未能釋懷的心事。

●稻香村外部的景致與寓意

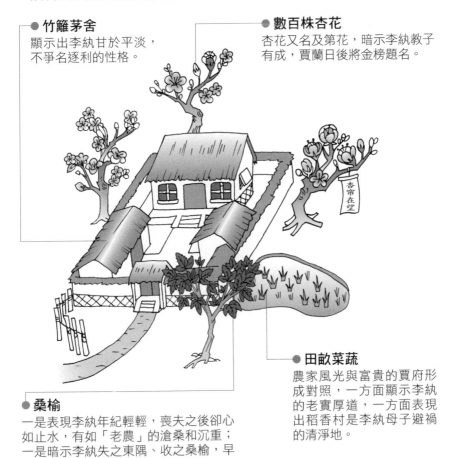

● 竹籬茅舍
顯示出李紈甘於平淡，不爭名逐利的性格。

● 數百株杏花
杏花又名及第花，暗示李紈教子有成，賈蘭日後將金榜題名。

● 田畝菜蔬
農家風光與富貴的賈府形成對照，一方面顯示李紈的老實厚道，一方面表現出稻香村是李紈母子避禍的清淨地。

● 桑榆
一是表現李紈年紀輕輕，喪夫之後卻心如止水，有如「老農」的滄桑和沉重；一是暗示李紈失之東隅、收之桑榆，早寡但有子光耀門楣。

櫳翠庵的地點 櫳翠庵在曹雪芹筆下是屬於大觀園的一部分，元春遊園時，曾題名「苦海慈航」，可見得櫳翠庵就在園中。但是到了續書卻彷彿變成了獨立的處所，第一百十三回說賈府蓋園，將尼姑庵圈在裡頭，但庵中的花費是自給自足的，意即櫳翠庵自有香客的貢獻。但是賈府的省親園林，豈容得閒雜人等出入？續書牽強的扭轉，應該是為了推展妙玉被劫的情節，故意分隔了櫳翠庵和大觀園，但手法稍嫌生硬。

● **櫳翠庵的景致與寓意**

● **山環佛寺**
櫳翠庵被群山環繞，象徵妙玉被困在出家人的身分中。

● **花木繁盛**
院中繁茂的花木，比其他去處還好看，隱喻妙玉不輸其他女兒的花樣年華。

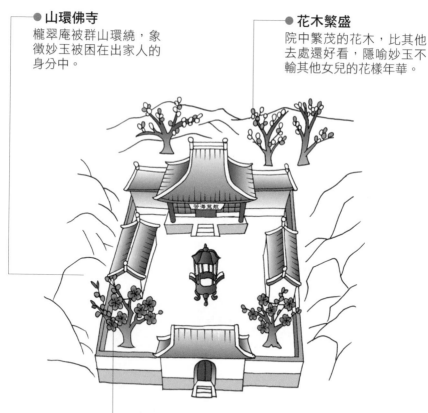

● **嬌豔的紅梅**
胭脂般的紅梅梅花在凜冽寒風中依然盛放，有著修行的妙玉所要表彰的高潔情操。然而，紅梅與白雪相映反而益顯嬌豔可人，透露表面孤傲的妙玉心繫紅塵、未絕俗緣的秘密。

紫菱洲、暖香塢

迎春的綴錦樓位於紫菱洲，滿佈柔弱的水生植物，象徵迎春和順而文靜的性格，迎春的詩號也因應名為「菱洲」。惜春的暖香塢，被元春賜名為「蓼風軒」，是個溫暖而長滿水邊植物的所在，因為地近藕香榭，惜春的詩名便喚做「藕榭」。

迎春居所：紫菱洲、綴錦樓

紫菱洲是為了水景而建，四周佈滿水生植物；岸邊有蓼花、葦葉，池內有翠荇、香菱。水生植物的本質柔弱，離了溼地就無法存活，正如溫柔順從的迎春誤嫁殘暴惡劣的夫婿，一年就凋亡死去。「菱」的果實即為菱角，二端有突出的刺角，詩人常因為菱角的尖銳而將之比喻為苦難挫折，紫菱洲的命名也暗合女主人困苦乖舛的命運。

寶玉的〈紫菱洲歌〉

七十九回寫到寶玉在迎春出嫁之後，前往紫菱洲悼念，隨口唱出〈紫菱洲歌〉，前半段為：「池塘一夜秋風冷，吹散芰荷紅玉影；蓼花菱葉不勝愁，重露繁霜壓纖梗。」述說西風吹過紫菱洲畔的池塘，潔白的菱花、淺紅的芙蓉姿影也不由得分散飄零。蓼花與菱葉承受不住離別的傷悲，細弱的枝梗又遭朝露和晨霜重壓。藉著寶玉悲傷的歌詞，曹雪芹再度敘寫了傍水生成的紫菱洲在秋風摧折下蕭瑟的景

觀。後半段「不聞永畫敲棋聲，燕泥點點汙棋枰」，述說深秋已經聽不到夏日輕輕敲響棋子的聲音，只見燕子銜來的泥土，點點落滿了棋枰；藉由景物的移易抒發主人遠去的悲傷。最後「古人惜別憐朋友，況我今當手足情！」寫出手足深情卻骨肉分離的無奈。整首歌起於敘寫紫菱洲的景觀，點出寶玉憂心迎春出嫁後的遭遇，也哀嘆柔弱女子不由自主的命運；寫景、敘事、抒情兼備，對於映襯迎春的悲劇終局有畫龍點睛的效果。

惜春居所①：藕香榭

根據三十八回的描寫，藕香榭是蓋在池中的一個亭子，四面有窗，左右有迴廊，後面又有曲折的竹橋，可以觀察水景、貼近蓮藕的芳香，故而得名。藕香榭地近惜春所居住的暖香塢，兩者常常混同。曹雪芹在這樣的混同中隱含深刻的影射，五十回寫道賈府眾人欲至暖香塢，必需先由藕香榭穿過一條夾道，夾道中有「穿雲」、「度月」

二區，這樣的行經過程正象徵小小年紀的惜春，最後看透了人世間的紛擾、「勘破三春景不常」，與青燈古佛為伴。

惜春居所②：暖香塢

暖香塢又名蓼風軒，坐北朝南，正門前是一條夾道通往藕香榭，南邊牆緊鄰李紈的稻香村，背靠著小山，阻擋了西北來的寒冷風雪，形成獨具一格的溫暖環境，故得「暖香塢」名。性格孤僻的惜春不擅與人應酬，和兄嫂更是不親，往來的密友只有妙玉一個人，然而她寄情丹青又有佛緣，在暖香塢中作畫、弈棋、參禪，自得其樂，避開了眾女淒涼寒冷的命運，走出了另一條人生道路。

●迎春的居所與性情的對照

紫菱洲

綴錦樓

●遍佈水生植物，迎春一如這些柔弱的植物，離了濕地的保護，就無法存活。
●紫菱洲因菱而得名，迎春悲苦的命運，一如紫菱的角一般尖銳易傷。

●惜春的居所與性情的對照

暖香塢

往藕香榭 ←

度月

北

● 暖香塢坐北朝南而倚山，形成溫暖的孤立環境。象徵惜春寄情丹青、弈棋參禪自得其樂。避開出嫁的女兒淒涼的命運。

● 從藕香榭通過夾道，是唯一能到達暖香塢的路徑。夾道中「穿雲」、「度月」的題匾，象徵惜春衝破人世俗情的考驗，選擇出家修行的過程。

● 藕香榭遍佈水生植物，象徵惜春清潔如水的女兒氣質。

第8章

民俗、遊藝與文化

　　《紅樓夢》中穿插了許多描繪民俗、遊藝與文化的段落。在民俗方面，各種婚嫁禮俗和俗諺的鋪陳，反映了當時民間社會的風貌；在遊藝方面，豪門世族吃喝玩樂的趣味可做為富庶生活的倒影；在文化方面，佳餚美食、古董器玩、衣著服飾的描述，也體現了作者對於生活藝術的品味。琳瑯滿目的書寫使得《紅樓夢》不只是才子佳人的小說，也是保存當時史料的經典文獻。

學習重點

- 《紅樓夢》之中描寫了哪些婚嫁的禮俗？
- 《紅樓夢》裡有哪些有趣的俗諺？
- 《紅樓夢》描寫了哪些歲時節令的習俗？
- 「射覆」這種遊戲該怎麼玩？
- 玩「牙牌令」要遵守什麼規矩？
- 《紅樓夢》中有哪些特別的美食、器皿、服飾？

婚禮

中國傳統婚禮的目的正如《禮記》所記載「合二姓之好，上以事宗廟，而下以繼後世也」，是兩個家族為了傳宗接代而相互結合。《紅樓夢》在寶釵與寶玉結褵的橋段中描寫了清代的婚俗，不但串連前後情節、推動故事的發展，也幫助後人認識當時社會的風俗民情。

訂婚

傳統婚禮在婚前有「放定」這個步驟，即男方贈與女方禮物表示定下親事，也就是訂婚。八十二回就提到，黛玉想到父母在世之時，未曾和寶玉「放定」，對婚事只能空自急切。寶玉、寶釵訂婚時，放定習俗原本有十分繁瑣的程序，但賈府正值多事之秋，王夫人得到薛姨媽的同意，一切從簡。薛府接納賈家的提親之後，薛姨媽便叫薛蝌「辦泥金庚帖，填上八字」，準備兩方「合八字」時使用；一般而言，男方接到「泥金庚帖」之後，就發「通書」確定迎娶的日期，然後進行「過禮」，由男方致贈聘禮給女方，爾後女方回禮，賈家的聘禮是金珠首飾、布匹、綢緞等貴重禮品，而薛家因薛蟠入獄，沒有男子作主，於是賈母便宜行事，代辦了成婚當天的被褥，其他物件等薛蟠出獄再一次補齊。寶釵與寶玉的訂婚過程，雖然以簡馭繁，但並不失禮數，可見得賈府對寶玉婚事的看重。

成婚

娶親當日，賈家用十二對宮燈，一乘八人抬的大轎迎娶寶釵進門。按規矩男女雙方在成親之前不能相見，因此新娘必須蒙著「蓋頭」（頭巾）出嫁。一般而言，新人先是祭拜天地、父母，然後送入洞房，並坐在床沿，由婦女散擲金錢和綵果，謂之「坐床」和「撒帳」，敬賀婚姻幸福美滿，然後新郎揭開新娘蓋頭，謂之「揭蓋」。鳳姐等人謀劃的掉包婚事便是由「揭蓋」掀起高潮，寶玉揭了寶釵的蓋頭，忽然發現新娘不是黛玉，口口聲聲地尋找林妹妹，使全書達到悲劇的最高峰。

婚後

婚後習俗多呈現於女子身上，一是女子結婚後就梳成髮髻，表示已婚身分，稱為「上頭」，例如二十回晴雯取笑寶玉為麝月梳頭時說：「哦，交杯盞還沒吃，倒上頭了」；二是用棉線絞淨了臉上的汗毛，使臉部更為光潔，名為「開臉」，十六回香菱下嫁薛蟠，書中就寫到「開了臉，越發出挑得標緻了」。

另外，女子婚後九日應回到娘家，新郎必須陪同前往，稱為「回九」。寶玉在寶釵的回九之期，正好病得昏昏沉沉，連人也認不得，賈母、王夫人和鳳姐害怕對薛姨媽失了禮數，即使寶玉病重，仍用小轎子強制將寶玉抬到了薛姨媽處應付，展現清代對於禮俗的重視。

●寶釵與寶玉成婚所表現的婚俗

	婚俗		實例
婚前	提親	向對方提出婚嫁的意思。	鳳姐對薛姨媽說：「老太太的意思，頭一件叫老爺看著寶兄弟成了家，也放心；二則也給寶兄弟沖沖喜，借大妹妹的金瑣壓壓邪氣，只怕就好了。
	發泥金帖子	男女雙方交換寫明生辰八字的帖子。	薛姨媽叫薛蝌：「辦泥金庚帖，填上八字，即叫人送到璉二爺那邊去。」
	發通書	男家通知女方迎娶日期。	賈璉過來見了薛姨媽，請了安便說：「明日就是上好的日子，今日過來回姨太太，就是明日過禮罷，只求姨太太不要挑飭就是了。」說著捧過通書來。
	過禮	男方致贈聘禮給女方；而女方亦會準備禮品回禮。	鴛鴦點明賈府的聘禮：「這是金項圈，這是金珠首飾，共八十件。這是妝蟒四十疋，這是各色綢緞一百二十疋，這是四季衣服，共一百二十件，外面也沒預備羊酒，這是折羊酒的銀子。」 至於薛家的回禮，因為薛蟠入獄，薛府沒人主持，賈母就代作主代辦了被褥，其他禮數，約好等薛蟠出獄再慢慢籌辦來。
成婚	迎娶	男方到女方處迎接新娘。	一時，大轎從大門進來，家裡細樂迎出去，十二對宮燈排著進來，倒也新鮮雅致。
	拜天地父母	新婚夫婦在禮堂行跪拜禮。	儐相贊禮，拜了天地，請出賈母受了四拜，後請賈政夫婦等，登堂行禮畢。
	坐床撒帳	入房後，男女並肩坐在床沿；婦女以金錢綵果散擲。	送入洞房，還有坐床撒帳等事，具是按金陵舊例。
	揭蓋	成親之前，男女雙方不能相見，新娘以「蓋頭」蒙著，等新郎揭開。	寶玉上前揭了蓋頭，喜娘接去，雪雁走開，鶯兒等上來伺候，寶玉睜眼一看，好像是寶釵，心中不信，自己一手持燈，一手擦眼一看，可不是寶釵。
婚後	婚後回九	婚後九日，女子應回到娘家探視，新郎應陪同前往。	賈母見若不回九，姨媽嗔怪。便與王夫人、鳳姐商議道：「我看寶玉竟是魂不守舍，起動是不怕的。用兩乘小轎，叫人扶著，從園裡過去，應了回九吉期，以後請姨媽過來安慰寶釵。」

203

俗諺

諺語出自於民間,所以常有「俗諺」之稱。在《紅樓夢》裡有大量的諺語,光是前八十回就搜羅了幾百條之多,內容豐富、形式多樣,不但使得情節更生動、人物性格更鮮明,也增添了這部鉅作的獨特風貌和史料價值。

「俗諺」淺說

諺語結合了平民百姓的人生經驗和智慧,使用簡短的語句、通俗易懂的內容、和諧的音調,提示出做人處世的原則。《紅樓夢》的諺語反映了當時的民間文化,也使得金玉富貴的賈府緊密連結於清代的現實社會。以俗諺表述情節一來表現出傳述者的身分和性格,使得人物更為有血有肉、生動傳神;二來展現了當時民間社會的處世之道與通俗的人生哲理,使小說的風貌更為靈活多變,不但引起當時讀者的共鳴,並且保存了可資考據的語言材料,便於後人體察民間話語的流傳和衍變。

《紅樓夢》諺語分類

《紅樓夢》之中的諺語可謂包羅萬象,以內容而論,有的敘述養生法則,如五十一回晴雯夜裡出門忘了添衣,一陣刺骨的風吹來,便想起「熱身子不可被風吹」的俗諺,果不其然便著涼了,這句諺語道出人體在非常溫暖之際,乍遇冷風容易生病,通俗而精準的帶出時人的保健之道。另有些諺語是形容人物的性格,諸如十六回鳳姐掌理寧國府時,抱怨下人懶惰是「推倒了油瓶兒不扶」,連油瓶傾倒,即將釀成火災都不收拾,這樣誇張的說法透露出鳳姐談吐的辛辣。

歇後語與譬解語

諺語中有一種結構特殊的「歇後語」與「譬解語」,將語句斷為兩截,用生動的譬喻說出指涉的主體,而不直接解說其義,「歇後語」只道出前半截,而「譬解語」則將兩截完整述出,後半經由停頓之後,道出所指涉的人、事、物,造成聽眾恍然大悟、莞爾的效果。諸如:第十六回賈璉的乳母趙嬤嬤埋怨鳳姐遲遲不幫她的兒子找差事,便道:「妳答應的倒好,如今還是個燥屎」,此句「燥屎」省略後半句「乾擱著」,比喻閒置而不加聞問之義,屬於歇後語的結構。譬解語如第六十五回尤三姐用「清水下雜麵——你吃我看見」(在清澈的水中加入麵條,吃時看得一清二楚)諷刺賈璉所作所為人盡皆知。一般而言,歇後語和譬解語都屬於較為粗俗的用語,所以作者安排一些文化素養不高的角色使用,帶出人物的性格和身分。

● 《紅樓夢》的諺語

類別	諺語	解釋	出處
養生類	熱身子不可被風吹	身體是微溫的，受了涼容易生病。	晴雯夜半出門（五十一回）
性格類	拚著一身剮，敢把皇帝拉下馬	比喻情急而不顧一切拼命。	鳳姐形容張華告官（六十八回）
時節類	十里荷花，三秋桂子	荷花開放的季節，也是桂花盛放之時。	湘雲形容秋天晚桂開（八十七回）
因果類	沒家親引不出外鬼來	比喻沒有自家人的幫助，是不會將外人引進來壞事的。	鳳姐抱怨賈璉說自己貪婪（七十二回）
人情類	不作狠心人，難得自了漢	狠不下心了斷塵緣，就不能放心出家。	惜春攆走丫環入畫時所說（七十四回）
做人做事準則	不干己事不張口，一問搖頭三不知。	比喻做人明哲保身，少惹是非。	鳳姐形容寶釵的為人（五十五回）
其他	浮萍尚有相逢日，人豈全無見面時	比喻人生雖有別離，但總有相見的機會。	司棋與潘又安的情事被鴛鴦撞見後，司棋對鴛鴦交心之語（七十二回）

● 《紅樓夢》的歇後語、譬解語

歇後語、譬解語	意義	出處
站乾岸兒——不沾濕（事）	意謂推諉分內之事。	第十六回鳳姐抱怨管事媽媽遇事推卸責任。
丈八的燈台——照見人家，照不見自家	再高的燈台只能照亮他人、卻照不到自己。	第十九回李嬤嬤抱怨寶玉任房裡丫環玩鬧、不加管束。
狗咬呂洞賓——不識好人心	好心沒好報。	第二十五回彩霞遞茶給賈環，賈環不領情，彩霞便大嘆好心沒好報。
宋徽宗的鷹，趙子昂的馬——都是好畫（話）	宋徽宗擅畫鷹、趙子昂擅畫馬，用「好畫」戲擬「好話」。	第四十六回，賈赦欲娶鴛鴦做妾，差鴛鴦的嫂子報訊。鴛鴦諷刺嫂嫂，把出賣小姑做妾的事，當做是好話和喜事。
狀元痘兒灌的漿兒又滿——喜事	狀元痘是天花的俗名，天花出痘若是浮出了膿，表示即將痊癒，沒有生命的危險，故為「喜事」。	
黃柏木作磬槌子——外頭體面裡面苦	黃柏木味苦，用珍貴的黃柏木做為樂器的槌子，表示外面光鮮，私底下有苦難言。	第五十三回，賈珍說外人不知道賈府雖然權勢薰天，但是花費也兇。

歲時節令

中國傳統的年節、元宵、清明、端陽、重陽、七夕、中秋等節令，是依據歲時、農耕活動循環所設，各自有深厚意涵和相應的慶典。《紅樓夢》中各種情節描寫歲時節令，道出了當時的民俗活動，使小說反映現實、透析文化，生動地構築了社會生活特有的氛圍。

元宵

正月十五元宵節，民間通常會舉辦「社火」活動（各類的戶外慶祝節目），掛起彩燈，搭起彩樓、彩台，並且設置猜燈謎、踩高蹺、舞龍舞獅和傳統戲曲等。《紅樓夢》中描述了元宵節多樣的面貌，諸如香蓮被家奴霍啟帶出門觀賞「社火花燈」，結果被拐子抱走（第一回）；十八回元妃元宵省親，賈赦遂命工匠紮花燈煙火佈置府邸；此外，在小說的二十二回、五十回都有元宵燈謎的橋段，曹雪芹燈謎表現了人物的才情與個性，也暗寓了製謎者的未來。這些情節以元宵佳節做為背景，在熱鬧的花燈場合佈置香菱與父母生離；在省親繁華富貴的場面中敘述元妃好不容易回到賈府，又必須馬上回宮；在猜燈謎的團圓情境中預告眾女悲苦的宿命。用節慶的熱，將生離的悲傷渲染得更為強烈。

端午

五月五日端午節，正逢春夏節氣之交，風邪瘟疫頻生的季候，為了驅邪祛病，民間衍生各式習俗，例如在門前插菖蒲、艾草，掛香囊、飲雄黃酒等等。賈府是世家大族，在端陽節之前，管家的鳳姐就會備好應時節禮分送親友，並且採買香料、藥餌製作香囊佈置屋舍應景。賈芸為了奉承鳳姐，特別借錢添購冰片、麝香贈送，也引出在賈府巧遇小紅的情事（二十四回）。三十一回寫到端陽節至，賈府「蒲艾簪門、虎符繫臂」，是說全家人為了趨吉避凶，將畫了老虎的符圖繫在臂膀。而端午節吃粽子的習俗也被排入情節，晴雯失手跌壞了扇子，被寶玉數落，惱羞成怒，當眾戳破寶玉和襲人的關係曖昧，正巧黛玉造訪怡紅院，見三人都在生悶氣，就開玩笑地問是不是爭吃粽子而吵嘴。扇子、粽子等配合端午暑熱的尋常事物，在作者精巧的安排之中，演變成事故的起因和收尾，順理成章而貼近現實生活。

春節

春節是舊歲邁入新年的日子，貼春聯、放炮竹、換上新衣新帽等習俗都是為了祈求平安吉利；而祭宗祠、圍爐等事，則是表現中國人慎終追遠的文化。賈府在年節期間將門神、對聯、掛牌全數更換，新

油了桃符，帶出除舊佈新的氣象。（五十三回）因為元春貴為王妃，所以賈母領著有封誥的夫人們，在除夕日按照品級穿上正式的服裝，乘坐八人大轎入宮朝賀。朝賀結束，回到府中祭拜宗祠，眾人按輩分站立，各自捧香、獻帛，還有青衣奏樂，三拜禮畢。之後再轉往賈母處行禮，平日不常見面的親友也前來拜年，賈府擺出宴席，請來人吃酒聽戲。大年初一正巧是元春的生辰，所以五鼓更響，賈母等人又按品大妝，進宮朝賀，兼祝元春千秋，回府之後，還得再至寧府祭祖、接待親友，一連要忙上七八天才會結束。曹雪芹細細描寫賈府行禮祭祀的場景，為後世保存了清代的年節文獻；除夕送舊和大年初一的迎新祭祀，場面盛大而奢華，暗喻賈府寅吃卯糧的危機，和族人眾多，難以一一照管的隱憂。

●歲時節俗與情節發展

元宵	對應情節	
民間習俗為張燈結綵、舞龍舞獅、聽曲、猜燈謎等。	●士隱令家奴霍啟抱了英蓮去看社火花燈，被拐子抱走。（第一回） ●元妃省親正逢元宵，賈赦命工匠紮花燈煙火。（十八回） ●眾人製作燈謎應景，賈政憂心寶釵所做的竹夫人語意不祥，不料一語成讖。（二十二回） ●詩社眾人聚集暖香塢製曲謎、詩謎，謎意應和製謎者的性情與命運。（五十回）	作者巧妙地運用元宵的花燈、製謎等活動助展情節的鋪陳，也預告了人物結局。

端午	對應情節	
春夏交替之時，為避邪除疫而插菖蒲艾草、繫虎符、掛香包；又有為紀念屈原吃粽子的節俗。	●鳳姐辦端陽節禮，須用香料，賈芸藉機送香料奉承，引出其後與小紅的私情。（二十四回） ●逢端陽佳節，蒲艾簪門，虎符繫臂，午間王夫人治酒席請薛家母女等過節。（三十一回） ●寶玉與晴雯鬧意氣，氣得寶玉、襲人雙雙流淚，黛玉開玩笑地問三人是不是爭吃粽子而吵嘴。（三十一回）	端午各式節俗在作者精巧的安排之下成為情節的引子和收尾，貼近現實而合乎情理，展現佈局情節的縝密心思。

春節	對應情節	
除舊佈新的節日，有貼春聯、放炮竹等節俗，以及祭祀、圍爐等應景活動。	●年節將近，賈府換了門神、對聯、掛牌，新油了桃符，煥然一新。（五十三回） ●除夕日，賈母等受封誥的夫人，按品級著朝服，乘坐八人大轎進宮朝賀。朝賀完畢，便回府祭祀，爾後宴請親友。（五十三回） ●正月初一，五鼓時分，再度入宮朝賀、回府祭祀、宴請親友。（五十三回）	送舊迎新的盛大祭典帶出賈府的位高權重，奢華鋪張的場面也隱然鋪設賈府衰敗的伏筆。

207

牙牌

牙牌又稱骨牌，或稱牌九，在《紅樓夢》之中多用做賭博消遣，有時也用做酒令的工具。第四十回寫到劉姥姥來到榮府。鴛鴦、鳳姐為了討賈母歡喜，故意安排了牙牌令讓劉姥姥罰酒出洋相，卻引出黛玉偷看才子佳人小說的事件，藉此展現釵黛不同的性情與人生態度。

牙牌

牙牌據說始於南宋，係使用象牙或獸骨、竹板製成，既可作玩具，又可作賭具，還可作占卜吉凶的器物。形式上是長方形，圖面分為上、下兩部分，皆雕刻圓點，少則一點，多則六點，一、四點為紅色，二、三、五、六點為綠色，共三十二張牌，每張牌都象徵天、地、日、月、星等形狀。牙牌令是以牙牌的各種名色作引的酒令；而牙牌用於賭博，即為「抹骨牌」、「推牌九」，流傳至今，亦稱「天九牌」。《紅樓夢》中，怡紅院的大丫鬟麝月常獨自守院抹骨牌，應是做為占卜之用（二十、二十一回），賈珍、薛蟠等公子哥兒則用骨牌做為賭具（七十五回），賈母與女眷閒時也經常湊在一起玩骨牌做為消遣（第七回），而劉姥姥進大觀園，鴛鴦、鳳姐在酒宴間取出了牙牌，則是做為行酒令之用（四十回）。

牙牌令的遊戲規矩

使用牙牌做為行酒令的用具，必需先立下規矩，賈母宴請劉姥姥的橋段中寫到眾人推舉鴛鴦為令主，鴛鴦身為奴僕，原應侍立在一旁、沒有座位，但因為當了令主，酒令大如軍令，令主的權威至上，所以可以入座。她規定這次的遊戲規矩為：令主摸一副牌，將三張牌拆開，先說頭一張，令人對答，再說第二張、第三張，依次對答，應答者或使用詩詞歌賦、或成語俗語不拘，但必須和令主的說辭相互押韻，錯了就要罰酒。

黛玉牙牌令

輪到黛玉時，鴛鴦摸一副牌，第一張說道「左邊一個『天』」（上下都是六點的牌，又叫天牌），黛玉不自覺地引用了湯顯祖《牡丹亭》的曲辭，答道「良辰美景奈何天」，寶釵聽了，便回頭看了她一眼；第二張鴛鴦說道「中間錦屏顏色俏」（上四下六的牌，四是紅的、六是綠的，排成長方形像美麗的屏風），黛玉引用《西廂記》的曲辭答：「紗窗也沒有紅娘報」（紗窗上多用綠色，紅娘則比喻紅色），第三張鴛鴦說道「剩了二六八點齊」（上二下六，八點整

齊地排成兩行），八點齊像百官分兩行朝見皇帝，因此黛玉引杜甫詩句答「雙瞻玉座引朝儀」；最後總論這一副骨牌的點色「湊成籃子好采花」（由於六六、四六、二六合成一副牌，叫「籃子」，「二」像籃柄、「四」像籃筐；「四」是紅的、象徵花朵，所以說「好采花」），黛玉答「仙杖香挑芍藥花」，表示以「仙杖」挑著「籃子」、籃裡盛著鮮紅的芍藥花朵。

黛玉在行牙牌令時，因為害怕罰酒，不自覺引用了描述愛情自主，違背傳統婚姻制度的戲曲《牡丹亭》、《西廂記》曲辭，因此被寶釵抓著把柄，私底下對黛玉說教，看了這些書會「移了性情」。（四十二回）曹雪芹利用牙牌帶出了上述的橋段，自然地對比寶釵的道學與黛玉的純真。

●黛玉牙牌令諸句

	第1張	第2張	第3張	湊成一副
鴛鴦抽牌	上下都是六點的牌。	上四下六的牌。	上二下六，共八點的牌。	以三張牌湊成一副牌。 ●此三張湊成一副「籃子」。
鴛鴦說牌	左邊一個天 ●上下都是六點的牌叫天牌。 ●「天」字押「ㄢ」韻，答者必須與令主說牌押同樣的韻腳。	中間錦屏顏色俏 ●四是紅的，六是綠的，排成長方形像美麗的屏風。 ●「俏」字押「ㄠ」韻，答者必須押同韻腳。	剩了二六八點齊 ●八點整齊排成兩行。 ●「齊」字押「一」韻，答者必須押同韻腳。	湊成籃子好采花 ●二像籃柄、四像籃筐、紅色的四象徵花朵，所以說「好采花」。 ●「花」字押「ㄚ」韻，答者必須押同韻腳。
黛玉答	良辰美景奈何天 ●答句「天」與令主說牌「天」押同樣的「ㄢ」韻。 ●引自明代戲曲家湯顯祖《牡丹亭》唱詞：「良辰美景奈何天，賞心樂事誰家院！」	紗窗也沒有紅娘報 ●答句「報」與令主說牌「俏」押同樣的「ㄠ」韻。 ●窗上多用綠紗，比喻六點；紅娘比喻四點紅。引自元代王實甫《西廂記》：「紗窗外定有紅娘報。」	雙瞻玉座引朝儀 ●答句「儀」與令主說牌「齊」押同樣的「一」韻。 ●「八點齊」像文武百官分兩行朝見皇帝。引用杜甫《紫宸殿退朝口號》詩句：「雙瞻御座引朝儀。」	仙杖香挑芍藥花 ●答句「花」與令主說牌「花」押同樣的「ㄚ」韻。 ●仙杖挑著籃子，籃裡裝著芍藥花。芍藥花代表愛情。如《詩・鄭風・溱洧》：「維士與女，伊其相謔（調笑），贈之以芍藥。」

黛玉只顧著行令，一時忘情，引了《牡丹亭》、《西廂記》等違反禮教的雜書，引來寶釵的教訓，對比出黛玉純真與寶釵注重禮教的不同性情。

仙杖暗喻黛玉前世為仙草的身分，芍藥是中國古代象徵愛情的花朵，二者結合，點出「木石前盟」的往事。

射覆

第六十二回，眾人在紅香圃為寶玉、寶琴、邢岫煙、平兒賀壽，玩「射覆」取樂。曹雪芹細述這種高難度遊戲的玩法，不僅顯示了女孩們豐富的學識和敏捷的才思，也藉此表現出人物的性格和寶釵寶玉的婚緣。

射覆淺說

射覆是流傳已久的遊戲，古人將一個或數個物件做為謎底，用盆甕等容器蓋住，讓人去「射」（即猜測），射中得勝，後來漸漸演變為行酒令的形式。到了清代，射覆甚至變成了填字遊戲，出題者展示「掛麵詞」，詞中留著一格甚至更多的空白，答題者必須填上正確的字語，是為「覆底詞」。出題者還得標明種種限制，猜謎者所射的覆底詞必須完全符合出題者的要求，才能算是答題成功。可見射覆是一種十分不易進行的遊戲，猜謎著必須學富五車、機智過人，才能順利解答。

《紅樓夢》中射覆的玩法

《紅樓夢》之中射覆的玩法是出題者先擲骰子，算出點數，隨後眾人輪流擲骰子，點數與出題者相同的人就必須答題。出題者暗自設定屋內某個事物，再利用此物想出詩詞典故，說出典故中的一個字做為題目，答題者必須根據此字，先猜想出題者的典故，進而猜出謎底。答題者猜出謎底後，不能直接說出，而是另用一個詩詞典故，講出典故之中的一個字。若是二個典故之中，都有相同的事物，並且合於出題者的原義，就表示射覆進行順利，二人可以相敬一杯，以示完結。若猜題者猜三次不中，則罰酒了結。

射覆例證解說

例如寶釵和探春二人的點數相同，探春出題，講了一個「人」字，寶釵笑說這個字範圍太廣，所以探春又加了一個「窗」字，寶釵就知道探春出題的謎底是宴席上的雞，因為關於「雞」這個字的語詞典故，有「雞窗」一詞，指的是書房，又有「絳幘雞人」，形容帶紅頭巾的武士。於是寶釵也用「雞」字想了一個典故，說出「塒」字，取自「雞棲於塒」，所以寶釵回說「塒」字，探春也想到了「雞棲於塒」的典故，自然明白寶釵猜出她心中的謎底就是席上的「雞」，所以二人相視而笑，對飲一杯，以示射覆進行順利。（六十二回）

●射覆的玩法

遊戲方法	寶琴「老」vs. 香菱「藥」	寶釵「寶」vs. 寶玉「釵」
出題人		
設定屋內某一事物為謎底。	寶琴以「紅香圃」為謎底出題。	寶釵以「玉」為謎底出題。
找出有謎底字的詩詞典故。	典故為孔子之語：「吾不如老圃」。	典故為岑參的「此鄉多寶玉」。
說出典故中的一個字做為提示。	從「吾不如老圃」中選擇「老」字做為提示。	從「此鄉多寶玉」中選擇「寶」字做為提示。
答題人		
依據提示猜出典故與謎底，但不直接說出。	湘雲看到「紅香圃」又想出典故，猜出謎底為「紅香圃」。	寶玉猜著是岑參詩句，影射自己的「玉」字。
設想另一個與謎底相關的詩詞典故，說出典故中的一字做答。	湘雲想到「紅藥錠香苞」影射「紅」與「香」，悄悄告訴香菱說「藥」字。	寶玉還以顏色，用鄭谷詩句「敲斷玉釵紅鐲冷」的「釵」字回答。
結果		
典故中有相同事物。 / 典故中無相同事物。	雖然典故中有相同事物，但被黛玉發現湘雲偷偷傳遞答案。	均有「玉」字，但湘雲指出此二句都有時事卻沒有典故，該罰。
射覆成功，兩人對飲一杯。 / 三次不中就算輸，罰酒一杯。	湘雲偷傳答案幫著香菱解答，罰飲一杯。	香菱指出有岑參「此鄉多寶玉」、李商隱「寶釵無日不生塵」等典故。
		湘雲又被罰飲一杯。

> 表現了湘雲豪情熱心的性格。

> 寶玉、寶釵的姓名有可以配合的詩詞典故，應和金玉的情緣。

211

其他遊藝

《紅樓夢》之中的遊藝活動，不但呈現世家大族的逍遣娛樂，也反映了清代上流社會酒宴的情景。這些筵席上的遊藝展現了當時的人文素養和文藝風采，隨著知識結構的變革和興趣愛好的轉變，這些活動漸漸消失，僅僅在小說中留下蹤跡。

擊鼓傳花

擊鼓傳花是一種緊張刺激的多人遊戲。玩法是由一個人背對著眾人擊鼓，其他人按照鼓聲節奏，在酒席之間傳遞花枝，鼓聲愈發急促，傳遞的速度也愈加迅捷，鼓聲乍止，花枝在誰的手中，這人就必需賦詩、罰酒、或說笑話。第五十四回，賈府元宵夜宴所玩的「傳梅」，就是以梅花做為傳遞的物件，曹雪芹細膩地選用符合節令的春梅，展開這一次熱鬧的宴會遊藝，酒令名為「春喜上眉（梅）梢」，正對時景。傳花時，小丫頭們知道鳳姐擅說笑話，便以咳嗽為記，當花朵傳到鳳姐手中，便馬上停鼓，鳳姐連著說了二個笑話，一是團圓吃酒之後散席的冷笑話，一是聾子放炮杖，大家闡然一散，雖然逗得眾人大笑，卻隱隱透露了賈府樹倒猢猻散的景況即將來到。

第七十五回中秋夜宴，眾人所傳的則是符合秋節的桂花，席間賈赦說了個母親偏心的笑話，賈母疑心到自己身上，賈赦連忙替賈母把盞，把話岔開；賈環做了首不樂讀書的詩，賈政見了不悅，賈赦卻稱讚他有侯門的氣概，不但賞了賈環玩物，還對賈環說：「以後就這樣做去，這世襲的前程就跑不了」，此舉不但表現出賈赦、賈環聲氣相投，也顯出賈赦、賈政兄弟間的心結，家族中人人互相猜忌的窘況。

占花名兒

第六十三回寶玉壽宴，眾人在怡紅院玩起了「占花名兒」的遊戲。方式是擲骰子算點數，點數數到誰，誰就必須從籤筒之中抽一枚花名籤，按著籤上註明的活動進行。例如寶釵得了牡丹籤，籤上題著「豔冠群芳」，配著一句唐詩：「任是無情也動人」，又注：「在席共賀一杯，此為群芳之冠，隨意命人，不拘詩詞雅謔，或新曲一支為賀」，眾人便共飲一杯，寶釵請芳官唱首曲子完事。牡丹為花中之王，象徵寶釵身為人間至貴的金鎖，「任是無情也動人」，正是寶釵外表平和周全，內心冷漠不易動

情的風格。探春是杏花，詩云：「日邊紅杏倚雲栽」，註：「得此籤者，必得貴婿」，暗示探春雖然是庶出的身分，但是不幸之中有大幸（音同「杏」），日後嫁了好丈夫。李紈得了老梅，詩云：「竹籬茅舍自甘心」，註：「自飲一杯」，花朵應合了孀居的貞潔，詩句切中李紈所居住的稻香村，註語亦展現李紈深居簡出、不常涉入大觀園是非的平靜自得。

湘雲抽的是海棠，海棠花素有睡美人之稱，所以詩句「香夢沉酣」再現出湘雲醉眠花中、天真無邪的情景。麝月抽中了「韶華勝極」的荼蘼花，詩句「開到荼蘼花事了」，表示荼蘼是最晚開的花朵，暗寓眾姊妹離散病亡之後，麝月是寶玉身邊最後一個女孩兒。香菱是並蒂花，隱含香菱日後扶正、生子雙喜臨門。黛玉得了「風露清愁」的芙蓉花，詩題「莫怨東風當自嗟」，顯示黛玉最後無法得到長輩相助嫁給寶玉，註語云：「自飲一杯，牡丹陪飲一杯」，更明白預告寶釵將嫁給寶玉，讓黛玉飲恨而亡。襲人得了「武陵別景」的桃花，是說襲人和寶玉的曖昧情事是寶玉遊歷太虛幻境（武陵）後發生的，「桃紅又見一年春」的詩句，應合了襲人日後許配給蔣玉函，有了另一個情感歸宿。作者精巧的將眾女的性情、風格和命運，編織在占花名的遊戲之中，突出了人物的風貌，也為日後的情節寫下伏筆。

月字流觴 《紅樓夢》有個活動名為「流觴」，「流觴」本是將斟滿了酒的杯子從上游順流而下，給下游的人小酌，用以袚除不祥，後世發展為文人雅士集會時的活動。第一一七回中有「月字流觴」，令主得說出與「月」字相關詩詞，並且出題做為酒面和酒底，令飲者答出相合的詩詞。例如賈薔說「飛羽觴而醉月」，令賈環說出有「桂」字的酒面，賈環答「冷露無聲濕桂花」，又酒底要有個「香字」，賈環就答道：「天香雲外飄。」

●占花名兒的籤詩與寓意

抽籤者	花名	籤名	詩句	註語	寓意
寶釵	牡丹	豔冠群芳	任是無情也動人	在席共賀一杯，此為群芳之冠，隨意命人，不拘詩詞雅謔，或新曲一支為賀。	牡丹為花中之王，象徵寶釵高貴的身分，詩句表露了寶釵外表寬厚圓融，內心冷漠的風格。
探春	杏花	瑤池仙品	日邊紅杏倚雲栽	得此籤者，必得貴婿，大家須恭賀一杯，再同飲一杯。	探春雖是庶出，但是不幸之中有大幸（杏）嫁了好丈夫。
李紈	老梅	霜曉寒姿	竹籬茅舍自甘心	自飲一杯，下家擲骰。	梅花應合李紈的孀居貞潔，詩句切中稻香村的景致，註語展現李紈不問大觀園是非的恬淡自得。
湘雲	海棠	香夢沉酣	只恐夜深花睡去	製此籤者，不便飲酒，只令上下家各飲一杯。	海棠花素有睡美人之稱，詩句「香夢沉酣」展現湘雲醉臥花間的情景。
麝月	荼蘼花	韶華勝極	開到荼蘼花事了	在席各飲三杯送春。	荼蘼花是花季最晚開的花，顯示眾女病亡、出嫁、出家之後，麝月是寶玉身邊最後一個女孩兒。
香菱	並蒂花	聯春繞瑞	連理枝頭花正開	共賀掣者三杯，大家陪飲一杯。	花開並蒂，隱含香菱日後扶正、生子雙喜臨門。
黛玉	芙蓉	風露清愁	莫怨東風當自嗟	自飲一杯，牡丹花陪飲一杯。	顯示黛玉最後無法得到長輩的喜愛如願嫁給寶玉，註語預告寶釵與寶玉成婚，黛玉抑鬱病死。
襲人	桃花	武陵別景	桃花又見一年春	杏花陪一盞，座中同庚者陪一盞，同姓者陪一盞。	暗指寶玉遊幻境後與襲人有了曖昧情事。詩句則應合了襲人日後發配出嫁的感情歸宿。

服飾文化

傳說曹雪芹的父親曹寅任官江寧織造，管理皇族衣物的製作，所以曹雪芹自然嫻熟貴族服飾的特色，更能仔細拿捏書中人物身分與性格，精心打造適宜的穿著品味。小說中的服飾種類繁多、色彩豐富、質料昂貴，確實是中國古典小說書寫服飾的翹楚。

種類

《紅樓夢》中的服飾種類繁多，頭上戴的就有束綁髮髻的「金冠」、繫於額上的「抹額」飾品、皇親王爵所戴的「王帽」、竹皮編製用以擋雨的「箬笠」、遮風雪的「雪帽」、皮製的帶帽兜披風「昭君套」（傳說昭君出塞所穿）、「風領」（即圍巾）等等，例如寶玉總是戴著紫金冠，綁著金抹額（第三回），展現公子哥兒富貴風流；而北靜王則頂著王帽（十五回）。外衣則有各種質料樣式，包括了禦寒有襯裡的「襖」、正式的長衫「褂」、鳥毛所編製的「氅」、皮製的「裘」、披於肩上的「披風」與「斗蓬」、蓑草編的雨衣「蓑衣」，例如寶釵穿過半新不舊「玫瑰紫二色金銀鼠比肩褂」展現端莊（第八回）、王熙鳳曾穿華貴的「桃紅撒花襖」（第六回）。

衣裳與內著則有「褲」、「裙」、「袍」、「背心」、袖子半長便於射箭的「箭袖」、女性束於胸腹間禦寒的「抹胸」、女性內著褲「小衣」、女性貼身內衣「緊身兒」與「兜肚」，例如第二十四回寫鴛鴦穿著「水紅綾子襖兒，青緞子背心」

做針線；六十二回香菱新做的「石榴紅綾裙」染上污泥，細心的寶玉便拿襲人同款的裙替換。

此外，尚有「襪」、「鞋」、「屣」、「靴」、鞋底為木製的「屐」等足下風情，例如晴雯蹬著「小紅睡鞋」是由綢緞製成的軟底鞋，為纏足婦女睡時所穿，展現晴雯妍麗的體態（七十回）、跛足道人踏著由蒲草編製的「麻屣」，符應行腳道人的身分（第一回）。

質料

《紅樓夢》服飾多用上好的材質製成，作者根據情節與人物需要，細心地敷設了衣料的書寫，種類之多，令人咋舌。約可分為絲綢、皮毛、綿織品三大類。單是絲綢一類，又可分為質地較厚密的緞、有花紋的綾、輕軟的紗、細滑的綢、堅韌的絹、有摺痕的縐等；皮毛類則有羊、鹿、鼠、貂、狐狸、野鴨頭毛和孔雀羽；棉製品也是盤金彩繡，十足的富貴氣息。例如第三回寫到鳳姐穿著縷金百蝶穿花大紅雲緞的窄襖，配上五彩刻絲石青銀鼠外褂，下著翡翠撒花洋縐裙；「雲緞」是帶有雲形圖案的

錦緞，另有一些版本做「洋緞」，是江寧織造局仿日本手工織就的高級絲織品，在清代只有貴族使用；刻絲則是以平紋為基礎來回織造出如刀刻效果的絲織品，珍貴非凡，最受鳳姐喜愛；縐裙是縐綢製的裙子，因為織法特殊而產生自然的縐紋，具有強烈的視覺效果，窄襖搭配外褂是旗人的裝束，展現鳳姐官家氣派。

顏色和紋樣

對照賈府的富貴，書中人物的穿戴常用「金」與「紅」二種搶眼的色調搭配，或織或繡的花紋樣式，展現出富貴與喜氣的雙重效果，也顯示皇親貴冑的身分地位。曹雪芹也在小說中運用配色展現藝術品味，例如三十五回寶玉要打絡子（裝東西的小網袋），便指出大紅要配石青（淡灰綠色）、松花（黃綠色）要配桃紅（比粉紅更為鮮豔的桃花色）。

書中服飾也有豐富的紋樣，舉凡花卉、動物、人物、幾何等圖案繡樣，每一種都使得棉衣絲裙不再單調，諸如流雲萬福花樣（四十回），使用雲紋、福字紋和卍字紋組成團花紋樣（五十一回），則是八個彩團加繡在緞面之上。這些紋樣不但能使得衣飾更為美觀，在文化背景上也展現了深刻的意涵，諸如第十五回，寫北靜王穿著江牙海水五爪坐龍白蟒袍，「江牙海水」的紋樣寓意深刻，江牙紋表現「江山萬代」、海水紋比喻「四海清平」，襯托出坐龍的威嚴，也鋪陳出吉祥的意味。

服飾的寓意

曹雪芹善用各式各樣的衣著服飾，配合時節、場景，烘托人物的性格和身分，在小說的四十九回，寫冬雪一來，寶玉隨性，披上穿戴方便的蓑笠；黛玉畏寒，特別戴上雪帽；湘雲的率性則用風領、短襖表現；寶琴穿著賈母給的野鴨頭毛斗篷；邢岫煙家境貧寒，沒有避雨的衣裳。再加上孀居衣飾素樸的李紈、簡單而雍容的寶釵，服飾無不細細扣合角色的身分，融會在適當的場景中，展現清代官宦人家對於服飾的審美趣味。

最有趣的是曹雪芹也藉著衣服質料暗示了一段人物的內心活動，眾人見寶琴披著一件金翠輝煌的斗篷前來，寶釵忙問：「這是哪裡的？」寶琴回答是賈母給的，香菱以為是孔雀毛織的，湘雲笑說：「是野鴨子頭上的毛做的，可見老太太疼妳了，這麼疼寶玉也沒給他穿。」寶釵則笑道：「真是俗語說的：『各人有各人的緣法。』我也想不到她這會子來，既來了，又有老太太這麼疼她。」眾人一見到寶琴稀奇的斗篷，都好奇衣服的質料，只有寶釵急忙追問「哪來的」，知道是賈母給的，又說出「想不到老太太這麼疼她」，獨獨

寶釵追問衣服的來處，可見寶釵汲汲營營塑造平和儉僕的形象，是為了搏得長輩的讚美，對於寶琴才到賈府馬上攫獲賈母的賞識，她只能嘆道「各人有各人的緣法」。

● 四十九回詩社聚會眾人服飾及寓意

寶玉	穿一件茄色哆羅呢狐狸皮襖，罩一件海龍小鷹膀褂子，束了腰，披上玉針蓑，帶了金藤笠，登上沙棠屐。 ● 皮襖和外褂是旗人的裝束，顯示曹雪芹雖想「將真事隱去」，但「假作真時真亦假」，在服飾的描述中透露了時代背景。 ● 蓑衣、箬笠、木屐都是方便穿脫的雨具，展現寶玉的性急與好動。
黛玉	黛玉換上掐金挖雲紅香羊皮小靴，罩了一件大紅羽紗面白狐狸裡的鶴氅，束一條青金閃綠雙環四合如意縧，頭上罩了雪帽。 ● 皮靴、鶴氅、雪帽都是極為保暖的裝扮，表現出黛玉身體虛弱，不耐風寒的特性。
湘雲	穿著賈母給她的一件貂鼠腦袋面子、大毛黑灰鼠裡子、裡外發燒大褂子，頭上戴著一頂挖雲鵝黃片金裡子大紅猩猩氈昭君套，又圍著大貂鼠風領。裡頭穿著一件半新的靠色三鑲領袖秋香色盤金五色繡龍窄褙小袖掩衿銀鼠短襖，裡面短短的一件水紅妝緞狐坎褶子，腰裡緊緊束著一條蝴蝶結子長穗五色宮縧，腳下穿著鹿皮小靴。 ● 湘雲雖然出身貴族，但父母早逝，所以禦寒的裝束都由賈母提供，藉此顯示出兄嫂的苛刻。 ● 湘雲的裝扮細分為內、外二層，表示她不耐煩厚重的衣物羈絆、有機會就想將外層褪去的打算。 ● 短襖、風領、鹿皮靴等像男孩穿著的衣物，表現出湘雲瀟灑豪邁的風格。
李紈	獨穿一件哆羅呢對襟褂子。 ● 李紈的服裝僅用簡筆描述，一是因為李紈相較於寶玉、黛玉等人，並非書中最重要的人物；一則是因為李紈嬬居，精神與形象都偏於素樸簡便。
寶琴	披著賈母給的金翠輝煌的鴨頭毛斗蓬。 ● 稀有的質料說明了賈母對寶琴的厚愛，也藉此帶出寶釵的「追問來由」，顯示寶釵對於長輩的喜好最為關注。
寶釵	穿一件蓮青鬥紋錦上添花洋線番耙絲的鶴氅。 ● 寶釵不喜歡華美的衣飾，所以曹雪芹用平常的語言敘述寶釵的穿著，暗中將焦點轉移到寶釵追問寶琴斗蓬來處的隱喻。
邢岫煙	家常舊衣，並沒避雨之衣。 ● 顯示邢岫煙的家境貧寒。也暗示賈赦之妻邢氏對娘家的苛刻。

飲食文化

《紅樓夢》的美食世界繽紛而多采，奢華而綺麗，不論是酒、茶等飲品，或是正餐豪宴，乃至於糕點果品，都精美得令人咋舌；飲食方式的講究、材料的豐富和作功的繁瑣，不但鋪陳了世家大族的排場，也營造出紅樓飲食的審美經驗。

飲茶①：茶具與水

《紅樓夢》對飲茶的描寫有兩百多處，其中以四十一回劉姥姥等人到櫳翠庵、妙玉奉茶的片段刻畫最為傳神。妙玉捧來極為名貴的填漆小茶盤，裡面的成窯五彩小蓋鐘更是最上乘的明代官窯瓷器。隨後妙玉和寶釵、黛玉、寶玉進房品茗，妙玉給寶釵使用的是「瓟斝」、給黛玉「點犀盉」，前者是用模子套在葫蘆外頭，等長大之後就形成原先模子的形狀，長得完好的斝十分難得，這個器物一如寶釵，在大戶人家的規矩下發展出既定的形制；後者則是犀牛角做成的飲器，「點犀」是以李商隱的〈無題〉詩句「心有靈犀一點通」的典故命名，象徵黛玉的靈秀和纖細。妙玉將自己常用的綠玉斗給寶玉使用，一方面點出寶玉與通靈寶玉間不可分割的連繫，一方面指出妙玉對寶玉的暗戀。此外，還有九曲十環、一百二十節、蟠虺整雕竹根的大盉，無不華麗難得，令人驚嘆。

妙玉沖茶的水也不同凡響，尋常泡茶是用收存的雨水，遇上了貴客，則用梅花上搜得的雪水，一如太虛幻境的警幻仙姑用仙花靈葉上的露水泡茶，十分講究。曹雪芹透過這些茶器、茶水的描寫，道出大戶人家生活品味的精緻豪奢。此外，妙玉嫌棄劉姥姥粗鄙庸俗，叫人將她用過的茶杯拋棄，也說明了妙玉精神上的潔癖。妙玉這樣高傲的表現，映襯日後被人擄走玷污的命運，更加散發出無常與悲涼的況味。

飲茶②：茶葉與品茗方式

奉茶時，賈母表示不喝「六安茶」，妙玉回說是「老君眉」，賈母這才接下。「六安茶」是安徽六安一帶最負盛名的六安瓜片，明代許多文獻提及這種茶葉，形容此茶是嫩葉成片，狀如瓜子，味苦而能入藥；「老君眉」是湖南洞庭的毛尖茶，味道甘醇，氣息芬芳，常充做貢品，賈母不喝六安茶，想必是不喜歡六安茶的苦味。

劉姥姥一口喝盡，還說道「好是好，就是淡了些」，表現出莊稼人的粗獷，不知細品，只會牛飲；不懂欣賞清淡的風味，反而喜歡厚重濃烈。妙玉提到品茶是「一杯為品，二杯即為解渴的蠢物，三杯便

●眾人於櫳翠庵品茶的寓意

茶具

《紅樓夢》中的茶具件件珍奇罕見、精緻奇巧。

賈母的成窯五彩小蓋鐘： 明代官窯的高級品，顯示賈母官宦人家的身分。

寶釵的㼜瓟斝： 葫蘆套模子長成的杯子的形狀，象徵寶釵是嚴守教條的大家閨秀。

黛玉的點犀盃： 犀牛角製成的飲器，根據「心有靈犀一點通」而得名，表現黛玉的靈秀。

寶玉的綠玉斗： 一色的綠玉雕成斗形的茶器，妙玉拿自己的茶器給寶玉，顯露對寶玉有情。

水

煮茶的用水講求天然潔淨，並且別具風味。

- ●**平時：** 用舊年收儲的雨水。
- ●**貴客來訪：** 用的是梅花上蒐集來的雪水，收存時以鬼臉青花甕裝盛，埋在地下。

古時的雨水、雪水，稱之為天水，一般人使用泉水、河水、井水泡茶，《紅樓夢》的人物卻是使用天水煮茶。在曹雪芹筆下，泡茶的用水細膩地融會天上人間的氛圍，契合頑石下凡的背景。

茶葉

上選的名品茶葉。例如：

- ●**六安茶：** 味苦而能入藥。
- ●**老君眉：** 味道甘醇，氣息芬芳。

賈母不喝六安茶，見是老君眉，這才接手。一方面是因為老君眉的名稱喜氣，符合老人家的心思；另一方面，六安茶味苦，賈母自小生長於公侯門第，當然吃不了苦，因此不喜六安茶。

品茗法

細細品味茶的香氣、味道與餘韻，可以怡情養性。淺嘗一杯為最佳品味方式，牛飲則為不懂品茶、糟蹋茶水。

高 階 🍵 一杯
剛好是品茶的份量。

低 階 🍵🍵 二杯
將茶當解渴之物。

最低階 🍵🍵🍵 三杯以上
超過解渴的分量，而變為牛飲，浪費茶水。

> 賈府富貴閒人的品茗風範。劉姥姥等鄉里小民的作法，正好形成貧富的對照。

↓ 寓意

- ●**加強賈府權貴豪奢的描寫：** 對於飲茶要求的極致，襯托出官宦之家的豪奢品味，並且用村婦劉姥姥做為映襯。
- ●**深化人物性格：** 賈母吃不了苦、寶釵將自己包裹在傳統禮教之中、黛玉靈秀動人、劉姥姥粗鄙無文等特色也藉由飲茶過程巧加鋪排。
- ●**暗示情節發展：** 描寫賈府極富極貴的品茗排場，做為日後樹倒猢猻散的對照；藉由天水泡茶的小小隱喻，暗示寶玉、黛玉終將重返天上的結局。
- ●**表現人物情感：** 妙玉嫌棄劉姥姥的鄙陋，甚至想要丟棄姥姥用過的杯子，顯示出嚴重的潔癖，卻將自己使用的玉斗讓給寶玉，明顯表現她的好惡。

是飲牛飲驢了」，可見品茗一事，在精不在多，妙玉出身官宦之家，耳濡目染，當然明白品茗的法則，這樣的格調與劉姥姥的鄉野氣息格格不入。

美食①：精緻佳餚

四十一回賈母在藕香榭宴請劉姥姥，其中有一道「茄鯗」是把剛摘下來的茄子削了皮，淨肉切成碎釘，用雞油炸了，再用雞脯子肉並香菌、新筍、蘑菇、五香腐干、各色乾果子全部切釘，用雞湯煨乾，香油一收，外加糟油一拌，盛在瓷罐子裡封嚴，要吃時拿出來拌炒。看似尋常菜餚，其實費時費工，讓劉姥姥吃了，忍不住搖頭吐舌，直說茄子哪有這個味道。一道茄鯗得配上十來隻雞才能做成，將富貴人家無所不用其極的鋪張浪費描寫得淋漓盡致。

到了丫頭請用點心之時，劉姥姥看見各式玲瓏剔透的糕點，又羨又愛，這些糕點每一樣都只有一寸大小，精緻可愛、名目繁多、作料高級、手工精巧，實在色、香、味俱全。大觀園中眾人都是看慣了，只揀一、二樣隨意吃著，劉姥姥和板兒不曾見過這麼精美的點心，撐著飽將每一樣都吃了才罷手。

書中另有兩道特別的菜餚，一是「雞皮湯」（第八回、六十二回），這道湯品並非全部的雞皮都能使用，而僅僅割取前胸最鮮嫩的

一小塊皮，所花費的雞隻簡直難以計算；二是出現在第八回的「糟鵝掌鴨信」，以鵝掌和鴨舌煮熟剔骨，再以雞湯文火慢燉入味，最後以香糟醃製。清人以「雞有但用皮者，鴨有但用舌者」形容當時盛宴的豪奢，上述兩道菜正好印證了這種說法，敷設出賈府對於美食的講究。

《紅樓夢》的美食經常蘊含了養生的智慧，諸如三十八回鳳姐張羅螃蟹宴，蟹黃味雖鮮美，性卻寒涼，所以鳳姐叫人多備薑、醋以平衡螃蟹性冷的毛病；四十九回賈母說「牛乳蒸羊羔」是老人家吃的，叫年輕孩子都去吃新鮮鹿肉。「牛乳蒸羊羔」是羊胎用牛奶等多種食材蒸至透爛，具有大補的功效，不適宜血氣方剛的年輕人食用。可見賈府不僅享受美食，也懂得養生的規則。

美食②：珍貴食器

賈母宴請劉姥姥時早餐所用的食盒是「一色捏絲戧金五彩大盒子」，在盒上刻有圖案和花紋，由刻痕中再填上捏製成絲的金料，精美非常，不但實用，在藝術上的審美價值更是引人玩味。宴席上，鳳姐為了讓劉姥姥出醜，將尋常使用的烏木銀筷，換成象牙鑲金的筷子，重得劉姥姥直討饒，也逗得賈母哈哈大笑，一方面顯示出鳳姐捉弄人的本事，一方面也表現出世族無奇不有的器用什物。三十七回，

寫晴雯用纏絲白瑪瑙的碟子盛放荔枝，是為了讓鮮紅的荔枝配上瑪瑙的白色更顯突出，可見小說中的食器，不僅僅是材質珍貴，精工富麗，重要的是配合食物的顏色和形狀，在裝盛時增添視覺上的享受。

● 《紅樓夢》的美食佳餚

特色1 作法繁複費工

以「茄蓁」（四十一回）為例，剛摘下的茄子以八道手續烹調，如下：
① 茄子刨皮，切成碎釘；
② 用雞油炸；
③ 香菌、新筍、蘑菇、五香腐干、各色乾果也切釘；
④ 將切割的配料和雞脯子肉、茄子釘一塊兒，用雞湯煨乾；
⑤ 用香油一收；
⑥ 拌上糟油；
⑦ 盛在瓷罐子裡封嚴；
⑧ 要吃的時候再拿出來炒過。

特色2 外型精美

以點心（四十一回）為例，席間各式玲瓏剔透的糕點，讓劉姥姥見了又羨又愛，每樣都吃了些。點心蒸的有藕粉桂花糖糕、松瓤鵝油卷；炸的有螃蟹餡小餃，還又奶油炸的小麵果子，每一樣都只有一寸大小，精緻可愛。

特色3 用料奢侈

選擇最希罕、高貴的原料做菜，例如：
● 「雞皮湯」（第八、六十二回）是用雞胸最鮮嫩的一小塊皮熬湯。
● 「糟鵝掌鴨信」（第八回）是以鴨舌與鵝掌去骨烹調的一道名菜，非常奢侈。

特色4 有益養生

賈府美食也帶有食補養生的功效。諸如：
● 吃螃蟹（三十八回），因為蟹性寒涼，所以食用時多摻些薑醋平衡寒性。
● 年老的人食用牛乳蒸羊羔（四十九回），最為滋補強身。

特色5 食器珍奇昂貴

精緻的美食襯有名貴的食器，例如：
● 十錦攢盒（十五回）：多彩，上空如抽屜內層的盒子。
● 纏絲白瑪瑙碟子（三十七回）：白色瑪瑙上有深淺不同的絲狀紋路。
● 十錦攢心盒子（四十回）：各色花紋由盒中心向四方擴散。
● 老年四楞象牙鑲金的筷子（四十回）：用老象牙製成鑲金四邊有稜角的筷子。

作用

● **體現清初上流社會的飲食風潮**：表現出當時權貴飲宴多愛用稀有的食材、繁複的作工來烹調食物的奢華風尚。
● **表現作者對於飲食的品味**：作者不僅僅在食物上講究稀有和費工，連食器的顏色、紋路、材質也十分注重，可見其心思細膩、品味不凡。
● **建構整套精緻的飲食文化**：不僅食材、器皿十分特殊，而且作工精細，又兼顧養生的目的，展現飲食文化的各種面相，形成一整套高規格的飲食系統。

第9章

成就與影響

　　《紅樓夢》的成就非凡，不僅在中國文學
史上占有極重要的地位，也在各個層面影響後
世，舉凡學術、影劇、服飾、園林造景、飲食
和工藝……都圍繞著《紅樓夢》，掀起摹仿與
研究熱潮，風靡中外小說讀者，直至今日。

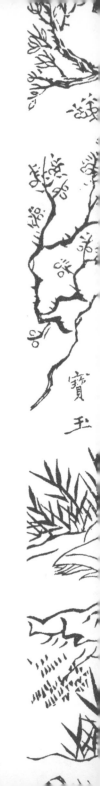

學習重點

- 《紅樓夢》出版當時掀起了哪些風潮？
- 《紅樓夢》如何影響後世的文學創作？
- 紅學可分為哪些流派？哪些時期？
- 《紅樓夢》在語言藝術的成就，可以從哪些地方看出端倪？
- 《紅樓夢》的小說結構、情節安排與人物塑造，有哪些值得注意的地方？

《紅樓夢》對後世的影響

《紅樓夢》一書，細膩地描述清代初年官宦之家的生活，自刊行以後，風靡了千萬小說讀者，成為中國古典小說最重要的之作，並且被翻譯成多種語言，引起各國讀者的驚豔，堪稱世界級的經典作品。豐富的小說內容引起廣大讀者的閱讀興趣，研究和討論的風潮持續不墜。

掀起閱讀研究與仿作續作的風潮

《紅樓夢》一書，內容包羅萬象，鮮明的人物性格與感人的情節，使讀者為之瘋狂，最初在北京流傳時，必需花費數十金才能購得；許多文獻甚至記載，當時許多讀者因為過於感動甚至為之罹病；許多改編自《紅樓夢》的戲劇和彈詞，在搬演時，觀眾都感動得聲淚俱下。《紅樓夢》曠古絕今的魅力吸引後世無數的仿效和續作，作家們或是取用《紅樓夢》的語言藝術、或是模擬《紅樓夢》寫作風格，各自續寫或發展新作，為中國小說注入蓬勃生氣。

自成一門「紅學」

《紅樓夢》一書吸引了太多學者進行研究，所以另闢為一門專業學問，稱之為「紅學」。所謂紅學就是研究《紅樓夢》的學問，脂硯齋評點《紅樓夢》，在正文旁邊以小字註明批語，可說是最早的紅學家。成書兩百多年來，學術界各立學派，用盡方法希望破解小說中隱晦之處，並且給予中肯的評論，然而謎團道之不完、窮之不盡，甚至引發了學術界激烈的論爭，諸如秦可卿的死因、釵黛優劣論、小說隱喻真事為何等等，尤此可見《紅樓夢》內容的豐富多元。紅學學派衍成索隱派、評點派、考據派，各自從事《紅樓夢》的情節分析、作者考據、寓意探求、風格敘述、人物評論等等，範圍可說是包羅萬象。

影響後世的文學創作

在《紅樓夢》問世之前，中國一般的愛情小說往往有一套既定的模式，不外乎「落難公子考狀元，小姐私會後花園。互贈信物含淚別，奉旨完婚大團圓」，《紅樓夢》顛覆了傳統窠臼，示範悲劇書寫的爆發力，啟發了後世的創作者，成為中國小說的學習典範，許多重要作家紛紛從《紅樓夢》吸取養分進行創作。諸如林語堂著名的作品《京華煙雲》，正如《紅樓夢》一般，是描寫大家族興衰的長

篇小說，文風一部分來自於《紅樓夢》的陶鑄，溫和閒適，緊扣人心；另一方面也攫取了西學的養分，使得平和之中自然呈現幽默詼諧。另一位大作家張愛玲的小說精工雕琢人物的形貌，好用景物點染、暗喻思想情感，這些特點都傳承了《紅樓夢》的寫作技巧。

後世生活與藝術欣賞的典範

　　《紅樓夢》敷寫出清初王公貴族的生活百態，對於當時的飲食、服飾、建築等等，都有精采的描寫，後世從《紅樓夢》衍生出的生活美學成果十分豐富，例如飲食方面，有紅樓夢宴席食譜、紅樓夢食補與養生的研究、紅樓夢品茗品酒的深層論述、各式食器、茶器、酒器的仿製。在服飾方面，《紅樓夢》的服飾書寫，不但成為戲劇採用的圖樣，也是清代服飾研究的珍貴資料。在建築方面，目前在北京、上海均仿照小說建成大觀園，大觀園的造景佈局也成為現今中式建築理論的教材。

　　《紅樓夢》也經常改編為劇本，由電視、電影與舞台劇場演出，諸如北京中央電視台、台灣華視電視公司，均曾拍攝《紅樓夢》的電視劇集。電影則有《紅樓夢》、《新紅樓夢》、《金玉良緣紅樓夢》等等膾炙人口作品。在傳統戲曲中，京劇、越劇都有《紅樓二尤》（亦稱鴛鴦劍），取自尤二姐和尤三姐的橋段；歌仔戲也將二尤的故事精華，改編成名劇《秋雨紅樓》，足見《紅樓夢》一書對影劇藝術的深刻影響。

難以計數的《紅樓夢》藝術　《紅樓夢》啟發了許多藝術家，以紅樓為題材的藝術品多不勝數。諸如木雕大師陳正雄曾經創作「春」、「夏」、「秋」、「冬」四個主題的紅樓木刻作品；在繪畫方面，有改琦、費丹旭、王析、戴敦邦、彭連熙等人的十二金釵的摹擬想像畫作，其它如瓷器、扇面、掛曆、剪紙、郵票、年畫、書籤、蠟染，甚至地鐵磁卡、電話卡、撲克牌……都曾用紅樓夢做為主題，深受收藏家所喜愛。

● 《紅樓夢》對後世的影響

後人閱讀與續書仿作

- **閱讀**：當時在北京的讀者必須花費鉅資購買手抄本。許多書迷夜半閱讀《紅樓夢》而患病。
- **續書與仿作**：許多小説家深受《紅樓夢》的影響，因而仿作乃至續寫紅樓夢。

寶玉……
黛玉……

「紅學」的形成

- 「紅學」即為研究《紅樓夢》的學問，因為研究者甚眾，而形成了專門學問。
- 因為小説深刻精微，以至於從各種角度入手，都能發展出獨特的研究路線，所以有索隱派、評點派和考據派，分別就寓意探求、情節分析、作者考據、風格敘述、人物評論等方面研究。

影響文學創作

- 在《紅樓夢》以前，愛情小説多半以喜劇收場。《紅樓夢》展現悲劇的感人力量，在中國小説史上有示範的作用。
- **典型作家①林語堂**：從題材方面借鑑《紅樓夢》，代表作《京華煙雲》寫大家族的興衰史。
- **典型作家②張愛玲**：從寫作技巧與風格上借鑑《紅樓夢》，舉凡人物形象、服飾、場景、情感的描寫，均細膩而動人。

京華煙雲
張愛玲小説集

成為生活與藝術典範

- **飲食**：有紅樓夢食譜、紅樓夢養生食補、紅樓夢中飲茶品酒的套用。
- **服飾**：成為後世紅樓夢戲劇的圖樣，也是清代服飾研究的珍貴資料。
- **建築**：北京、上海有大觀園的模擬建築。
- **戲劇**：改編為電視劇、電影、京劇、越劇、歌仔戲。
- **其它**：以紅樓夢為創作主題，表現於木雕、繪畫、瓷器等藝術形式。

紅學的流派

自從《紅樓夢》一書問世之後，引起學術界的震撼，因為研究者前仆後繼，多如牛毛，所以研究《紅樓夢》的相關內容被劃歸為一門獨立的學問，稱之為「紅學」。而「紅學」之中，因為研究進路與方法的不同，又分為各種的派別，將《紅樓夢》的多元面貌剖析得更為深刻。

評點派

「評」是在文章空白處給予詮釋與批評，「點」是指在文章重要之處加以圈點抹畫，為《紅樓夢》進行評點的紅學家們，即為「評點派」。最早評點《紅樓夢》的人，就是脂硯齋（參見24頁），他評點的文字稱之為「脂評」。根據學者的考證，脂硯齋與曹雪芹關係十分親近，可能是親戚，所以脂評可能與《紅樓夢》的創作同時完成。脂評披露《紅樓夢》的作者和情節的真相，記錄了素材的來源和刪改的情形，因此成為《紅樓夢》研究最重要的參考資料。評點派除了脂硯齋、畸笏叟等疑是曹雪芹親友的重要人物之外，還有「護花主人」王希廉、「太平閑人」張新之、「大某山民」姚燮、陳其泰、「耽墨子」哈斯寶、洪秋蕃等等。他們逐回評點《紅樓夢》全書，分論各個段落的重點，其中以王希廉的《新評繡像紅樓夢全傳》流傳較廣、影響較大。

中國的小說評點一直到《紅樓夢》才蔚為大觀，評點派的紅學家，解析書中人物心理、角色性格、故事結構、時代背景、主題思想，已經不只是單純的印象式批評而已，甚至脫離其他小說評點文字的瑣碎層面，做出綜合的評論，將中國古典小說所衍生的文學批評成就更推進一層。

索隱派

因為《紅樓夢》的作者自述小說是用一種「將真事隱去」的手法寫成，所以自從抄本開始流傳，便有「索隱派」的出現，索隱派的聲勢約在清末民初最為盛大。所謂「索隱」就是探索文學作品中隱喻暗託的史實，《紅樓夢》的索隱派，特別搜查、比對小說中隻言片語所透顯的蛛絲馬跡，將這些線索與歷史人物、真實事件牽合連想，希望能呈現出隱藏在小說情節裡的背景。

索隱派的代表人物與作品有王夢阮與沈瓶庵合撰的《紅樓夢索隱》，此書指出清代董鄂妃早逝，

順治皇帝因為傷痛而退位出家的歷史，正好符合黛玉早凋，寶玉出家的結局，於是斷定《紅樓夢》的「真事」即為順治皇帝與董鄂妃的情事。蔡元培《石頭記索隱》則認為《紅樓夢》是一本影射清代政治的小說，十二金釵是十二位漢臣，諸如林黛玉為絳珠仙草，「珠」與「朱」同音，所以影射的人物可能是漢臣中的朱彝尊；黛玉又是來自靈河岸邊，與生於秀水的朱彝尊若合符節。紅樓巨匠潘重規則著有《紅樓夢新解》、《紅樓夢新辨》、《紅學六十年》等書，他指出《紅樓夢》其實暗藏了反清復明的思想，因為「紅」色就是「朱」色，正是明代的國姓；寶玉不求仕進，正是因為清朝在明代遺老的心中，是一個「假」（賈）的政權。凡此種種，均可以看出索隱派的理路，雖然有時附會過甚，但是聯想豐富、對照精嚴的操作手法，也豐富了紅學的內容。

考證派

一九二二年，胡適以〈紅樓夢考證〉一文，奠定了考證派的基礎，發展出「新紅學」，與索隱派的「舊紅學」相互抗衡。考證派偏重於史料的考據、發掘、整理和推論，主要方向大致如下：①關於《紅樓夢》作者及其家世的研究（又稱「曹學」）；②版本的研究；③研究脂硯齋的評語（又稱「脂學」）；④根據一些史料，研究曹氏所散佚的後四十回（又稱「探佚學」）；⑤觀察《紅樓夢》的研究史、整理《紅樓夢》的相關資料。

考證派的重要作家作品極多，諸如胡適的〈紅樓夢考證〉，細細查究出小說原創者即為曹雪芹。俞平伯《紅樓夢辨》則認為《紅樓夢》不完全是曹雪芹的自傳，周汝昌《紅樓夢新證》更加詳細地體現曹雪芹的生平、家世與籍貫。考證派的成果，為《紅樓夢》許許多多模糊不清的懸案，提供了可資參考的線索，這種根據史料再次詮釋文本的研究，最重要的貢獻是解答了小說文風前後不一的謎團。

● 紅學的演進

	要點	代表人物	貢獻
舊紅學時期（清代）評點派	「評」是在文章空白閒處給予詮釋、批評，「點」則是在文章重要之處予以圈點，「評點派」即為為《紅樓夢》進行評點的紅學家。	● 脂硯齋、畸笏叟：參與了作者寫作、眾人傳抄的過程，保留刪改的痕跡。 ● 「護花主人」王希廉：評點流傳最廣。	● 解析人物心理與角色性格、故事結構、時代背景、主題思想。 ● 評點文字不同於其他古典小說只是瑣碎片段呈現，經常做出綜合的評論。
舊紅學時期（清末民初）索隱派	因為《紅樓夢》是「將真事隱去」的小說，所以「索隱派」將小說中的蛛絲馬跡與真實歷史比對，浮現小說寫作的原型。	● 王夢阮與沈瓶庵《紅樓夢索引》：此書影射順治皇帝與董鄂妃。 ● 蔡元培《石頭記索引》：此書暗指清代的政治。 ● 潘重規《紅樓夢新辨》等書：小說是反清復明的作品。	索隱派雖有過於附會之處，但聯想豐富、對照精嚴的手法，使紅學的內容更為多樣化。
新紅學時期（民國）考證派	考證派偏重於史料的考據、發掘、整理和推論，發展為「新紅學」，與索隱派的「舊紅學」相互抗衡。	● 胡適〈紅樓夢考證〉：考證出曹雪芹為作者。 ● 俞平伯《紅樓夢辨》：認為小說並非完全是自傳。 ● 周汝昌《紅樓夢心證》：進一步考證作者的生平資料。	● 為《紅樓夢》許多隱晦的謎團提供可能的線索。 ● 根據史料再次詮釋文本，解答了小說文風前後不一的問題。

文學成就①：語言藝術

語言是傳情達意的溝通工具，小說所使用的書面語言，僅僅能展現於紙上，所以作者必須擁有相當的敘事功力，才能表現人物的語氣、聲調、音色等特質，甚至架構全書如謎一般、引人入勝的懸念。《紅樓夢》透過敘事與對話描摹角色的特色與風格，表現出高度的語言藝術。

對話

《紅樓夢》的對話生動鮮明的表現了人物的性格。角色的對話或雅或俗、或緩或急、或長或短，建構出獨特的氛圍，使讀者能根據對話意會人物的形象。例如賈寶玉說：「女兒是水做的骨肉」（第二回），呈現了不同於傳統的思考方式，以及情深意重的性格；林黛玉曾笑罵寶玉：「這樣的詩，一時要一百首也有」（三十八回），足見她的才高八斗與自信高傲；王熙鳳曾說：「我從來不信什麼陰司地獄報應，憑是什麼事，我說要行就行」（十五回），充分表示她的才幹與霸氣。此外湘雲的爽朗、尤三姐的剛烈、晴雯的潑辣、李紈的溫厚、妙玉的孤高，都可以經由她們說語的語氣，明白地揭露。可見作者駕馭對話的技巧純熟高超，將角色烘托得栩栩如生，飽滿而真實，具有畫龍點睛的價值。

京語

中國地大物博，南腔北調各有不同，在文學創作上，江浙的「吳語」，廣東的「粵語」……各地語言所表現的風格不相一致。《紅樓夢》的語言背景是以「京話」做為基調，京話是流行於北京一帶、帶有濃重的「兒」韻腔調，和「呢」、「呀」、「啊」等語氣詞，這些虛字在語句結構之中並沒有明顯的意義，但是運用得當則能渲染風味，也使得語言更加靈活俏皮。例如第八回小丫頭幫寶玉帶斗笠，寶玉道：「罷，罷！好蠢東西，妳也輕些兒」；第六十回，寫眾媳婦勸架，說：「姑娘們，罷呀，天天見了就咕唧」，均是京話的風味。北京在中國歷代一直是政治、經濟、文化的重鎮，具備濃厚的人文氣息與繁華的都市風貌，《紅樓夢》以京話為語言背景，充分展現了京話圓轉自在的氣蘊，尤其能展現宮廷貴族、豪門顯宦的氣象，更能扣合清初的時代背景，將盛世帝都的特色融入小說情節。《紅樓夢》大量使用京話為主的文言典故，兼及北京的俗語、諺語、歇後語，使得語言在濃厚的雅正氣息之外，又增添了通俗、詼諧的基調。

隱語

曹雪芹也擅長用暗藏玄機、含沙射影的隱語，佈置在詩詞歌賦、

燈謎曲文、姓名聯句、人物對話之中，供讀者猜想、推測根本的意蘊。諸如寶玉遊太虛幻境，薄命司的判詞和十二支紅樓仙曲，已經率先預告了大觀園重要女子的未來；射覆遊戲時寶玉寶釵互相影涉對方的名姓、元春賞賜相同的節禮、通靈寶玉和金鎖上成對的吉祥話，這些都暗示了寶玉最終的婚緣。眾多的隱語不但展現了作者細膩的巧思，也增添了小說的豐富性與趣味性，令人再三玩味而不厭倦。

● 《紅樓夢》的語言藝術成就

| 生動靈活的對話 | 曹雪芹為每個筆下的人物創造出切合身分、見識、性情的言詞談吐。 | 實例 | ● 二十八回寶玉將元妃所賜禮物給黛玉。
● 黛玉道：「我沒這麼大福禁受，比不得寶姑娘，什麼金什麼玉的，我們不過是草木之人！」
● 寶玉一聽「金玉之事」便說道：「除了別人說什麼金什麼玉，我心裡要有這個想頭，天誅地滅，萬世不得人身！」 | 成就 | 精彩的對話使人物有如躍然紙上，將中國小說運用對話突顯人物特色的技巧推展到更高的境界。 |

鮮活了黛玉的小心眼與寶玉癡情的形象。

| 圓轉自在的京話 | 《紅樓夢》以北京地區的「京話」為基調，多有「兒」、「呢」、「呀」等語氣詞。 | 實例 | ● 鳳姐聽說秦可卿病了，便道：「這個年紀，倘或就因這個病上怎麼樣了，人還活著有甚麼趣兒。」（十一回）
● 卻說黛玉因見寶玉近日燙了臉，總不出門，倒時常在一處說說話兒。（二十五回）
● 眾媳婦說：「姑娘們，罷呀，天天見了就咕唧。」（六十回） | 成就 | 表現自在從容的韻味，也帶出北京一地，位居政治經濟中心的歷史背景與文化氛圍。 |

| 暗藏玄機的隱語 | 全書多方運用隱晦的語言預告人物的命運與情節的發展。 | 實例 | ● 寶玉的玉篆刻：「莫失莫忘，仙壽恆昌。」寶釵的金鎖有：「不離不棄，芳齡永繼。」兩句話相對，暗示了二人結為夫婦。（第八回）
● 寶玉把襲人送的汗巾子給了蔣玉函；又將蔣氏的汗巾子轉贈襲人，預告了襲人與蔣玉函的姻緣。（二十八回） | 成就 | 不但展現了作者細膩的巧思，也增添了小說的豐富性與趣味性。 |

文學成就②：人物刻劃

《紅樓夢》對人物刻劃的功力，位居中國古典小說之首。曹雪芹從容地掌握了多達二百多個人物的性格特徵，並且讓情節的發展融合各個角色，立體而鮮活的人物彷彿就在眼前，令人著迷不已。

不完美的正面角色

一般才子佳人小說中的人物，多半是千篇一律的男才女貌，形象扁平而刻板僵化，《紅樓夢》的角色塑造則能掌握了人性，使人物活像現實世界的翻版，能切合人生、反映真實。即使是正面角色也不是全然完美的，每一個才貌雙全的女子都有著嚴重的性格缺陷。例如黛玉雖然是仙草下凡，但是面對寶釵、湘雲侵入了她和寶玉的感情，她依然忍不住妒忌、忍不住小心眼，展現凡夫俗女無法克制的情緒表現，令讀者容易接受，甚至融入角色的心理狀態，與其同喜同悲。十二金釵中，寶釵近於偽善、湘雲稍嫌粗率、迎春過分軟弱、妙玉十足地孤傲，作者為每個角色安排了不同的人性面相，絲絲入扣，寫盡人生百態，完美表現出人物塑造的藝術價值。

多元面貌的負面角色

《紅樓夢》的主角之中既沒有完美無缺的正面角色，也有沒完全負面的人物。負面人物如趙姨娘、鮑二、賈環之類，多半是次要角色，為推動情節而存在，不具獨立的價值；但是趙姨娘為了兒子企圖作法加害寶玉與鳳姐；鮑二為了生存任由賈璉狎玩妻子；賈環因為鍾情彩雲而嫉妒寶玉，可鄙之中又隱含了可憐的動機，令人在憎惡之外，免不了嘆息和悲憫。核心人物中，形象最負面、心地最險惡的角色，只有王熙鳳一人。她巧取豪奪、猜忌怨妒、甚至謀財害命，應該是眾所唾棄的惡人；但是她對巧姐的慈愛、待劉姥姥的真心，卻又全然顯示良善的一面，她圓滑的處世、風趣的言談、精明的行止，又屢屢令人叫好。尤其是她大字不識，卻能掌理偌大的家務，讓人不得不佩服她的才智；她的丈夫無能又好色，又讓人不得不為她悲嘆。王熙鳳這個角色包含了多重的是是非非，引動讀者好惡交錯的特殊感受，十足地展現了曹雪芹對人性的透徹與塑造角色的非凡功力。

全面的描寫

《紅樓夢》描寫人物是全面性的，觀照了角色的服飾、表情、

容貌、才情、性格、語氣乃至於居所，周全地涵蓋各個層面，無一遺漏。曹雪芹用流利的筆調，將人物的每個層面毫不突兀地安排在情節的推展之中；或是直接敘述，或是藉由其他角色的眼界與對話，側寫人物的種種。例如描寫鳳姐時，藉由黛玉初入府的眼界看見鳳姐的言語、服飾、舉動，傳達出鳳姐豔光四射、恣意放縱的形貌；又安排賈母說鳳姐是個「辣子」，細膩地書寫賈母對鳳姐的偏愛；甚至馬上安排了鳳姐細問黛玉日常所需、打點府中事務的情節，突出鳳姐治家的才華。如此全面性的立體人物塑造，在古典小說裡堪稱首屈一指。

●爐火純青的人物刻劃

不完美的正面角色

曹雪芹對人性有精到的掌握，筆下的正面角色也有血有肉，切合常人性情，而非完美無瑕的呆板人物。

例如
- 黛玉靈秀非凡卻小心眼、愛使性子。
- 寶釵端莊大方卻近於偽善。
- 湘雲心胸磊落但稍嫌粗率。
- 迎春溫柔卻過分軟弱。
- 妙玉清高但過於孤傲。

多元面貌的負面角色

書寫負面人物時，帶出可鄙又可憐的氛圍，讀者在憎惡其人之時，免不了同情憐憫。

例如
- 趙姨娘為了兒子而作法加害鳳姐、寶玉。
- 鮑二為了生存而任賈璉與妻子偷情。
- 賈環因為妒忌而推翻燭台，燙傷了寶玉。
- 鳳姐心狠手辣，但疼愛巧姐、善待劉姥姥。

人物描寫的全面性

對於角色的服飾、表情、容貌、才情、性格、語氣乃至於居所做出多方面的觀察、書寫。

例如
以描寫鳳姐為例：
- 藉由黛玉初入府的眼界帶出鳳姐豔光四射的形貌。
- 賈母說鳳姐是「辣子」，表現她的潑辣放縱與受寵。
- 「弄權鐵檻寺」寫出她的貪狠、「協理寧國府」表現出她的幹才、設局害死賈瑞則刻劃她的毒辣。

角色反應了不同的人性面相、萬分生動靈活，將作者塑造人物的藝術價值表現得淋漓盡致。

負面角色讓讀者愛恨交織、沉吟深思，十足地展現了曹雪芹對人性的透徹與塑造角色的非凡功力。

全面性地塑造立體人物，巧妙融入情節的環扣之中。

文學成就③：宏大精密的結構

小說的結構是人物和事件的安排與佈局，可以看出作者敘事呼應、縮合段落的功力，如果人物性格前後不一，情節斷裂散漫、無法有效扣緊重點，將造成閱讀的障礙。《紅樓夢》的結構宏大精密，作者用蛛網式的脈絡，使得複雜的線索能夠相互驗證與澄清，成為後世小說的典範。

主副線的嚴謹佈置

小說的主線是情節發展的主幹，副線是衍生的旁枝，主次分明、銜接巧妙，才能呈現條理貫穿與曲折變化。《紅樓夢》的主線是寶玉和黛玉的愛情，副線是大觀園生活的種種、賈府的興衰、其他家族人物的牽扯。然而主副線並非獨立自成，而是互相糾結。黛玉喪母，父親林如海外放做官，反而成全了主線的延伸，使得黛玉和寶玉相逢；元春省親，於是建了大觀園，使得眾女和寶玉能同在人間仙境般的女兒國歡聚，也幫助黛玉和寶玉的感情更進一步發展；薛蟠進京，攜著母妹一起入住賈府，使得木石前盟受到金玉良緣的嚴酷摧折。所以《紅樓夢》的主線和副線完全是以連動的方式交錯，作者在龐雜的網絡之下，有條不紊地鋪排段落，不但使得全書內容益顯豐富、觸發讀者不斷的好奇思考，也能有效地凸顯小說主旨與喻意。

情節安排①：大小事件的串連

在古典小說而言，大小事件串連的要點在於讓結構呈現穩定性，小事件的敘述過於鋪張，會掩蓋大主題的推演；大事件過於濃重，又使得小事件毫無要緊。《紅樓夢》在大小事件的串連上，關聯細緻，單一事件的背後有明喻、有暗喻，事件引發事件，令讀者意想不到，可說達到了渾然天成的高妙境界。例如寧府的僕人焦大，喝醉後在門口大罵賈家「每日偷雞戲狗，爬灰的爬灰，養小叔的養小叔」，結果被綑起來責打了一頓。這一件小事卻揭發了寧府華美堂皇的外表下暗藏醜事，也引出日後衰亡的終局，呼應第五回秦可卿判詞「造釁開端實在寧」的伏筆。可見作者安插大小事件的方式，合情合理又緊密無間。

情節安排②：起伏的間插

高潮迭起的小說引人入勝，平淡無波的小說令人讀之生厭，而《紅樓夢》情節起起伏伏，時而輕鬆時而緊張，時而太平歡樂、時而衰敗危急，百轉千迴的佈置，不時刺激讀者的閱讀心情。例如賈璉祕密迎娶尤二姐，不料被鳳姐發現，

撒潑大鬧，但事後又安排尤二姐進門，使人誤以為鳳姐發了慈悲，讓尤二姐能光明正大入府，有個棲身之所，孰料進門之後才是悲劇的開始，二姐三餐不繼，眾人欺凌，此時卻爆出身懷六甲的消息，有了反轉逆境之機，偏偏庸醫誤診，打下了已經成型的男胎，以致尤二姐萬念俱灰，一死了之。一波未平，一波又起的緊湊設計成為《紅樓夢》令人百讀不厭的原因之一。

情節安排③：急緩的調合

　　《紅樓夢》的情節安排還常常用急緩調合的方式，某些情節採取緩慢的步調說明，使得讀者能從容地品味其中每一個環節的發生，例如許多次詩社的集合，由如

● 渾然一體的主副線鋪陳佈置

主線	副線
寶玉與黛玉的戀情。	賈府中人的命運與家業的起伏。

主線

神瑛侍者與絳珠仙草的前世盟約。

　↓

寶玉與黛玉以姑表兄妹相稱，於今生相遇。

　↓

搬入大觀園，比鄰而居，感情日漸深厚。

　↓

黛玉愛吃醋、使性子，兩人經常拌嘴卻又親暱。

　↓

為免黛玉擔心流淚，寶玉贈舊帕，兩人定情。

　↓

長輩做主促成賈薛聯姻，黛玉淚盡而逝。

　↓

寶玉應舉後出家，歸返天界。

副線

黛玉喪母，父親林如海外放作官，被賈母接至賈家照顧。

元妃省親，建立大觀園，顯示賈府的金權。

金玉良緣介入：寶釵有金鎖、湘雲有金麒麟。

賈政杖責寶玉，顯露賈家三代之間的鴻溝。

賈府漸露衰敗之象，如鳳姐貪利受賄、賈赦巧取豪奪、賈璉荒淫。

賈家被抄，家運敗落。

- 全書主線和副線完全是以連動的方式交錯行進，牽一髮而動全身；作者能在龐雜的網絡之下，有條不紊地佈置段落，顯示其縝密的心思。
- 主次的分配使內容更加豐富多彩，有效地凸顯小說主旨與喻意。
- 主副交錯讀鋪排觸發讀者的好奇思考，保留無盡的想像空間。

何召集、參與的人員、每個人的態度，到集會時歡樂的場景，以及眾人的詩詞韻文作品，甚至加上議論作品的過程、選評的對話，一個下午的情況，有時花上一、二個章回才能完全說盡；但某些情節又迅速地帶過，令人猝不及防，例如元春病歿、賈府被抄檢，突如其來的消息，不但使大觀園眾人手足無措，對讀者也造成強烈的衝擊。基本上，《紅樓夢》作者常將太平事件緩慢而仔細地寫出，而惡耗、衰亡，都以迅雷不及掩耳的方式呈現，讓讀者沉浸於平靜歡樂，突然之間又打破已經建立的慣性，使情節急轉直下，強烈的拉距閱讀的張力，使得驚訝、不忍、錯愕、難捨的情緒乍然湧現，更能吸引住讀者的目光。

情節安排④：冷熱的交錯

冷熱交錯也是《紅樓夢》慣常使用的結構配置。「冷」與「熱」二者的互相映襯，讓冷者倍感辛酸淒涼，熱者更顯喧鬧嘈雜。例如九十七回寶玉與寶釵成親的當下，同一個大觀園裡，黛玉在絕望、重病、死亡的邊緣，冷清的瀟湘館無人聞問，整個賈府的人都在為了寶玉的婚事忙碌，賈母、王夫人甚至特意讓迎親的轎夫繞過瀟湘館，企圖蒙蔽寶玉和黛玉的視線。這一邊，王夫人為了能娶到甥女做兒媳而歡喜，賈母為了能讓寶玉沖喜而微笑，寶釵為了能連結四大家族之中的賈、薛二族而甘願冒充做新婦，寶玉自以為娶到心愛的黛玉，連瘋病都好了一半；另一邊，紫鵑難以理解寶玉的變心，忠誠守候將死的黛玉，心急如焚地四處尋人幫忙，黛玉的眼淚已經流盡，掙扎起身，焚毀訂情的羅帕和詩稿，吐血、咳嗽、孤單絕望死去。大紅熱鬧的婚禮，映照了慘白冷寂的喪事，冷熱交錯的對比，使得情節的互襯更為鮮明、讀者的感受更加深刻。

情節安排⑤：前後的呼應

小說的前後呼應代表了首尾合一、嚴密設計的結構鋪排，這樣的做法在長篇巨作之中，經常不能圓熟地控制、無法駕馭得宜。對於《紅樓夢》這樣龐大複雜的架構，作者居然能時時留意、處處小心，將前後的呼應縮合得精密而成功，實在展現了中國小說史上前所未見的技巧和才情。

書中情節彼此呼應有兩種形式，一是處處鋪有伏筆，先隱隱交代，扣住了讀者無法立即理解而著急等待答案的心情，直至謎底揭露後才能放鬆。書中諸如十二金釵的判詞、秦氏預言賈府衰敗，全部在事後一一發生，帶給讀者「早知如此，卻無法規避」嗟嘆和惋惜。

另一種前呼後應的設計展現在故事首尾互相照應、契合，造成循

環往復，似乎永無休止的效果，例如第一回開頭，頑石由茫茫大士和渺渺真人攜入塵世，最末尾百二十回，又是茫茫大士和渺渺真人將寶玉帶回。故事因何而起，便因何而終，緊扣的結構，牽動讀者回頭審視與對證的慾望，牽引出永不稍歇的閱讀樂趣。

●情節安排的特點

大小事件的串連

全書的情節推演渾然天成，大小事件緊密相關、既巧妙又合於情理。

小事件
焦大醉酒鬧事，亂嚷亂叫：「那裡承望到如今生對這些畜生來，每日偷雞戲狗，爬灰的爬灰，養小叔子的養小叔子⋯⋯」（第七回）

↓

大事件
道出寧府的荒淫，引出「造釁開端實在寧」的終局。

起伏的間插

全書情節的布置起起伏伏、百轉千迴，讀者的閱讀心情也隨之忽高忽低，不忍釋卷。

起 寶玉、黛玉初見。（第三回）

伏 寶玉黛玉形影不離，但來了個寶釵。（第五回）

起 寶玉撞見黛玉葬花，二人言歸於好。（二十七回）

伏 寶釵嫁給寶玉，黛玉身亡。（九十七回）

起 寶玉贈手帕給黛玉訂情。（三十四回）

伏 湘雲的金麒麟又讓黛玉擔心金玉良緣。（三十一回）

急緩的調和

情節時而緩慢從容、時而急轉直下，拉距出強烈的閱讀張力。

緩慢的步調
太平之時的事件如海棠詩社集會緩慢而仔細地描寫。

＋

急驟的步調
衰亡的惡耗如元春病歿、賈府被抄以迅雷不及掩耳的方式呈現。

冷熱的交錯

「冷」與「熱」二面的並列對比，映襯得冷者益發淒涼、熱者更顯喧鬧，結構配置相當高明。

熱的場面
例如：寶玉與寶釵熱熱鬧鬧的成婚。

VS

冷的場面
例如：黛玉獨自在瀟湘館中，孤單重病，直至死亡。

前後呼應的精巧設計

情節預先埋藏伏筆，在於其後適當之處呼應成真，造成懸念頓解的效果，帶給讀者解謎的樂趣。

伏筆
秦氏死前托夢鳳姐，預言賈家衰敗。

➡

實現
賈家被抄、家道中落。

故事首尾互相呼應印證，造成往來循環的效果，使讀者不厭其煩地回首審視，樂此不疲。

實現
一僧一道攜頑石入世歷劫。

呼應

末尾
一僧一道攜寶玉回青埂峰下。

美學成就：含蓄蘊藉的寫作風格

中國傳統文學精神可以上追《詩經》以溫柔敦厚的文風傳達情感，形成一套含蓄蘊藉的風格。《紅樓夢》一書將這種風格推至頂峰，要細心體會揣摩才能領略書中豐厚的底蘊與悠遠綿長的情味，奠定了《紅樓夢》顛撲不破的美學成就。

哀而不怒

一般而言，中國的章回小說多半以激烈的風格吸引讀者，諸如《水滸傳》是控訴官逼民反的「怒書」、《金瓶梅》猶如解剖世態人情的「謗書」、《儒林外史》和《二十年目睹之怪現狀》更是難掩對於科考官場的憤懣。《紅樓夢》則採用含蓄委婉的方式提示出種種深刻的感受，整體呈現「哀而不怒」的風格。這種風格的拿捏非常困難，作者必需謹守言語的分界，放棄鋪張揚厲的敘述，用綿密的情節細細煉製動人的意涵。例如以雙玉情斷、賈家的盛衰等情節隱隱反應封建的腐朽與人心的敗壞。紅學家俞平伯認為，《紅樓夢》是中國傳統小說中最能發揚《詩經》含蓄典範、平和中蘊含深意的成功之作。

意在言外

《紅樓夢》採用不明說、不直說的寫作方式，用隱晦曲折的手法逐步堆砌線索，最終達成情節的意義歸向，讀者必須細心推敲、反覆思量，才能恍悟其中隱微的道理。

例如寫豪門巨富的奢靡時，並不直接批判賈府的鋪張浪費，而是經由鄉村農婦劉姥姥遊歷大觀園，看盡了華麗的建築園林，驚詫豪宴的花費……等等，最終反襯出賈府與一般平民天差地別的物質生活。這樣的情節布置使人再三回味，不但加強了小說的深度，更能鍛練閱讀能力。

細膩敏銳

《紅樓夢》寫作風格細膩而敏銳，作者通過顏色、聲音、氣息、味道、觸覺的陳述，凝聚讀者的官能感受，具體的營建場景、氣氛、人物形象，甚至心理活動，再勾合事件的發生，展開情節，使得角色、景物栩栩如生，事件清晰合理。例如書寫寶玉出場，先藉由冷子興細說賈氏一族，道出寶玉貪愛女兒的奇異性格與啣玉而生的特殊的事件；又安排王夫人對初入府的黛玉說寶玉是個「混世魔王」，家裡人都不敢沾惹；最後千呼萬喚始出來，再透過黛玉的眼界工筆刻劃寶玉的形貌、穿戴，接著用寶玉初

見黛玉的出神發愣，帶出二人前世盟約，甚至馬上安排了摔玉的情節，表現寶玉不同於一般凡夫俗子的真情和任性，並且帶出眾人呵護圍繞、亂成一團的景況，突出寶玉在賈府的受寵。不但完成寶玉的角色塑造、推展二人下世相見的情節，也連接了三生石畔的因緣。如此綿密的書寫編織為全書含蓄溫婉的風格，證成作者的巧思與才情。

● 《紅樓夢》的美學成就

哀而不怒 有別於其他著名小說的激烈憤慨，而用綿密的情節煉製深長雋永的意涵。

- 反思關照當時的政治、社會、人倫等各層面問題，給讀者深刻的感受。
- 行文不採鋪張揚厲的敘述，謹守言語的分界。

> 例如：以優美的筆風描寫寶玉、黛玉情緣，道出封建禮教對於真摯情感的摧折。

價值 ➡ 平和溫厚的文字藏有寬廣的寓意，表現含蓄蘊藉的風範。

意在言外 用隱晦的手法逐步堆砌線索，最終指向真正欲表達的意思。

- 讀者必需自行體會、思量，才能領悟其中蘊藏的深義。
- 相較於露骨而直接的文風，不直說的風格能使人回味再三、百讀不厭。

> 例如：以劉姥姥入大觀園的眼光對比出賈府的豪奢。

價值 ➡ 婉約曲折地煉成小說的深度，同時鍛鍊讀者的閱讀能力。

細膩敏銳 在細微之處以多種視角、多樣技巧來刻畫人物、展布情節。

- 通過形、聲、色、味等陳述，凝聚讀者的感受。
- 細緻周密地塑造出場景、氣氛、人物形象與心理活動，使得角色更生動、情節發展更合理。

> 例如：寶玉出場時，先透過眾人的敘述側寫寶玉奇特的性格；再透過黛玉的眼界工筆刻畫寶玉的形貌、穿戴與神情；接著用寶玉出神發愣帶出木石前盟。

價值 ➡ 綿密的書寫織就小說的密度，組成文學史上最精雕細琢而富表現力的經典。

1. 方元珍，《紅樓夢賞讀》，台北，國立空中大學，2005年。

4. 王昆侖，《紅樓夢人物論》，北京，北京出版社，2004年。

3. 王國維，《紅樓夢評論》，上海，上海古籍出版社，2005年。

5. 【日】伊藤漱平著、李映萩譯，〈有關《紅樓夢》的題名問題〉，石頭記研究專刊第6期，1999年4月，頁8—13。

6. 余英時，《紅樓夢的兩個世界》，台北，聯經出版社，1978年。

7. 余國藩著、李奭學譯，《重讀石頭記》，台北，麥田出版社，2004年。

8. 周中明，《紅樓夢的語言藝術》，台北，木鐸出版社，1985年。

9. 周策縱，《紅樓夢案》，北京，文化藝術出版社，2005年。

10. 周慶華，《紅樓搖夢》，台北，里仁出版社，2007年。

11. 俞平伯，《紅樓夢研究》，台北，里仁書局，1999年。

12. 胡適，《水滸傳與紅樓夢》，台北，遠流出版社，1994年。

13. 康來新，《紅樓長短夢》，台北，駱駝出版社，1996年。

14. 郭玉雯，《紅樓夢學》，台北，里仁書局，2004年。

15. 劉夢溪，《紅樓夢與百年中國》，石家庄市，河北教育出版社，2007年。

16. 劉廣定，《化外談紅》，台北，大安出版社，2006年。

17. 歐麗娟，〈「冷香丸」新解——兼論《紅樓夢》中之女性成長與二元襯補之思考模式〉，台`大中文學報16期，2002年6月，頁173—227。

18. 歐麗娟，《詩論紅樓夢》，台北，里仁書局，2001年。

19. 蔡元培，《石頭記索隱》，台北，金楓出版社，1987年。

20. 駱水玉，《紅樓夢脂硯齋評語研究》，台灣大學中研所碩士論文，1994年。

21. 關華山，《紅樓夢中的建築研究》，台北，明文書局，1988年。

國家圖書館出版品預行編目資料

圖解紅樓夢 更新版/ 楊雅筑, 易博士編輯部作. -- 修訂一版. -- 臺北市 : 易博士文化, 城邦文化出版：家庭傳媒城邦分公司發行, 2018.08
　面；　公分
ISBN 978-986-480-056-8(平裝)
1.紅學 2.研究考訂
857.49　　　　　　　　　　　　　　　　　　107011030

Knowledge Base 80

圖解紅樓夢（更新版）

作　　　　者／楊雅筑、易博士編輯部
總　編　輯／蕭麗媛
責　任　編　輯／林雲、蔡曼莉、呂舒峮
業　務　經　理／羅越華
視　覺　總　監／陳栩椿

發　行　人／何飛鵬
出　　　版／易博士文化
　　　　　城邦文化事業股份有限公司
　　　　　台北市中山區民生東路二段141號8樓
　　　　　電話：(02) 2500-7008 傳真：(02) 2502-7676
　　　　　E-mail：ct_easybooks@hmg.com.tw
發　　　行／英屬蓋曼群島商家庭傳媒股份有限公司城邦分公司
　　　　　台北市中山區民生東路二段141 號11樓
　　　　　書蟲客服服務專線：(02) 2500-7718 、2500-7719
　　　　　服務時間：週一至週五上午09:30-12:00；下午13:30-17:00
　　　　　24小時傳真服務：(02) 2500-1990 、2500-1991
　　　　　讀者服務信箱：service@readingclub.com.tw
　　　　　劃撥帳號：19863813
　　　　　戶名：書蟲股份有限公司
香港發行所／香港發行所／城邦（香港）出版集團有限公司
　　　　　香港灣仔駱克道193號東超商業中心1樓
　　　　　電話：(852) 2508-6231 傳真：(852) 2578-9337
　　　　　E-mail：hkcite@biznetvigator.com
馬新發行所／城邦（馬新）出版集團
　　　　　Cite(M) Sdn. Bhd. （458372U）
　　　　　11, Jalan 30D／146, Desa Tasik, Sungai Besi,
　　　　　57000 Kuala Lumpur, Malaysia.
　　　　　電話：(603) 9056-3833　　傳真：(603) 9056-2833
封　面　構　成／廖冠雯
美　術　編　輯／簡至成
內頁人物插畫／溫國群
內頁建築插畫／黃世揚
製　版　印　刷／卡樂彩色製版印刷有限公司

■2008年6月24日初版
■2018年8月28日修訂一版
ISBN 978-986-480-056-8
定價400元　HK$ 133

城邦讀書花園
www.cite.com.tw